天国旅行

천국
여행

천국 여행

미우라 시온 지음
민경욱 옮김

블루엘리펀트

차례

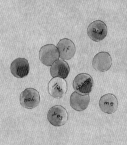

나무의 바다

"아저씨, 저기 아저씨."

누군가가 나를 부르며 어깨를 흔든다. 시끄러워, 나 좀 내버려둬, 라고 말하려고 도야마 아키오는 눈을 떴다. 20대 중반쯤 되는 청년이 반쯤 웃는 얼굴로 들여다보고 있다.

뭐야, 여기가 천국인가? 그렇게 물으려고 하다가 아키오는 격렬하게 사례가 들렸다. 숨 쉬기가 힘들고 목과 관자놀이가 아프다. 목덜미도 따끔거린다. 슬쩍 손을 대보니 벗겨진 피부와 로프의 감촉이 느껴진다.

"괜찮아요?"

청년은 널브러져 있는 아키오를 안아 일으키고 등을 가볍게 두드려주었다. 그 덕분에 호흡이 편해졌다. 얼굴을 가득 더럽히고 있는 눈물과 콧물을 닦고 아키오는 겨우 상황을 파악했다.

아무래도 죽지 못한 것 같다.

목에서 이어진 로프를 따라 시선을 올리니 이끼가 낀 큰 나무 둥지가 눈에 들어왔다. 적당한 높이에 나뭇가지가 없었기 때문에 어쩔 수 없이 둥지에 로프를 맸다. 그런데 로프는 지금 땅에서 50센티미터 정도 떨어진 지점까지 미끄러져 내려와 있다. 아키오의 체중을 이기지 못하고 늘어진 것이리라.

준비가 부족했던 자신의 실수를 한탄하며 아키오는 목에서 로프를 걷어냈다. 이게 무슨 천국이란 말인가. 나는 아직도 무시무시한 나무의 바다일본 후지 산 북서쪽의 울창한 숲으로 정식 명칭은 아오키가하라이며 대표적인 자살 명소 중 하나다_옮긴이 속에 있다. 이토록 울창한 숲 속의 나무에 이렇게까지 가지가 없는 줄 알았더라면 로프를 매달 말뚝이라도 가지고 왔을 것을.

습기로 가득한 공기. 땅에는 이끼가 수북하다. 울창하게 늘어선 나무에도 이끼, 이끼, 이끼. 지긋지긋하다.

아키오는 비틀거리면서 일어나 늘어진 로프를 나무 둥지에서 풀었다. 로프를 팔에 감으면서 청년에게 미안하다, 라고 말한다.

"친절을 베푸셨군요."

계속 쭈그리고 앉아 있던 청년은 흥미롭다는 듯 아키오의 움직임을 물끄러미 쳐다보았다.

"아저씨, 왜 자살하려고 한 건가요?"

"당신이 말려도 계속할 겁니다."

"그런 말 안 해요. 그만두라는 말."

딱 부러지는 말투와 더불어 담배 연기가 났다.

"하지만 이런 곳에선 금방 발견될걸요. 내가 찾은 것처럼."

청년은 웃고 있는 것 같았다. 아키오는 갑자기 불안해졌다. 이 남자는 나무의 바다에서 뭘 하고 있는 걸까. 등산이라도 하려고 발을 들여놓은 거라면 상관없지만 어떤 범죄에 연루돼 시체를 묻으러 왔다거나 자살자의 유류품을 뒤지는 도둑이라거나, 그것도 아니면 자살을 하려는 사람을 기다렸다가 손을 대는 쾌락형 살인마, 그럴 가능성은 없는 것일까.

아키오는 침을 삼키면서 가만히 청년을 살핀다. 청년은 담배를 피우면서, 뭔가 이상했어요, 라고 말한다.

"아저씨가 꼭 벌레처럼 손발을 버둥거리기에 '어라?' 하고 생각하는 순간 로프가 미끄러져 엉덩방아를 찧으며 눈을 희번덕거리니까. 죽고 싶으면 좀 더 제대로 된 방법을 연구해야 할 거예요."

"시, 시끄러워. 시끄럽다고!"

아키오는 두려움과 굴욕으로 가득 찬 시선으로 청년을 본다. 그리고 팔에 감고 있던 로프를 채찍처럼 휘두른다. 목구멍의 고통을 참으며 소리를 쳤다.

"너 뭐야? 그냥 좀 놔두라고! 저리 가!"

청년은 뺨을 스치기 직전에 손으로 로프를 잡았다. 유일한 자살

도구를 빼앗기지 않기 위해 아키오는 손에 힘을 준다. 팽팽해진 로프를 이용해 청년은 아주 쉽게 자리에서 일어났다.

"한심한 아저씨네."

던져진 로프를 가슴팍으로 받아들고서야 비로소 아키오는 정면에 선 청년의 모습을 또렷하게 봤다.

아키오보다 훨씬 키가 크다. 175센티미터쯤 될까. 짧게 깎은 머리에 부드러운 빛을 담고 있는 눈동자가 새까맣다. 검은색 긴소매 티셔츠와 군복 문양 바지, 여기에 딱딱한 워크부츠를 신고 있다. 등에는 커다란 검은색 배낭을 메고 있다.

이 나무의 바다에서 캠핑을? 혼자서?

의아한 생각은 들었지만 살인마로 보이진 않았다. 제정신이 아닌 상태에서 청년에게 추태를 부린 자신이 부끄러워져 아키오는 괜히 양복 옷깃을 잡아당겼다.

"저기, 미안했네. 자네는 선의로 말을 걸었는데."

청년은 담배 연기를 훅 내뿜은 후 주머니에서 휴대형 재떨이를 꺼내 담배를 던져 넣었다.

"그건 아닌데."

청년의 말에 아키오는 풀이 죽었지만 마음먹고 다시 말을 꺼냈다.

"죽을 작정으로 여기에 왔어. 미안하지만 혼자 있고 싶네."

"그러세요."

청년은 배낭을 흔들며 다시 고쳐 멨다

"하지만 이런 곳에서 자살하는 건 민폐라고요. 제대로 하려면 좀 더 안으로 들어가세요."

"안이라고? 벌써 꽤나 걸었는데……."

"산책로에서 100미터쯤밖에 안 떨어진 장소예요, 여긴."

청년이 나무 끝을 올려다보며 눈을 감자 아키오도 따라 눈을 감고 귀를 기울였다. 국도를 달리는 차 소리가 어렴풋하게 들린다.

달랑 100미터. 아키오는 낙담했다. 딱딱한 용암과 지면에 기괴하게 뻗어 있는 나무뿌리를 넘어 간신히 죽기 적당하고 조용한 곳을 찾았다고 생각했는데. 나무의 바다는 아키오가 생각했던 것보다 훨씬 광대하고 사람이 들어오는 것을 거부하고 있는 것 같다.

"자, 그럼 알아서 하세요."

청년은 여기저기 뻗어 있는 나무뿌리를 교묘하게 피하며 아키오에게 등을 돌리고 걷기 시작했다. 주위에는 비슷비슷한 나무들뿐이라 어디가 어딘지 모르겠으나 차 소리가 들려오는 곳과 반대 방향인 나무의 바다 안쪽으로 향하는 듯하다.

"잠깐만!"

아키오는 서둘러 청년의 뒤를 쫓았다.

"자네는 여기서 뭘 하려는 거야?"

청년은 멈춰서서 조금 틈을 두고 돌아봤다.

"훈련이요."

"자위대 대원인가?"

대답이 없다.

"어떤 훈련?"

"나침반 하나로 나무의 바다 돌파하기."

혼자서?

또다시 의심스러운 마음이 생겼지만 깊이 생각하고 있을 때가 아니다. 청년의 앞쪽으로 가서 필사적으로 말한다.

"돌파한다는 말은 지금부터 이 안으로 들어간다는 뜻이지? 나도 좀 데려가줘. 가다가 적당한 장소에 이르면 놔두고 가도 되니까."

청년은 잠시 아키오의 얼굴을 바라보다가, "좋을 대로"라고 무심한 듯 말한다.

아키오는 청년과 나란히 걷기 시작한다. 이끼는 미끄러웠고 당연히 지면이라고 생각해 쌓인 낙엽을 밟으면 용암 구멍에 발이 빠졌다. 가죽구두로는 버거웠지만 청년에게 뒤처지지 않게 걸음을 재촉했다.

"나는 도야마 아키오라고 해."

청년의 옆얼굴에 대고 이름을 말했다.

"자네는?"

청년의 입술에 미소 같은 그림자가 슬쩍 드리운 것 같았다. 또 조금 틈이 있다.

"아오키."

청년이 대답했다.

틀림없이 죽을 작정이었다. 죽는 수밖에 없다고 생각하고 나루사와효게쓰 버스 정류장에 내렸다.

그런데 지금은 어쩌다가 이 청년과 함께 있는 걸까. 정말 죽고 싶다면 청년이 떠나고 난 후 다시 한 번 목을 매면 그만이다. 내 이름을 알려주고 게다가 청년의 이름을 물어볼 필요는 전혀 없었다.

아키오는 무릎을 감싸안고 장작불을 바라본다. 작은 나뭇가지들이 탁탁 튀며 불꽃을 어둠 속에 흩뿌린다.

두 시간쯤 걸었을 때 해가 졌다. 나무의 바다는 생각했던 것만큼 어둡지 않았다. 쓰러진 나무도 많아 나무의 밀도가 그리 높지 않은 곳도 꽤 있었다.

얼핏 광장처럼 보이는 곳에서 청년은 걸음을 멈췄다.

"이쯤에서 야영하죠."

아키오의 걸음에 보조를 맞춘 탓인지 많이 걷지 못한 게 틀림없다. 청년은 불평이나 싫은 소리 한마디 없이 묵묵히 잠자리 준비를 시작했다.

얇은 흙 아래 딱딱한 용암이 있어서인지 지면은 울퉁불퉁한 곳이 많았다. 청년은 낙엽을 모아 쿠션처럼 만들고 그 위에 돔 모양의 간이 텐트를 쳤다. 이어서 모은 낙엽에 라이터로 불을 붙여 능숙하게 장작불을 피웠다. 아키오는 할 수 있는 일이 하나도 없어서 우두커니 바라보고만 있었다.

따분하다는 듯 어슬렁거리고 있는 아키오를 보다 못했는지 청년은

"아저씨, 좀 도와줘요"라며 말을 걸었다. 배낭에서 꺼낸 비닐시트의 네 구석을 시트 두 배 정도 높이로 나뭇가지에 끈으로 묶는다. 지붕으로 삼기에는 너무 낮고 시트 중앙도 축 처져 있다.

"오늘밤엔 비가 올 거 같으니까 빗물을 모아야 해요."

작업을 하면서 아키오가 고개를 갸웃하자 청년이 설명해주었다.

"최소한의 마실 물만 가지고 있으니까."

그러고 보니 이제까지 나무의 바다에서 얕은 웅덩이나 연못을 보지 못했다. 아키오는 청년에게 부담을 준다는 사실이 미안했다. 비닐시트의 저수 장치를 보고 그래도 조금은 도움이 되기도 했다며 스스로를 위로했다.

청년의 배낭에서는 뭐든 나왔다.

콘비프 깡통을 하나 열어 크래커에 얹어 먹었다. 페트병 물을 나누어 조금씩 마셨다.

배가 부를 정도는 아니었지만 그런대로 만족스러웠다. 아키오는 이내 장작불을 바라봤다.

사실은 죽을 용기가 조금씩 사라지고 있었다.

목은 아직도 아팠다. 목을 매면 오줌이나 변이 새어나온다고 들었는데 그러지 않은 게 불행 중 다행이었다. 그 단계에 이르기 전에 의식을 잃고 널브러졌다고 생각하니 한심하기 짝이 없다.

실제로 죽음에 다가가보니 두 번 다시 목의 통증과 피가 쏠리는 것 같은 고통을 맛보고 싶진 않았다. 게다가 오줌과 변까지 흘린 사체를 남에게 드러내 보인다는 것이 조금 주저됐다. 무섭다.

"아저씨, 그런 차림으로는 추워요."

어느새 청년이 옆에 서 있다.

"이걸 둘러요. 조금은 따뜻해질 테니까."

은색 서바이벌 담요를 건넨다. 7월 초순이라고 해도 숲 속의 밤공기는 차다. 고맙게 받아들고 양복 위로 두른다. 청년도 긴소매 티셔츠 위에 고어텍스 점퍼를 껴입었다.

장작불에서 조금만 눈을 돌리면 주위는 숨 쉬기 힘들 정도로 어둠이 짙다. 지금까지 한번도 경험한 적 없는 밤의 깊이에 아키오는 몸을 웅크렸다. 어디선가 새가 울고 있다. 새겠지. 깍깍 소리가 비명처럼 들린다.

옆에 앉은 청년은 장작불과 손전등에 기대 투명 비닐에 들어 있던 지도를 읽고 있다. 나침반으로 현재 위치를 확인하고 있는 듯한데 훈련 중에 사용하는 것이라고 하기에는 지나치게 엉성하다. 지도도 시중에서 파는 흔한 것을 복사한 것 같다.

"혼자 나무의 바다에 들어왔다가 조난당하면 어쩌려고?"

아키오가 묻자 청년은 웃었다. 그가 물고 있던 담배에서 새어나온 불빛이 반딧불이처럼 명멸한다.

"죽으러 왔다면서 조난 걱정을 해요?"

"내가 아니라."

가죽구두를 서로 대고 문지르자 서바이벌 담요가 부스럭부스럭

소리를 냈다.

"아오키 군 이야기지."

청년은 장작불을 향해 꽁초를 던졌다.

"아저씨."

"도야마 아키오라고."

"도야마 아키오 씨, 나이가 몇이에요?"

"쉰넷."

"그럼 아내도 자식도 있을 텐데 왜 죽으려고 하는지 물어봐도 돼요?"

"흔한 이야기야."

흐음. 청년은 세운 무릎에 턱을 올렸다.

"사업에 실패해 빚쟁이들한테 시달리다 보니 아내는 우울증에 걸리고, 납치된 딸은 유흥업소에 팔려 갔다는 소문에 질망했다?"

"영화 같은 이야기네."

아키오는 코를 문질렀다.

"그렇게까지 대단한 이야기는 아니야."

함께 사는 장인, 장모의 병간호에 지치고, 회사에서는 조기 퇴직 압력까지 받아 이제 너무 힘들다고 생각하던 차에 아들이 오토바이로 유치원생을 치었다. 교차로에 진입하려고 그나마 속도를 줄였기 때문에 생명에는 지장이 없었지만 아이는 팔이 부러지는 중상을 입었다. 당연히 아이 부모는 이성을 잃고 추궁을 했다. 당장 치료비와 위자료가 필요하고 재판까지 가면 또 돈이 들어간다. 어떻게 하면 좋을까. 도무지 모르겠다.

"제정신이 아닌 아내가 '당신이 죽으면 보험금이 들어오는데'라는 말을 하더군. 그런 말까지 들었으니 소원대로 해줄 수밖에."

"나무의 바다에서 자살하면 죽었는지 아무도 몰라서 보험금을 받기가 힘들 텐데요."

그래서 여기로 온 것이다. 아내에 대한 복수다. 아키오는 자신의 심술에 소리 내지 않고 웃었다. 하지만 곧 아니라는 생각이 들었다.

그저 단순히 모든 게 싫어졌다. 상황을 타개할 방법도 찾을 수 없고 가족도, 골치 아픈 일도 모두 지긋지긋해서 도망치고 싶었다.

자신을 고민하고 번민하게 만드는 것에서 벗어날 수 있는 곳으로.

"아오키 군이 내 아내에게 알려주면 되겠네. '나무의 바다에서 도야마 아키오라는 아저씨를 만났습니다. 죽겠다고 했습니다'라고."

될 대로 되라는 심정으로 아키오는 말했다. 그런 소식이 도착한다고 해도 아내와 자식이 자신을 찾으러 이곳까지 일부러 오진 않겠지만.

아키오는 서바이벌 담요를 덮은 채 그 자리에 벌러덩 누웠다. 그제야 비로소 나무들 사이로 보이는 검은 하늘에 셀 수 없이 많은 별들이 빛나고 있다는 것을 깨달았다.

"우와, 아름답군."

자신도 모르게 탄성을 질렀다.

"'여름의 대삼각형'이 잘 보이네. 아오키 군, 알아?"

"알아요."

청년은 하늘을 올려다보지도 않는다.

"베가, 데네브, 알타이르……죠?"

"그래 맞아."

감정 조절이 잘 되지 않는다. 아키오는 이상하게도 흥분돼서 계속 떠들었다.

"아오키 군도 별을 좋아하나? 나는 고등학교 때 천문부였어. 내가 살았던 나가노는 별이 어찌나 또렷한지 금방이라도 떨어질 것처럼 보였지. 사실은 대학에 가서 물리학을 공부하고 싶었는데 집안이 그리 유복하지 않아서. 아오키 군은 어디 출신이야?"

청년은 또 담배를 물었다. 라이터 불빛에 순간 비친 청년의 얼굴이 차갑게 빛났다.

"나고야."

"그래? 나도 살았던 적이 있는데. 아주 오래전 일이지만."

아키오는 몸을 일으켜 세우고 뒷머리에 붙은 낙엽을 털어냈다.

"나고야 어디쯤?"

"도야마 씨 아들 말이에요. 몇 살이에요?"

청년은 아키오의 질문에 대답도 하지 않고 되물었다.

"대학생이야. 스물하나."

"성인이네."

청년은 어깨를 살짝 으쓱해 보였다.

"그럼 위자료는 아들이 내면 되잖아요."

"자식이 저지른 짓이니까 부모가 책임져야지."

도망치다시피 해서 나무의 바다에 온 사실도 잊고 아키오는 고개를 저었다. 청년이 천천히 얼굴을 돌려 아키오를 봤다. 불편했다. 동시에 이 청년은 뭐 하는 사람일까, 하는 공포와 의심이 다시 찾아왔다.

아무리 소리쳐도 누구도 듣지 못하는 깊은 밤의 숲에서 우연히 만난 남자와 단둘이다.

습한 바람이 나무들 사이를 지나간다. 회색 구름이 어느새 별들을 가렸다.

"비가 올 것 같아요. 텐트 안으로 들어와요."

청년은 아키오의 시선을 피하면서 불쑥 일어섰다.

싫다. 저런 좁은 공간에서 이 청년과 잠을 잘 수는 없다.

"장작불은 누가 지켜?"

청년에게 물었지만 그는 피우고 있던 담배를 장작불 속에 던지고, "어차피 비가 와서 꺼질 거예요"라고 말한다.

침낭을 이불 대신 펼쳐놓고 나란히 눕는다. 남자는 아키오에게 등을 돌리고 곧 움직이지 않는다. 좁은 데다 상대방의 체온 덕분에 생각보다 춥지 않았다.

나뭇잎들이 시끄러운 소리를 내고 장작불 잔해가 부서지는 냄새가 살포시 떠돈다. 텐트와 비닐시트를 빗방울이 두드려댄다. 잠들지 말아야겠다고 생각하며 빗방울 소리를 세는 동안 아키오는 잠에 빠져들고 말았다.

아침 햇살과 함께 새들이 시끄럽게 울어대고 있다. 아키오가 아는 것은 까마귀 울음소리와 딱따구리가 딱딱거리며 나무를 쪼는 소리 정도인데 그것 말고도 높고 맑고 꼬리를 길게 끄는 소리까지 다양하다.

새뿐만 아니라 작은 동물과 짐승도 밤사이에 왕성하게 활동한 모양이다. 텐트 앞에는 쥐 발자국처럼 생긴 작은 동물의 발자국이 찍혀 있고, 오줌을 누는 나무에도 사슴 분비물이 남아 있다.

비가 그쳤지만 이끼는 녹음을 더하고 이슬에 젖어 있다. 송이와 비슷하게 생긴 하얀 버섯이 쓰러진 나무 그늘에서 얼굴을 내밀고 있다.

"아오키 군, 이거 된장국 재료로 어떨까?"

청년은 비닐시트의 한쪽을 잡고 모인 빗물을 페트병에 조심스럽게 옮겨 담고 있다가 얼굴만 아키오 쪽으로 돌리고 "안 돼요, 독 때문에"라고 말한다.

장작불에 건 반합에서 물이 끓자 인스턴트 된장국과 진공 포장된 밥을 꺼내 함께 넣고 가볍게 끓인다.

"낮 동안은 무더울 테니까 염분을 섭취해두는 게 좋아요."

청년의 권유에 아키오는 냉큼 먹었다. 어차피 죽을 건데 먹어서 뭐할 건가, 청년의 식량이 반으로 줄잖아. 이런 마음속의 말에 귀를 막은 것은 공복감을 참을 수 없었기 때문이다.

숟가락 하나로 번갈아가며 반합의 내용물을 먹다가 3분의 2 정도 남았을 때쯤 청년이 "나는 이제 됐어요" 하고 담배를 피우기 시작했다. 아키오는 식어가는 반합을 껴안고 나머지를 싹싹 먹어치웠다.

"도야마 씨는 어떤 장소에서 죽고 싶다는 바람 같은 게 있어요?"

청년의 질문에, "글쎄" 하면서 생각해봤다. 반합에 페트병 물을 조금 따라 장작불에 걸고 끓인다. 반합에 들러붙은 밥알을 떼어내 묽어진 된장국과 함께 마신다.

"아무래도 아늑한 분위기가 좋겠지. 나무 사이로 햇빛이 들어오고, 조용한 거실 같은."

청년의 입가가 살짝 일그러진다. "그러면 본인 거실에서 죽으면 되잖아요"라고 할 것만 같다. 아키오도 말하면서 비웃음을 살 거라고 각오했는데 청년은 재빨리 텐트를 접었다.

"그럼, 그런 곳을 찾아 슬슬 출발해볼까요?"

단조로운 풍경이 이어진다. 돌아본 길도 나아가는 길도 나무들뿐이다.

청년의 뒤를 쫓아가는 것이 최선이라 어디를 어떻게 걷고 있는지, 아키오로서는 전혀 알 수 없다. 옹이가 두드러진 나무가 있어도 커다란 뱀 같은 뿌리를 드러낸 나무가 있어도, 다 비슷해 보여 구별하기 어려웠다. 청년이 같은 장소를 빙빙 도는 것 같아도 지적할 도리가 없다.

산림욕이라고 생각하면 그다지 볼 것 없는 경치도 참을 수 있겠지만 낮의 숲은 일단 습도가 너무 높고 덥다. 아키오는 걷기 시작하자마자 양복 재킷을 벗어 허리에 둘렀다. 와이셔츠 소매도 걷어올렸다. 쏟아지는 땀과 주위의 습기로 셔츠는 쥐어짤 수 있을 정도로 축축해졌다.

아키오의 피로감을 알아차렸는지 청년은 나무 그늘에서 자주 휴식을 취했다.

"얼마 없으니까 너무 많이 마시지는 마요."

빗물이 담긴 페트병을 건넬 때도 반드시 주의를 주었다. 틀림없이 자위대 내부에서도 아주 유능하다는 평가를 받았을 것이다.

배낭을 멘 청년과 달리 아키오가 가지고 있는 짐이라고는 목을 맬 로프뿐이다. 나무의 바다 밖에서도 안에서도 쓸모가 없는 자신이 점점 한심하게 느껴졌다.

점심은 걸으면서 에너지 바를 먹는 것으로 끝냈다. 해가 중천에 뜨는 시간이 되자 숲 속은 아주 밝아졌고 무더위는 아키오가 견딜 수 있는 한계를 넘어섰다.

마침 그때 청년이 "아무래도 길을 잃은 것 같아요"라며 걸음을 멈췄다.

"나무의 바다 안쪽으로 들어갈 생각이었는데 북쪽 산책로 쪽으로 나온 것 같네요."

지도 위에 나침반을 놓고 주위의 나무들과 태양의 위치를 비교한다. 아키오는 나무둥치에 앉아 셔츠를 펄럭여 몸에 바람을 보냈다.

너무 피곤하기도 하고 청년과도 꽤 친해진 것 같아서, "어이, 괜찮은 거야? 자위대 대원이잖아?" 하고 자신도 모르게 놀리는 말투가 튀어나왔다.

하지만 곧바로 후회했다. 청년이 감정이 드러나지 않은 눈으로 아키오를 바라봤기 때문이다.

모든 것을 청년에게 맡기고 있는 주제에 괜한 말을 했다. 아키오는 서둘러 변명했다.

"아니, 어디에 언제까지 도착해야 한다는 훈련 계획 같은 게 있을 것 같아서."

"없어요."

청년은 배낭 주머니에 지도를 넣었다.

"도야마 씨, 나를 정말 자위대 대원이라고 생각해요? 지금 분명 사복인 데다 별거 아닌 지도와 나침반밖에 안 가지고 있는데? 이런 장비로 훈련하는 자위대 대원은 없을 거예요."

"그럼 뭔데? 그냥 캠핑족?"

아키오는 청년에게 웃음을 주려고 했지만 실패했다. 떨리는 무릎에 힘을 주어 일어선 다음 청년과 거리를 두려고 뒤로 물러섰다. 청년은 움직이지 않고 겁을 먹은 아키오를 관찰한다.

문득 짚이는 게 있어서 아키오는 소리를 높였다.

"아오키라는 이름도 거짓말이지!"

거칠게 이야기하려고 했는데 오히려 비명처럼 들렸다. 왜 그렇게 쉽게 믿은 걸까. 이곳은 자살의 숲, 아오키가하라가 아닌가.

청년은 무슨 의도로 나의 동행을 허락했을까. 정체불명인 청년의 진의를 파악하지 못해 아키오는 혼란스러웠다. 겨드랑이 밑에서 식은땀이 배어 나온다.

"죽을 사람에게 이름 따윈 중요하지 않죠."

청년은 내뱉듯이 말하고 아키오 쪽으로 몸을 내밀었다.

"저기, 당신 말인데……."

아키오는 부들부들 떨며 오른쪽으로 돌아 정신없이 뛰기 시작했다. "아악!" 하는 소리가 배 속에서 나와 울려 퍼졌다.

"이봐요!"

청년이 부르는 순간 아키오의 몸은 용암의 갈라진 틈으로 떨어졌다. 청년이 팔을 잡아 떨어지는 걸 막아주려 했던 것 같은데 실패하고 말았다.

"괜찮아요? 아저씨!"

무슨 일이 일어났는지 파악이 안 된 아키오는 구멍 밑에 그대로 쭈그리고 앉았다. 올려다보니 2미터 정도 높이에서 청년의 얼굴이 보였다.

"머리 안 다쳤어요?"

아키오가 고개를 끄덕였다.

"천천히 일어나봐요. 뼈, 안 부러졌나."

"다친 덴 없는 것 같아. 엉덩이만 조금 아플 뿐."

"운 좋게 떨어졌네."

청년은 한숨을 쉬고 살짝 웃었다.

"화산이 분화할 때 용암이 흘러나온 구멍의 흔적이에요. 봐요."

청년이 내민 손을 빌려 겨우 위로 올라왔다. 고맙다는 말을 하려던 아키오는 청년의 왼쪽 손바닥에서 피가 흐르는 것을 깨달았다.

"자네 다쳤어, 다쳤다고!"

"알아요."

아키오가 떨어지는 걸 막으려다 날카로운 용암에 손바닥이 찢어진 모양이다. 허둥거리는 아키오와 달리 청년은 등에서 내린 배낭을 한 손으로 뒤져 항생제처럼 생긴 약을 꺼냈다.

정신을 차린 아키오는 은색 시트를 찢어 약을 꺼내고 페트병 뚜껑을 열었다. 청년은 빗물로 약을 삼키고 왼손을 수건으로 감쌌다.

"정말 손이 많이 가는 사람이네요, 도야마 씨."

근처 나무줄기에 기대 앉아 청년이 혀를 찼다. 피가 아직 멈추지 않았는지 뭔가를 맹세하듯 왼손을 어깨 높이까지 들고 있다.

"그야 죽으라는 식으로 쳐다보니까 그랬지."

청년이 턱으로 아키오의 뒤를 가리켰다. 돌아보니 오후의 햇살이 나뭇잎 사이로 흘러넘쳐 쓰러진 나무가 앉기에 딱 알맞은 소파처럼 보였다.

지금 같은 때 그런 식으로 말할 필요까지는 없잖아. 아키오는 분하기도 하고 화도 나서 숲 속의 밝은 공간을 바라봤다. 청년을 남겨

두고 나무의 바다 안쪽으로 혼자 걸어갈까, 하는 생각도 했다. 하지만 청년이 다친 것은 아키오 때문이다. 피가 꽤 나는 것 같은데 두고 가는 것은 찜찜하다. 아니, 반은 걱정스러운 마음이고 반은 혼자 나무의 바다에서 헤매지 않을까, 하는 두려움이다.

아키오는 청년 옆에 우두커니 서 있었다.

"미안해."

아키오의 말에 청년이 한숨을 쉬었다.

"조금 놀라서 한 말이에요. 너무 신경 쓰지 마세요."

아키오와 청년은 다시 함께 나무의 바다를 걷기 시작했다.

한쪽 손밖에 쓸 수 없는 청년을 대신해 아키오는 고생해서 장작불을 피우고 텐트를 치고 캔을 따서 저녁을 차렸다. 청년은 노곤한 듯 바닥에 앉아 있다. 상처 때문에 열이 나고 있을지도 모른다. 하지만 이마를 식힐 여분의 물이 없다. 어쩔 수 없이 아키오는 빗물을 끓여 식힌 후 청년에게 먹였다.

아들이라고 해도 좋을 나이의 청년에게 도움을 받고 이런저런 폐까지 끼치고 있으면서도 정작 죽을 장소를 찾지 못하고 있다. 의지는 없고 미련만 많은 자신과 결별하기 위해 아키오는 소지품을 장작불에 다 던져 넣었다. 몇 장의 지폐가 든 지갑, 운전면허증, 신용카드, 휴대전화.

"그동안 신세 많이 졌어."

자네, 라고 부르려다가 역시 그만뒀다.

"아오키 군이 떠나고 나면 내일 여기서 죽을게."

청년이 어떤 사람이고, 무엇 때문에 나무의 바다에 있는지는 사소한 문제다. 아오키라고 이름을 밝힌 청년은 꼴사납게 숲에 쓰러져 있던 자신에게 말을 걸어주었다. 자신을 나무의 바다 깊은 곳까지 안내하고 먹을 것을 주고 도와주었다. 아키오는 최근 몇 달 동안 집에서도 회사에서도 이렇게 누군가와 대화를 나눈 적이 없다.

정말 마지막 순간에, 이 숲에서 아오키를 만나서 다행이라고 생각했다.

아키오의 존재를 증명하는 것들이 시커멓게 타들어간다. 청년은 잠자코 불꽃을 보고 있다.

신음 소리를 듣고 아키오는 텐트 안에서 눈을 떴다. 아직 한밤중인가 보다. 시커먼 어둠이 덮치듯 주위를 감싸고 있다.

머리맡에 놓아둔 손전등을 켰다. 청년이 이마에 땀을 흘리며 괴로운 듯 신음하고 있다. 이마가 뜨겁다.

"아오키 군, 약을 먹는 게 낫지 않겠어? 어디 있어?"

아키오가 묻자, "배낭 왼쪽 안주머니"라는 대답이 돌아왔다. 아키오는 배낭의 내용물을 침낭에 펼쳐놓고 낮에 봤던 항생제를 청년에게 건넸다. 약효가 있는지 조금 후에 청년의 숨소리가 다소 편안해졌다.

아키오는 안심하고 흩어진 물건들을 고심하면서 배낭에 다시 넣었다. 고무줄로 감긴 약 뭉치와 개봉하지 않은 위스키 병을 발견하고 손길을 멈췄다.

이건 뭐지?

잠든 청년 옆에 앉아, 아키오는 망연자실 어둠을 바라봤다.

다음 날도 청년의 상태는 좋지 않았다. 축 처져서 장작불을 쬐고 있다.

"나는 벌써 마셨어."

남은 물을 청년에게 양보하며 말했다. 아키오는 소변을 보는 척하면서 아침 이슬을 머금은 이끼를 슬쩍 핥았다. 혀에 차갑고 습한 감촉이 느껴졌지만 목을 축일 정도는 아니었다. 게다가 흙냄새 때문인지 어쩐지 곰팡이 냄새가 나는 것 같아서 입을 닫았다.

장작불 근처로 돌아와 청년의 옆얼굴을 살폈다. 뺨은 붉고 눈은 열로 젖은 듯 흐릿하게 빛나고 있다.

"사람을 부를까?"

아키오가 조심스럽게 물었다.

"누구를요?"

청년이 어깨를 흔들며 말했다. 열로 움직일 수 없는 형편인데도 청년은 조금도 초조하거나 불안해 보이지 않았다. 아키오는 밤새 생각해서 내린 결론을 과감하게 청년에게 털어놓는다.

"아오키 군, 자네도 죽으려고 이곳에 온 거 아닌가?"

"커다란 짐을 지고?"

천천히 팔을 들어 배낭을 가리키며 청년은 허탈하게 웃는다.

"그런 녀석은 없어요."

"약이 잔뜩 있던데. 그거 수면제지?"

청년은 무릎에 팔을 올려놓고 앞으로 숙이는 자세를 취했다. 힘드냐고 물으려 아키오는 청년의 어깨에 손을 올렸다.

몸이 펄펄 끓고 있다.

아키오는 놀란 듯 서둘러 일어났다.

"사람을 불러 올게."

"그러니까 누구를요?"

"누구든. 응급차. 그래, 응급차를 불러……."

"무리예요."

청년은 포기했다는 듯 탄식했다.

"게다가 도야마 씨, 어젯밤 휴대전화를 태워버렸잖아요."

"자네 휴대전화는……."

"나무의 바다에서는 전파가 잡히질 않아요."

그래도 아키오는 배낭 바닥에서 청년의 휴대전화를 꺼냈다. 몇 번이나 시도했지만 통화권 이탈로 나온다.

"산책로까지 나가자. 어느 쪽이야?"

아키오가 배낭을 멨다.

"죽고 싶다고 하지 않았어요?"

투덜대는 청년의 소맷자락을 잡고 당긴다.

녹음이 발산하는 농후한 냄새 속을 아키오와 청년은 터덜터덜 걷는다. 나뭇잎의 방해를 받으면서도 지면에 내리쬐는 햇빛이 흑백의 감옥 같은 문양을 공중에 그린다. 이끼에서 증발하는 수분이 풍경을 흔든다. 모습을 볼 수 없는 새가 울고 어디선가 짐승이 마른 나뭇가지를 밟는다.

끝이 없는 나무의 바다를 두 사람이 함께 나아간다. 이 세상에서 언어를 가진 생물은 모두 사라진 것 같은 기분이다.

꽤나 오래 걸은 것 같은데 나무의 바다 주변부에는 아직 도착하지 못했다. 여기서는 시간도 거리도 방향 감각도 인식의 틀을 훌쩍 뛰어넘는다.

이미 사후 세계에 와 있는 건지도 모르겠다.

무더위와 초조함 때문에 정신이 몽롱해졌을 때 20미터쯤 떨어진 나무 밑에 파란 작업복을 입은 남자가 서 있는 게 보였다.

"아오키 군, 사람이야!"

산책로에서 가깝다는 소리다. 아키오는 흥분해 "죄송합니다!" 하고 소리를 높였다. 그의 말소리가 들리지 않는지 작업복 차림의 남자는 돌아보지 않는다. 나무뿌리를 넘어 아키오는 그 남자에게 다가갔다.

"죄송합니다. 혹시 차가 있으면 병원까지……."

말을 걸다가 걸음을 멈췄다. 갑자기 부패한 냄새가 코를 찌른다.

보지 마, 라고 머릿속 어디에선가 경고했지만 아키오는 그대로 응시했다.

작업복을 입은 남자의 검은 후두부가 불온하게 꿈틀댄다. 머리카락이 바람에 흩날리고 있는 것이라 생각했는데 그게 아니었다. 검은 점의 집합체다. 그것은 아키오의 접근을 알아채고 순식간에 공중으로 흩어졌다.

깊고 적막한 숲 속에 울리는 소리가 자신이 지르는 비명이라는 것을 아키오는 한동안 깨닫지 못했다. 인간의 소리라고는 도저히 생각할 수 없는 절규를 토해내고 있는 게 자신이라는 사실을.

작업복 남자의 후두부라고 생각했던 것은 얼굴이었다. 머리카락이라고 생각했던 파리들이 모두 날아가자 나타난 것은 썩은 피부가 벗겨져 형태가 사라진 얼굴이었다.

발끝에서 지면까지 아슬아슬한 거리를 남기고 목을 맨 작업복의 남자는 절명한 후에도 거의 직립 자세를 유지한 채 부패한 덩어리가 돼 있었다.

코와 입에서는 죽음의 냄새가, 귀에서는 한없이 이어지는 소음 같은 파리 소리가 아키오의 몸 안으로 들어왔다. 온몸의 구멍이란 구멍은 다 막고 싶은데 아키오는 소리를 지르는 수밖에 없었다.

"도야마 씨!"

쫓아온 청년에게 팔꿈치를 잡혀 아키오는 사체에서 멀어졌다. 파리의 날갯짓 소리가 멀어지고 사체가 나무 그늘 사이로 모습을 감춰도 냄새는 아직 몸 안을 떠다니고 있었다. 아키오는 청년에게 끌려 걸었다. 절규는 "아~ 아~"라는 평탄한 목소리의 떨림으로 바뀌었다가 마침내 사라졌다.

아키오는 청년의 손을 뿌리치고 이끼 위에 격렬하게 구토했다. 죽음의 냄새를 뒤덮는 쉰 냄새가 고마울 정도였다.

"이상한 사람이야."

열로 멍한 얼굴을 한 채 청년은 아키오를 바라보고 있었다.

"당신도 그 로프로 목을 매겠다고 했으면서."

팔에 감아 가지고 다니던 로프를 아키오는 땅에 던져버렸다. 마치 무시무시한 독사가 몸을 감고 있는 것을 처음으로 깨달은 사람처럼 거칠게.

하도 소리를 질러 쉬어버린 목에서 뜨문뜨문 말이 나온다. 인간의 몸이 저렇게까지 망가지리라고는 생각지도 못했다.

청년은 로프를 주워 이해가 안 된다는 듯 고개를 갸웃한다.

"죽은 다음에 자기 몸이 어떻게 되든 별로 신경 쓸 필요가 없는 것 같은데."

사체를 목격한 후 아키오는 한참 동안 아무것도 생각할 수 없었다. 그저 멍하니 지도와 나침반을 손에 든 청년의 뒤를 쫓고 있을 뿐이다. 비틀거리는 걸음으로 따라갈 뿐 청년이 어디로 향하려고 하는지 물을 기력도 없다.

결국 산책로에 도달하지 못하고 물과 식량도 떨어진 상태에서 나무의 바다에서 맞는 세 번째 밤이 찾아왔다. 아키오와 청년의 소지품 중 입에 들어갈 수 있는 것은 이제 수면제와 위스키뿐이다.

이제부터 어떻게 하면 좋을까?

쓰러진 나무에 걸터앉아 아키오는 장작불의 불꽃이 작아지는 것을 바라보고 있었다. 밤의 숲을 형성하는 그림자의 농담이 불꽃에 따라 흔들린다. 그때마다 아키오는 부패한 시체를 환시하고 깜짝깜짝 놀랐다.

"도야마 씨."

텐트 안에서 청년이 불렀다.

"이제 들어와요. 춥잖아요."

먼저 침낭에 누웠다고 생각한 청년은 위스키를 마시고 있었다. 2리터짜리 페트병을 칼로 반 잘라 컵 대신 사용하고 있다. 아키오의 컵도 만들어 이미 술까지 따라놓았다.

"도야마 씨도 마실래요?"

비가 내려도 더 이상 물을 비축할 수 없겠구나. 아키오는 그런 생각을 하면서 갈색 액체가 든 플라스틱 컵을 받았다.

맞은편에 앉아 홀짝홀짝 술을 마셨다. 좁은 텐트는 목욕을 하지 않은 서로의 체취와 청년이 발산하는 열로 가득 찼다.

"오늘도 '여름의 대삼각형'이 나왔나요?"

청년이 물었지만 아키오는 대답할 수 없었다. 그토록 아키오를 감격시켰던 밤하늘을 지금은 볼 생각도 못하고 있다. 첫날 밤, 청년도 같은 기분이었을지 모른다.

마음을 움직이는 모든 것에서 가능한 한 멀리 떨어지고 싶다. 나무의 바다의 용암이나 이끼, 나무와 조용히 동화되고 싶다.

하지만 인간은 용암이나 이끼, 나무와 다르다. 살아 있을 때도 죽은 후에도 냄새를 발하고 형태를 바꾼다. 정적인 숲의 모습과는 거리가 먼 마음과 육체.

양반다리를 하고 무릎이 닿을 정도로 가까이에 있는 청년의 몸이 왠지 기울어져 있다.

"열이 있는데 술까지 마셔도 괜찮나?"

"괜찮아~요. 괜찮아."

아키오의 물음에 청년은 제대로 혀가 돌아가지 않는 듯 말했다.

"도야마 씨가 밀한 내로 나도 죽으려고 여기 왔어요."

"역시 그랬군."

놀라지는 않았다.

"하지만 왜? 자네는 젊고 능력도 있어 보이는데. 굳이 죽지 않아도 살아갈 방도는 얼마든지 있을 텐데."

"당연히 살아갈 방도는 얼마든지 있다고 생각해요."

청년은 위스키 병을 들고 가볍게 흔들었다. 병에는 5분의 1 정도의 술이 남아 있었는데 컵에 따르지 않고 다시 내려놓는다.

"전직 자위대 대원이거든요."

"내 추측이 맞았군."

"나, 아버지 얼굴을 몰라요. 어머니에게 언제까지고 신세를 질 수 없어서 고교를 졸업하자마자 자위대에 들어갔어요. 월급도 받으면서 면허증이라든가 여러 자격증도 딸 수 있으니 이득이잖아요."

"그렇지."

"그런데 좀 그렇고 그런 쪽과 알게 됐고, 관계를 끊지 못하다가 제대 후에도 그 녀석들과 일을 했는데 드디어 이것도 끝이라는 느낌. 마침 어머니도 돌아가시고 잘됐다 싶어서."

"겨우 그 정도 가지고?"

자신도 모르게 이야기해놓고 "아니, 그게" 하고 아키오는 입을 다물었다.

"죽을 필요까지는 없지 않을까? 돌아버릴 정도로 빚이 많은 것도 아니고 일할 곳이 없는 것도 아닌데?"

"당신은 아무것도 몰라요. 걱정해주는 사람이 하나도 없는 인생을 살아간다는 게 어떤 건지."

고요하다고밖에 말할 수 없는 숲에서도 잘 알아듣기 어려울 정도로 청년의 목소리는 낮고 작았다.

"어느 날 문득 모습을 감춰도 아무도 찾지 않을 만큼 한심한 인간이죠. 앞으로도 내 주위에는 쓰레기들만 들끓어댈 테고."

자신도 죽으러 나무의 바다에 온 마당에 우스운 일이지만 아키오는 갑자기 이 청년을 말리고 싶어졌다.

"자네 어머니께서 저세상에서 슬퍼하실 거야."

"저세상이라."

청년은 웃었다.

"도야마 씨야말로 내 입장에서는 죽을 필요가 없는 사람이에요. 지금은 좀 힘들지 모르겠지만 가족도 있고 이제까지 성실하게 일해 왔잖아요."

아, 그런가. 아키오는 컵에 시선을 떨어뜨린다. 얼마 남지 않은 갈색 액체가 손전등의 얼마 안 되는 밝기 속에서 호박처럼 빛나고 있다.

다른 사람이 보기에는 "왜?"라고 생각될 정도의 이유 때문에 사람들은 목숨을 버리기도 한다. 괴로움이 늘 상대적인 것은 아니다. 혼자 받아들이고 방황할 수밖에 없는 종류의 괴로움을 안고 있기에 아키오도 청년도 여기에 있는 것이다.

"며칠, 천천히 고민해보구 결정할 생각이었어요."

청년은 컵에 있는 술을 다 마셨다.

"혹 살아도 괜찮겠다고 느낄 만한 것을 발견할지도 모른다는 미련이 있었으니까."

"그래서 발견했나?"

"글쎄요."

열로 축축한 검은 눈이 아키오를 응시했다.

"도야마 씨가 나고야에 살았던 게 몇 년쯤이에요?"

"20대 후반이니까……, 몇십 년 전일까?"

취기가 올랐는지 곧바로 계산이 되질 않는다.

"왜?"

"그때 사귀었던 여자는 없었나요?"

유감이지만 없었다. 아키오는 뭐든지 늦된 편이라 서른이 돼 겨우 아내와 맞선을 보고 결혼할 때까지 여자와는 거의 인연이 없는 채 살 아왔다.

그렇게 대답하려다 '혹시' 하는 생각이 들었다. 설마 이 청년이 나를 아버지로 의심하고 있는 건 아닐까.

부정할 수도 있었지만 아키오는 왠지 "글쎄, 어땠을까?" 하고 애매하게 대답했다. 허세일지도 모른다. 사귀는 단계까지 가지는 않았지만 여자를 안은 경험이 전무하다고는 할 수 없었고, 이런 아들이 있으면 좋겠다는 마음도 있었다. 애매하게 대답함으로써 청년의 생명을 연장할 수 있을지도 모른다는 계산도 있었다.

서로의 생각을 유추하는 긴박한 몇 초의 시간이 흐른 후 청년이 말했다.

"그래요? 도야마 씨는 이제 죽을 생각이 없어졌어요?"

"잘 모르겠어."

아키오도 컵의 술을 다 들이켰다.

"적어도 목을 매는 것은 힘들겠어……. 이대로 가면 어차피 우리는 죽을 수밖에 없잖아? 먹을 것도 없고 나무의 바다에서 미아가 됐으니……."

"이 속에······."

청년이 술병을 흔들었다.

"가루 수면제를 녹여두었어요. 함께 마셔요. 침낭에서 자지만 않는다면 새벽 추위에 체온을 빼앗겨 잠든 채 고통 없이 죽을 수 있죠."

어떻게 하면 좋을까. 사실은 처음부터 알고 있었다. 먹을 것도 물도 다 떨어지면 남은 술과 수면제를 먹는다. 예정된 수순이다. 죽기 위해 나무의 바다에 왔으니 당연한 일이다.

하지만 아키오는 저항하고 싶었다. 전혀 이해할 수 없는 마음의 변화지만 청년을 이대로 죽게 내버려두고 싶진 않았다.

아들 또래의 청년. 아들일지도 모르는 청년. 나무의 바다에 쓰러져 있던 아키오를 지나치지 않고 그의 말에 귀 기울여주고 며칠을 함께 걸어준 청년.

"그렇군. 하지만 남자끼리 텐트 안에서 함께 죽으면 좀 그렇지. 만에 하나 발견되면 동반자살로 이상한 소문이 날 거야."

"그건 그러네요."

청년이 고개를 끄덕였다.

"나는 도야마 씨의 로프를 빌려 조금 떨어진 곳에서 목을 맬게요."

"아니, 그래도."

아키오는 당황했다.

"혼자 죽는 것도 왠지 마음에 안 들고."

"그럼 어떻게 하고 싶은데요?"

청년은 한심하다는 듯 뺨으로 웃었다.

"그럼 도야마 씨의 의식이 없어질 때까지 텐트에 있을게요. 나는 혼자서도 괜찮으니까."

자, 하며 청년은 병에 남은 술을 모두 아키오에게 부어주었다. 아키오는 목울대를 울리며 컵과 청년의 얼굴을 번갈아 봤다.

청년의 얼굴은 증오와 악의로 빛나고 있는 것 같았다. 자신을 이 세상에 태어나게 하고 버린 아버지에 대한 증오와 자신을 밀어내고도 아무렇지도 않게 돌아가는 세상에 대한 혐오가 검은빛을 뿜어내고 있다.

죽음에 대한 나의 각오가 어느 정도인지 시험하고 있구나, 하고 아키오는 생각했다.

죽음을 이야기해놓고 그것이 얼마나 진심인가를, 가족을 버리고 죽음을 선택할 정도로 절망이 그토록 깊은가를.

청년은 잠자코 아키오를 보고 있다.

어쩌면 청년은 자기 혼자 살아남으려는 것일지도 모른다. 목을 맬 생각은 애초부터 없었고 수면제가 든 술을 마시고 정신이 혼미해진 아키오를 남기고 혼자 숲을 떠날 수도 있다.

아아, 진짜 짜증 나는 아저씨였어, 속이 다 시원하네, 하며 배낭을 메고. 어머니를 위한 공양이 조금은 됐으려나, 하는 후련한 표정으로.

그것도 괜찮겠다. 나의 죽음으로 마음이 풀리고 삶의 활력을 조금이라도 되찾는다면 더 이상 바랄 게 없다. 만약 청년이 목을 맨다고 해도 우연히 나무의 바다에서 만났던 나와 청년은 죽음의 순간, 서로의 고통을 같은 무게로 인정한 것이다.

어느 쪽이 됐든 그냥 죽으려고 했던 자신이 누군가에게 조금이나마 도움이 됐다고 생각하니 그걸로도 충분하다는 느낌이 들었다.

아키오는 벅차오른 생각으로 청년이 부어준 술을 단숨에 들이켰다. 조금 쓰고 목에 깔끔거리는 감촉이 있었다.

청년은 슬며시 미소를 짓는 것처럼 보였다.

침낭을 옆으로 치우고 아키오는 누웠다. 텐트 바로 밑에 있는 딱딱한 용암이 등을 찔렀지만 곧 별다른 느낌이 없어졌다.

청년은 제대로 옆에 앉아 있을까. 손전등을 껐는지, 수면제 때문에 시야가 어두워지고 있는지 고개를 돌려도 모습이 잘 보이지 않는다. 불안해져 불러본다.

"아오키 군, 거기 있어?"

"있어요."

청년이 대답했다.

"뭐라고 이야기 좀 해봐."

칙, 하는 소리가 나고 담배 냄새가 났다.

"베가, 데네브, 알타이르. '여름의 대삼각형'을 내게 가르쳐준 사람은 어머니였어요. 부탁하지도 않았는데 싸구려 별자리표를 사다줬어요. 어머니는 별 보는 걸 좋아했죠."

수마가 무섭게 덮쳐왔다.

"아마도 사귀었던 남자 중 별을 좋아했던 사람이 있었겠죠? 금방 감화되는 여자였으니까."

눈을 뜨고 있는지 혹은 감고 있는지도 모르는 상태에서 아키오의 의식은 어둠 속으로 빨려 들어갔다.

"도야마 씨, 잠들었어요?"

베가, 데네브, 알타이르.

청년의 목소리가 주문처럼 귓가에서 조용히 울리고 있었다.

"잠깐만, 저기요, 여보세요!"

누군가가 소리를 지르며 어깨를 흔들어대고 있다.

아키오는 힘들게 눈을 떴다. 뜨자마자 햇살이 망막을 찌른다.

텐트 입구는 크게 펼쳐져 있고 야구 모자를 쓴 중년 남자 둘이 엎드린 자세로 걱정스럽게 아키오를 들여다보고 있다.

이 상황을 이해할 수 없어 아키오는 일단 일어나려고 했다. 그런데 몸을 일으킬 수 없었다. 아키오의 몸은 침낭에 단단히 감싸여 있었다.

이건, 어떻게 여는 거지?

아키오가 몸을 비틀자 의도를 알아챈 한 남자가 침낭의 지퍼를 내려주었다. 상쾌한 아침 공기가 피부를 감싼다.

"저기······."

드디어 자유로워진 손으로 아픈 관자놀이를 눌렀다. 토할 정도는 아니지만 위가 묵직하다. 명백한 숙취 증상이다.

"당신, 이런 데서 뭘 하고 있소? 일어날 수는 있어요?"

"설마 자살하려고 했던 건 아니겠지?"

두 중년 남자는 안도와 분노가 뒤섞인 말투로 연달아 질문을 던졌다. 겨우 머리가 돌아가기 시작하자 아키오는 벌떡 일어났다. 송곳으로 찌르는 것처럼 머리가 아팠지만 가만있을 수 없었다.

"아오키 군!"

텐트에서 검은색 배낭이 사라지고 없었다. 빈 술병만 굴러다니고 있을 뿐이었다.

"아오키 군은 어디 있나요?"

"그게 누군데?"

"젊은 남자이고 키는……."

설명하는 시간도 아까워 아키오는 두 남자를 밀치고 텐트 밖으로 나왔다. 주변을 둘러봤지만 타버린 장작불의 흔적만 남아 있을 뿐 사체를 늘어뜨리고 있는 나무는 없었다.

새소리에 섞여 자동차 엔진 소리가 드문드문 들렸다.

"당신, 정말 괜찮은 거요?"

"진정하고 일단 이리로 와요."

두 남자에게 양팔을 붙잡혀 아키오는 비틀비틀 걸었다. 도중에 몇 번이나 돌아봤지만 아오키라고 자신의 이름을 밝혔던 청년의 모습은 그 어디에서도 찾을 수 없었다.

20미터쯤 걸으니 놀랍게도 숲길이 나왔다. 포장돼 있지는 않았지만 차바퀴 자국이 깊게 패어 있다. 근처 주민들이 자주 드나들고 있는 듯하다. 중년 남자들이 타고 온 것 같은 경트럭이 다른 차가 지나갈 수 있도록 대피소 앞에 세워져 있었다. 길 건너편은 이미 나무의 바다라고 할 수 없을 정도의 숲으로 별장 같은 오두막과 밭이 드문드문 있었다.

"아무리 여름이라 해도 당신, 그렇게 자다가는 죽어요."

"돈이 없으면 경찰서까지 데려다줄게요."

아키오는 빈손에 더러워진 양복 차림이다. 누구라도 여기서 무슨 짓을 하려고 했는지 금방 알아차릴 수 있다. 하지만 두 남자는 이런 상황이 익숙한지, 아니면 자극해선 안 된다고 생각했는지 아주 다정한 말로 아키오를 재촉했다.

아키오는 혼란스러웠고 어쩐지 혼자 남겨진 기분이었다. 그러나 어쩔 도리가 없어 "네" 하고 고개를 끄덕였다.

중년 남자들이 안심했다는 듯 눈빛을 교환했다.

"아이고, 발견해서 다행이네."

남자 하나가 나무의 바다 쪽으로 고개를 돌렸다. 숲길에서 돔 형태의 텐트 지붕이 슬쩍 보였다.

"저게 없었으면 못 보고 그대로 지나쳤을 거야."

다른 한 사람이 길가 나무에 묶여 있는 로프에 손을 댔다. 눈에 익다. 아키오의 로프다. 로프는 텐트가 있는 위치를 가리키듯 나무

두 그루 사이에 팽팽하게 묶여 있었다.

아오키 군.

오열이 터져 나왔다. 자네는 처음부터 이럴 작정이었군. 나를 살릴 생각으로 이렇게 숲길 가까운 곳에 텐트를 치고 술을 권했나. 지금 돌이켜보면 얼마나 되는 수면제를 넣었는지, 아니 넣기나 한 건지도 모르는 그 술을.

아키오는 넘쳐흐르는 눈물을 손바닥으로 닦았다. 나이 먹을 만큼 먹은 사람이 대놓고 우는 게 창피했지만 멈출 수 없었다. 죽어 마땅한 사람이 이렇게 살아 있다는 것을 알게 되자 죽어도 괜찮다고 생각했던 게 거짓말이었던 것처럼 기뻤다. 누군가에게, 적어도 아오키 군이라고 했던 청년에게 살아 있어도 괜찮다고 허락을 받은 것만 같았다.

그래서 아오키 군, 자네는 도대체 어디로 가버린 건가.

부상을 입고 열까지 났는데. 설마 표시가 될 로프를 묶은 후 다시 나무의 바다로 돌아간 건 아닐까.

곧바로 찾고 싶었지만 장비도 없이 나무의 바다를 수색할 수는 없다. 두 중년 남자는 조금 당황스러워하면서도 아키오가 침착해지길 기다렸다.

"당신, 혹시 같이 온 사람이 있었소?"

"그렇다면 그 사람은 무사할 거요. 로프를 매러 숲길까지 나와놓고 죽겠다고 일부러 숲 속으로 돌아가지는 않지, 보통."

달래는 것 같은 그 말에 기대 아키오는 경트럭 조수석에 앉았다. 남자 하나는 짐칸에 탔다. 운전석의 남자는 아키오가 내뿜는 냄새가 역했는지 창문을 열었다.

차는 숲길을 달리기 시작했다.

틀림없이 무사할 것이다. 무사한 게 분명하다.

흔들리는 차에 몸을 맡기고 아키오는 눈을 감았다.

배낭을 메고 아침 이슬을 맞으며 숲길을 걸어 버스 정류장으로 사라지는 청년의 모습이 떠올랐다.

유

언

"역시 그때 죽었어야 했어."

당신이 그렇게 말한 게 쉰여덟 번째쯤 되려나, 솔직히 이제는 지긋지긋하구려. 그래서 이 참에 내 생각을 여기에 적어두고자 하오.

제일 먼저 곱씹어 보아야 하는 건 당신이 도대체 언제를 가리켜 '그때'라고 하는 건지라오. "언제냐?"라고 묻는다면 그 자리에서 시원하게 해결될 사소한 의문이지만 일단 내가 물으면 시작될 사태—그런 질문을 하리라고는 생각도 못했어요, 물어보지 않아도 당연히 알고 있어야죠, 물어봐야 아는 당신의 그 무심함에 화가 나요 등등 한없이 이어질 당신의 신세 한탄—를 나는 바라지 않소. 가능한 한 그런 상황에 직면하는 것만은 피하고 싶소.

그래서 '그때'가 언제를 가리키는 건지 나름대로 추측해보기로 했소. 이 추측이 틀렸다면 이 원고 전체가 무의미한 잿더미로 돌아갈 테지만 뭐 크게 틀리지는 않을 것 같소. 그 정도의 자신은 있단 말이오. 당신과 아주 오래 살아왔으니까.

이 나이가 되도록 살다 보니 이렇게 사느니 차라리 죽는 게 낫겠다고 생각한 적도 당연히 있었소. 우리, 즉 당신과 나의 뇌리에 죽음이라는 단어가 선택지로 절실하게 다가왔던 것은 아마도 세 번 이하였을 것으로 짐작하오. 그것 말고 당신이 늘 "죽었으면 좋겠다"라고 한 말은 단순한 불평이든가 나에 대한 불만을 뜻하는 잔소리라고, 어쨌든 특별히 따져볼 가치가 없는 말버릇이라고 판단했소.

우리가 처음 죽음을 생각한 것은 우리의 사랑을 양가 부모님이 반대했을 때요.

그렇게까지 격렬한 거부 반응, 입에 담지도 못할 저주가 쏟아지리라고는 전혀 예상하지 못했던 우리는 당혹과 반발도 있었지만 무엇보다 슬픔이 컸소. 지금 생각하면 부모님의 분노는 당연했소. 우리는 아직 어렸고 먹고살 수단도 없었으니까.

뭐, 이유는 그것 말고도 많았을 것이오. 나는 척 보기에도 근본도 그리 잘난 인간이 아닌 데 반해 당신 아버님은 부와 지위를 다 가진 분이었소. 한마디로 말해 멋진 분이셨지. 세상물정 모르는 당신을 걱정하는 부모님 마음도 물론 잘 아오.

그런 당신의 아버님에게 당신과 교제하고 싶다고 말할 때의 내 모양새도 꼴사나웠소. 수영 팬티 차림에 손에는 해초를 들고 "진심입니다. 제발 교제를 허락해주십시오"라고 호기를 부렸으니 그러마, 할 부모가 어디 있겠소. 그러나 변명을 하자면 당신 아버님이 우리 데이트 현장에 다짜고짜 들이닥친 것이니 잠수를 하고 있던 내가 수영 팬티 차림인 것은 어쩔 수 없는 일 아니었겠소.

그럼에도 해변에 있던 당신이 아버님의 등장에 하얗게 질려 "평소에는 지금보다 더 똑똑해요"라고 응원사격을 해주지 않았던 것은 지금 생각해도 조금 섭섭하다오.

젊은 두 사람의 뒤를 밟아 해수욕장에 들이닥친 것도 아무리 딸을 사랑하는 마음에서 비롯된 것이었다고는 하나 그리 칭찬할 만한 일은 못 되오. 그러나 나는 당시에도 당신 아버님의 행동을 내심 용서했소. 당신을 사랑하는 마음을 느꼈기 때문이오.

부성애와 육체적인 욕구를 동반하는 사랑이라는 차이는 있지만 당신을 세상 누구보다 소중하게 생각한다는 점이 나와 다르지 않았기 때문이오. 그 사실을 안 나는 당신 아버님에게 동지적 존경을 품었고 그런 부모님이 귀하게 키운 당신을 나도 더욱더 소중하게 대하고 깊이 사랑해야겠다는 각오를 새롭게 했던 것이오.

탐정처럼 행동했던 당신 아버님을 대놓고 비난할 수 없었던 사정도 있었소. 이것은 처음 당신에게 밝히는 건데 사실은 나도 비슷한 짓을 했기 때문이오.

당신은 우리가 니노미야에 있는 공회당에서 열린 음악회 때 처음

만났다고 생각하고 있을 거요. 우연히 만났다고 생각하겠지. 하지만 그렇지 않소. 그 전부터 나는 당신을 알고 있었소. 어떻게든 당신에게 다가가 말을 걸고 가능한 한 특별한 관계가 될 기회를 엿보고 있었단 말이오.

좀 더 솔직히 고백하자면 반년쯤 전부터 당신을 미행했소. 요샛말로 하면 스토커지. 그러나 마음에 품은 사람을 그늘에 숨어 몰래 볼 수밖에 없는 순정을, 멈출 수 없는 연심을 모두 다 범죄라고 판단하는 것은 너무 가혹하오.

가만히 기다리기를 반년, 당신이 공회당에서 열리는 '모차르트 관현악의 밤'에 온다는 정보를 입수한 나는 드디어 결심했소. 친구들과 함께 티켓을 사고 졸음을 쫓으며 관람하다가 가사도우미와 함께 온 당신을 자연스럽게 로비에서 불러 세워……, 다음은 당신도 알고 있겠지.

그 가사도우미, 이름이 뭐였더라. 맞다, 기미 씨. 보고도 못 본 척해준 그녀의 따뜻한 배려 덕분에 우리는 사랑을 키울 수 있었지. 그러고 보니 당신이 "기미가 이제 시집을 간대요"라고 내게 알려준 기억이 있소. 그 후 그녀는 어떻게 지내오? 우리보다 몇 살 연상이었는데 건강하게 잘 지내나?

그날 밤, 공회당에 따라온 내 친구들의 절반 이상이 이젠 이 세상 사람이 아니오. 친구들의 놀림 반, 진심 어린 응원 반이 아니었다면 나는 당신에게 말을 걸지 못했을 거요.

이 나이가 되니 젊은 시절이 꿈이었거나 예전에 읽은 소설 속에서 일어났던 일인 것만 같소. 기억을 공유했던 사람들이 하나둘씩 사라지기 때문일지도 모르오.

이를테면 100년만 지나면 흔적도 없이 사라질 사랑과 그에 따른 행동들을 그리도 열심히 할 수밖에 없으니 사람이란 참으로 이상한 동물이오.

이야기가 조금 빗나갔소. 그렇다면 내가 당신을 어디서 처음 봤는지 당신은 의아하게 생각할 거요.

이비인후과였소. 혼초에 있는 니시다 의원이라는 곳을 기억하오? 바로 거기였소.

당신도 알다시피 나는 귀 청소를 무척 좋아해 하루에 한 번은 꼭 귀를 파지. 당시에도 너무 열심히 귀를 파다 그만 외이염에 걸려 병원 대합실에서 약 처방을 기다리고 있었소.

당신은 아마도 목에 걸린 생선가시를 빼러 왔었을 거요. 문을 열고 교복을 입은 당신이 들어선 순간, 나는 오른쪽 귀에서 측두부에 걸친 맥박 같은 통증을 완전히 잊었소. 당신은 천천히 슬리퍼로 갈아 신고 접수대에서 부끄러운 듯 병원에 온 이유를 이야기했소.

생선가시, 하고 나는 생각했소. 가능하다면 나는 그 생선가시가 돼 당신의 어두운 목구멍 속으로 들어가 그 부드러운 점막에 푹 박혀 있고 싶었소.

약을 받은 나는 니시다 의원 건너편 책방에서 아저씨의 총채 공세를 참아가면서 당신이 나오기만을 기다렸소. 그날부터 반년에 걸친 미행 생활이 시작된 것이오.

모차르트와 이비인후과라니, 감로수와 콧물만큼이나 어울리지 않는 조합이라고 당신은 말할지도 모르겠소. 하지만 이것이 사실이니 어쩔 수 없는 노릇이오. 나는 어울리는 장소라는 걸 고를 새도 없이 이비인후과 대합실에서 벼락을 맞은 것이오. 일생일대의 사랑에 빠진 것이지.

미행의 보람이 있어서 나는 당신 집을 알아냈고 다니는 학교도 알아냈소.

당신 집은 바닷가에서 5분 정도 걸리는 고지대에 있어서, 마을 어디에서도 중후한 기와지붕이 한눈에 들어오는 곳이었소. 그러나 대지는 높고 하얀 담에 둘리싸여 있으며 문은 항상 굳게 닫혀 있었소. 그 지붕 아래에 당신이 있다고 생각하는 것만으로도 나는 한없이 번민했다는 사실은 말할 필요도 없겠지.

학교를 오갈 때 외에는 당신을 볼 기회가 없었지. 물론 내게도 학업이 있었소. 매일 아침, 언덕 중간의 교차로에서 몰래 당신을 기다렸지만 좀처럼 만나지 못하고 등교하는 일도 많았소. 그런 날은 낙담한 나머지 도시락의 밥도 제대로 넘기지 못했지.

수업이 끝나면 가방을 들고 교실을 뛰쳐나와 당신이 다니는 학교로 달렸소. 재수 좋은 날이면 교문을 나온 당신이 고지대의 집으로 돌아갈 때까지 계속 뒤쫓아 걸을 수도 있었소. 당신이 돌아보는 게 좋을까, 이대로 당신의 등만 보면서 계속 걷는 게 좋을까. 어느 쪽도 선택하지 못하고 한없이 이리저리 고민하기만 했지.

당신은 방과 후 학교와 인접한 운동장에서 공놀이에 빠져 있었던 적이 있었지. 운동장이라고 해봤자 풀밭에 간단하게 울타리를 두른 게 다였소. 나는 하굣길에 잠깐 쉬는 것처럼 가장해 운동장 구석에 침입했소. 당신과 당신 친구들은 동그랗게 원을 만들고 환성을 질렀지. 맑은 하늘 아래 오가는 하얀 공을, 미소를 지으며 공을 쫓는 당신을 나는 몰래 지켜봤소.

당신을 사랑하는 마음은 점점 깊어졌고 덩달아 변신하고 싶은 바람도 지극히 커졌소.

나는 그때 공이 되고 싶었소. 생선가시에 이어 이번에는 공이오. 당신이 만지는 모든 것이 되고 싶어 미칠 지경이었소. 당신 목구멍 점막의 감촉과 습기를 아는 생선가시를 질투하다 못해 당신 손에 잡혀 당신 피부에 튕기는 공을 증오하는 마음이 생길 정도였지.

상상력을 발휘해 당신에게 우롱당하는 공이 돼 있던 내게 실제 공이 날아왔소. 그것은 당신이 던진 공이었지. 제대로 받지 못한 당신 친구 하나가 달려와 내 앞에서 인사를 했소. 그러나 내 시선은 오로지 당신에게 못 박혀 있었지. 당신은 옆에 있던 친구와 이야기를 나누고 있다가 내 시선을 의식했는지 몸의 방향을 바꿔 공이 울타리 밖으로 나가는 것을 막아준 내게 멀리서 가볍게 인사를 해주었소.

당신이 던진 하얀 공은 화살이 돼 내 가슴을 관통해 드디어 나는 치명상을 입고 말았소.

그날부터 음악회가 열린 밤까지의 점점 더 깊어지기만 했던 번뇌와 마침내 당신 앞에 모습을 드러낸 후의 전개는 굳이 많은 말이 필요 없겠지.

당신은 내 마음을 받아주고 응해주었소. 당신의 미소, 당신과 걷는 낯익은 거리가 얼마나 내 마음을 환희에 가득 차게 했는지 당신은 상상할 수 있을까. 당신이 생각하는 것보다 몇십 배 더 강하게 당신은 내 정신을 지배했지. 당신의 말 한마디, 잠시 스치는 기색만으로도 나는 세상에서 가장 행복한 사람이 되기도 하고 반대로 가장 불행한 사람이 되기도 했소.

하지만 당신 아버님은 우리의 교제를 허락하지 않았시. 우리는 그렇게 서로 만날 수 없었소. 등하굣길에 당신에게 다가가려고 하면 당신 집에서 일하는 건장한 남자 두세 명이 여기저기서 나타나 나를 끌고 갔소. 데이트 약속을 하려고 해도 편지도 전보도 전화도 불가능했소.

당신의 연락을 기다리는 것도 소용없었소. 당신 행동이 소극적이었다고 원망하는 게 아니오. 당신은 감시와 호기심의 눈에 나보다 더 둘러싸여 있었으니까. 당신 아버님, 남편의 기분을 살펴야 했던 어머님, 당신 집에서 일하는 사람들, 마을 주민들. 모든 사람들이 당신과 나의 사랑에 눈살을 찌푸리며 떠들어댔소.

아직 너무 어리다, 행실이 단정치 못하다, 세상의 눈을 무시한다, 라고.

당신 아버님의 서릿발 같은 눈빛에 우리 부모님도 완전히 위축됐소. 우리 집에서는 내 사랑 같은 건 없는 일로 취급했지. 누구도 화제로 올리지 않았으니까. 다만 무슨 일이 일어나지 못하도록 나의 일거수일투족을 감시했소.

책상 서랍에 넣어두었던 당신에게 받은 편지가 홀연히 사라졌다는 것을 알아차렸을 때 나는 미친놈처럼 화를 냈소. 자신의 아들에게 싹튼 아름다운 마음과 생물로서의 당연한 욕구를 음습한 방법으로 부정하는 존재를 과연 부모라고 부를 수 있을까.

당신과 교류하는 남은 방법은 작은 종잇조각에 마음을 담는 것뿐이었소. 짧은 말들이 담긴 종잇조각은 나에게서 내 친구에게로, 내 친구에게서 당신 친구에게로, 당신 친구에게서 당신에게로, 또 그 반대의 절차를 거쳐 오갔지.

그러나 편지와 달리 거의 한마디씩밖에 쓰지 못했소. 꿈을 꿨어, 보고 싶어, 언제 만날 수 있을까, 지금은 무리, 같은 대화를 나누다 보니 조바심이 나고 바보 같다는 생각이 들었소. 정말 이렇게 낱말 잇기처럼 지루하게 이어질 바에는, 하는 마음에 시험 삼아 '사과'라고 써 보내자 당신은 내 뜻을 제대로 파악하고 '과자'라는 답을 보내왔지. 그렇게 정말로 낱말 잇기를 하고 있던 와중에 친구 하나가 내게 불평을 했소.

"두 사람의 연애를 응원하려고 이렇게 나서주고 있는데 장난은 그만 좀 치지!"

그런 소리였소. 그랬소. 친구가 우리의 통신 내용을 훔쳐보고 있다는 것을 자동적으로 알게 됐는데 그것도 뭐 어쩔 수 없는 일 아니오? 노트를 찢은 종잇조각을 반으로 접은 건데 뭐가 쓰여 있는지 누구든 보고 싶지 않았겠소?

낱말 잇기를 자숙하고 종잇조각에 쓸 글을 심사숙고하고 있는데 당신에게서 편지가 도착했소. 봉투도 노트 조각도 아닌 화선지에 붓으로 쓴 그것은 이웃이 기르는 고양이 목줄에 묶여 있었지.

고양이는 며칠에 한 번씩 우리 집의 작은 정원을 유유히 지나갔소. 나는 책상 서랍에 건어물을 넣어두고 있다가 이따금 고양이와 교류를 시도했었지. 그날 저녁도 고양이가 정원에 나타났기에 건어물을 손바닥에 올려놓고 툇마루에 쭈그리고 앉았소.

거친 혀가 건어물을 쏙쏙 채갔소. 그런데 고양이 목줄에 종이가 묶여 있는 게 아니오? 나는 호기심이 생겼소. 고양이의 주인은 40대인데 꽤나 풍류 있는 일을 하네. 고양이에게 편지를 맡긴 걸 보니 상대는 근처 사람인가?

고양이는 아직 건어물을 먹느라 정신이 팔려 있었소. 나는 목줄에 묶인 종이를 풀어 펼쳤소. 묵 향기가 퍼지며 '오늘 밤 8시, 역에서'라고 적힌 붓글씨는 분명 당신의 필적이었소.

그렇다면 이것은 당신이 내게 보낸 편지란 말인가. 갑자기 심장 소리가 커졌소. 그리고 보니 가끔 정원을 찾아오는 고양이 이야기를 한 기억이 났소. 사람들 눈을 속이고 이 집 근처까지 온 당신은 궁여지책으로 고양이를 잡아 목줄에 편지를 묶었던 거지.

그러나 문제는 편지에 등장하는 '오늘밤'이 정말 오늘밤인가, 라는 점이었소. 고양이는 제멋대로 움직이는 놈이라 돌아다니는 길도 일정치 않았소. 낱말 잇기 이후 종잇조각 통신도 끊긴 우리는 한참 동안이나 얼굴을 보기는커녕 연락조차 하지 못했던 거요. 당신이 고양이에게 편지를 준 게 벌써 사흘 전이고 '오늘밤' 내가 역에 나타나지 않은 것에 실망하고 지금은 고지대에 있는 집에서 잠을 자고 있는 상황도 충분히 고려할 수 있었소.

아니, 그래도 상관없다고 생각했소. 나는 책상 서랍의 건어물을 전부 고양이에게 주고 소지품을 작은 여행 가방에 재빨리 담았소. 가령 날짜가 틀렸다고 해도 나는 '오늘밤' 8시에 무조건 역으로 간다, 당신이 부르면 역에서 영원히 '오늘밤'을 기다릴 테다, 라는 각오였소.

아무렇지도 않은 얼굴로 부모님과 저녁을 먹었소. 이것이 마지막이 되리라 생각하면 늘 먹던 된장국도, 부모님의 얼굴도 한없이 고맙게 느껴졌지.

인력에 끌린 것이라고도 사로잡힌 것이라고도 할 수 있을 것이오. 각자의 집을 나와 역에서 서로의 손을 잡았을 때 나 자신이 얼마나 부모님의 감시와 무언의 압력 속에 있었는지 깨달았소. 당신도 아마 같은 생각을 했을 것이오. 당신의 눈은 두려움과 고양감이 교차하고 있었으니까.

고양이는 곧바로 내게 편지를 전달했던 것이오. 당신이 말한 '오늘밤'은 말 그대로 오늘밤이었소. 다시 만난 기쁨에 몸을 떨며 달도 없는 밤하늘에 우리의 운명이 새로운 별자리를 만들었다고 생각했소.

물론 당신 부모님과 우리 부모님이 걱정하실 생각을 하면 후회도 됐지만 대담한 행동을 선택한 우리가 자랑스럽기도 했소.

자유로워졌다고 생각했소. 오로지 서로의 사랑만으로.

그렇게 뜨거웠던 우리의 연애가 맞은 종국, '끝'이라는 단어에 포함된 어감은 정열적이라고는 도저히 표현할 수 없는 것이었소. 당신은 그 사실을 가리켜 "역시 그때 죽었어야 했어"라고 말하는 걸까.

이야기의 전말을 단숨에 쓰려고 했는데 조금 피로하군. 요즘에는 집중력이 채 20분을 유지하지 못하는 것 같소. 20분 쓰고 두 시간 낮잠을 자고, 또 20분 쓰고 근처를 어슬렁거리고, 매일 이런 생활의 반복이오. 이것도 당신 신경에 거슬리는 듯 "일 좀 더 하면 안 돼요?"라고 말하곤 하지.

"컴퓨터를 사고부터 당신의 작업 효율성이 훨씬 떨어졌어요. 정말 집필에만 전념하고 있는 건지 만남 사이트를 뒤지고 있는 건지 알 수 없다니까."

이런 말도 안 되는 소리를 내뱉을 때도 있지.

접속해보진 않았지만 만남 사이트란 게 젊은 남녀들이 주로 이용하는 거 아닐까. 나는 젊은 남자에게도 젊은 여자에게도 흥미가 없소. 상대 역시 나 같은 늙은이, 게다가 돈도 없는 늙은이에게 관심을 가질 까닭이 있겠소? 당신은 마음만은 젊은이들 못지않아서 언제나 그런 식이지. 당신이 나이를 먹은 만큼 나도 나이를 먹었다는 사실을 직시해줬으면 하오.

컴퓨터와 작업 효율성 저하의 상관관계는 매우 단순하오.

첫째. 컴퓨터를 작업실에 들인 것과 때를 같이해 내 기력 자체가 나이만큼 대폭 저하된 점.

둘째. 내가 아직 키보드를 잘 못 다룬다는 점.

원인은 이상 두 가지가 다요.

날마다 떨어지는 기력을 다독이며 키보드를 상대로 밤낮으로 분전하는 내 노력은 눈곱만치도 알아주지 않고 당신은 작업실로 쳐들어와 잔소리를 늘어놓곤 하지. 그때마다 이 문장은 컴퓨터 화면에서 슬쩍 사라지고 일과 관련된 원고를 쓰는 척해야만 하기 때문에 신경이 더 날카로워진다오.

당신이 말한 대로 죽으면 모든 게 끝이지. 잔소리를 늘어놓는 일도 들을 일도 없고, 매달 생활비 때문에 골치 썩을 필요도 없이 아름다운 마음만 간직할 수 있을 테니까.

그러나 유감스럽게도 우리는 아직 살아 있소.

그날 밤 우리는 마지막 기차를 타고 도쿄까지 갔지. 야간열차로 갈아타고 좀 더 북쪽으로 도망치려고 했지만 당신은 도시가 숨기도 편하고 일자리를 구하기도 쉽다고 주장했소. 일리가 있는 말이었지.

우리는 도쿄 역 야에스 출구에서 심야의 거리로 나와 제일 먼저 눈에 들어온 작은 여관으로 들어갔소. 비즈니스 여관이라고 했지만 실상은 커플들이 이용하는 곳이었을지도 모르겠소. 여주인은 의심스러운 눈으로 우리를 쳐다봤지만 나이도 사정도 묻지 않고 이불과 낡은 전기스탠드만 덜렁 있는 두 평 반짜리 방을 내주었소.

"내일부터 일자리를 찾아보자."

당신이 말했고 나도 고개를 끄덕였지만 우리는 속으로는 죽는 수밖에 없다고 생각했지. 갑자기 벌어진 일이라 우리가 가지고 나온 돈은 용돈에 조금 보탠 정도였소. 아무리 절약해도 둘이 일주일도 못 버틸 돈이었소. 당신으로 말할 것 같으면 평소 돈을 가지고 다니는 생활을 하는 사람이 아니었고.

"어머니의 보석을 빌려왔어요."

당신은 보자기에 싼 루비와 진주 반지를 내게 보여줬지만 전당포에 맡기는 것도 겁이 났소. 또 우리 같은 어린애들이 전당포에 들고 간다고 해도 출처를 의심할 게 뻔했소.

흐린 유리창 너머에서 으스스한 압력이 밀려오는 것 같았소. 기차를 탈 때 느낀 해방감은 연기처럼 사라지고 우리에겐 젊음밖에 없다는 무력감이 우리를 소심하게 만들었소.

베개 옆에는 여주인이 가져다놓은 쟁반이 있었소. 물이 든 병과

이가 빠진 찻잔 두 개. 축축한 요를 깔고 우리는 서로 마주 보고 앉
았지.

당신이 가방에서 꺼낸 보자기를 풀었을 때 얼마 안 되는 옷과 함
께 작은 갈색 약병이 있는 걸 봤소.

"어떻게 하지?"

내가 말했소.

"그러게요."

당신은 그렇게 말하고 보자기를 무릎으로 끌어당겨 약병을 꺼내
쟁반에 놓았소.

"쥐를 잡을 때 쓰는 청산가리예요."

나는 당신을 봤지. 당신도 나를 봤고.

해야 할 일이 정해지자 오히려 마음이 편안해졌소. 앞날을 걱정할
필요없이 지금 이 순간만큼은 서로를 생각하며 지내면 되는 거요. 이
런 행복이 또 있을까. 기쁨에 목이 멜 지경이었소.

나는 떨리는 손을 뻗어 당신의 손을 잡았소. 차가운 당신의 손이
내 손을 살짝 움켜쥐었지.

"어떻게 하지?"

나는 또 말했소. 당신은 더 이상 말하지 않았고 우리는 하나가 돼
요 위에 쓰러졌소. 처음으로 당신의 피부를 보고 만지면서 더 이상
여한은 없다고 생각했소. 당신의 목에서 새어나오는 호흡과 가느다
란 소리는 나의 것과 얽히면서 땀 냄새가 나는 방의 공기 속으로 사

라졌소.

당신이 조금 몸을 떼고 머리맡의 약병을 잡고 물었소.

"어떻게 할까요?"

나는 아무 말 없이 약병을 다다미에 던지고 우리는 허겁지겁 다시 일전을 치렀지.

죽는 게 억울해졌소. 이제 막 알게 된 쾌락은 아직 우리에게 전모를 보여주지 않았고 우물처럼 깊은 뭔가를 가지고 있을 것이라는 생각이 들었소.

우리는 다음 날 낮 기차로 우리가 살던 마을로 돌아와 소동을 일으킨 점을 양가 부모님께 사죄했지. 감시는 점점 심해지고 우리는 1년간 거의 만나지 못했지만 죽음에 대한 갈망은 멀어졌소. 대신 여관에서의 하룻밤을 수없이 만추했소.

육욕에 무릎을 꿇고 동반자살을 포기한 것은 달리 말하자면 심약한 것인지도 모르오. 그렇게 비난할 수도 있겠지만 나는 아직도 그 판단이 틀렸다고 생각하지 않소. 당신은 불만이 있었을지도 모르겠지만 삶을 선택한 덕분에 우리는 육욕을 수십 년이나 실컷 해소하지 않았소? 그렇게 생각하지 않소?

서로의 우물 바닥에 있는 뭔가가 지금에 와서야 고갈될 위기에 처했다는 것을 부정한다는 이야기는 아니오. 질렸다기보다 나이에 따른 성욕의 쇠잔이 원인이므로 어쩔 수 없구려. 두 사람의 협력으로 오랫동안 그 우물을 퍼 올린 점을 칭찬하고 싶은데 당신 생각은 어떤지.

두 번째로 죽음을 선택할지의 기로에 섰던 것은 둘이 함께 산 지 10년이 지났을 무렵이었소.

이 화제를 건드림으로써 당신의 분노가 재연될까 봐 걱정이지만 내 과오라는 점이 명백하기 때문에 이야기하지 않고 넘어가면 당신은 더욱 화를 낼 것이오.

"역시 그때 죽었어야 했어"를 넘어 "죽어버려!"라는 눈빛으로 나를 노려보는 것만은 참아주시오.

평소 온후하기 그지없는 당신의 분노는 한번 점화되면 차갑고 격렬하게 타오르지. 그것을 절실히 느낀 것은 이른바, 그러니까 우리끼리 이야기하는 '나팔꽃 사건' 때였소.

그 무렵 나는 출판사에 근무하며 참고서 만드는 일을 했던 터라 교사나 대학교수와 접할 기회도 많았소. 입시 열기가 뜨거울 때라 새로 출간하는 참고서와 교재는 잘 팔렸지. 나는 현역 교사에게 집필이나 감수를 의뢰해 『이것만 외우면! 필수 영어 단어』나 『최고난도 물리 실전문제집』 같은 참고서를 차례로 만들었소. 바빴지만 충실한 날들이었소. 특히 『이것만 외우면! 필수 영어 단어』는 수험생들 사이에서 '이것만 필수!'라고 불리면서 스테디셀러가 됐소.

당신 역시 고등학교 영어 선생님으로 학생들의 존경을 받으며 바쁜 시간을 보냈소. 당신이 작성한 '여름방학 학습 참고도서'라는 프린트물을 본 적이 있소. 고교생도 읽을 수 있는 영어책이나 시험 대비에 유용한 문제집이 나열돼 있었는데 그 끝에 내가 만든 참고서도 있는 걸 봤다오. 좀 더 눈에 띄는 곳에 크게 써주었으면 좋았을 텐데, 하고 생각했지만 유착이나 편드는 것을 싫어하는 당신의 결벽성을, 든든하고 자랑스럽게 여긴 것도 사실이오.

나는 바쁜 생활을 핑계 삼아 또 당신과 있는 게 익숙해져서 그 무렵 조금 안일한 생각을 했던 것 같소.

자연스럽게 하나가 돼 10년이나 지난 그 시점에는 부모님이나 형제 그리고 친척들에게도 묵인된 사이가 돼 둘이서만 어깨를 맞대고 살아야 했던 지난날의 긴장감과 어려움을 잊어버렸던 것이오. 아니, 당신은 잊지 않았다고 하겠지. 맞는 말이오. 잊은 건 나요. 진심으로 반성하고 있소.

나는 늘 생각했어야만 했소. 암흑의 1년을 살아내고 각각 대학에 진학해 드디어 부모님의 눈을 피해 도쿄에서 재회했던 날을. 학업을 하는 틈틈이 사랑을 키우고 밤을 새며 미래에 대해 이야기하던 때를. 서로 무사히 취직하고 집을 빌려 드디어 둘이 함께 생활하기 시작했던 봄을. 끈질기게 부모님을 설득해 실망도 불만도 모두 이겨냈던 일을.

내가 결국 흔들렸던 상대는 박사 논문을 막 제출한 젊은 연구원이었소. 이름을 이야기하면 당신은 당시를 떠올리며 노발대발할 테니까, 그렇다고 숨긴다고 해도 이제는 아무런 의미도 없으니까 여기서는 그냥 모 씨로 합시다. 모 씨의 전문 분야는 소설 『겐지 이야기』로

모 씨를 지도하는 교수에게 고문 단어장의 감수를 의뢰했다가 알게 됐소.

『겐지 이야기』의 세계에 푹 빠져 있던 모 씨는 세상과는 조금 동떨어진 사람이었지. 현행 결혼제도를 비웃듯 화려한 연애를 계속하고 있었으니까. 나 역시 모 씨에게는 연애담의 구석에나 그려 넣어질 사소한 존재였소. 금색 구름 속에 숨어버릴 것 같은. 구름 뒤에 숨은 반달 같은.

힘들어도 필사적으로 변명을 하면 당신은 코웃음을 치겠지만 정말 그 정도였소.

휴일에는 향을 만드는 게 취미라는, 우아한 건지 어두운 건지 알 수 없었던 모 씨는 어느 날 밤, 갑자기 내린 비를 맞은 내게 손수건을 빌려주었소. 어리석게도 나는 그것을 주머니에 넣은 채 집에 돌아왔고 전부터 의심을 했던 당신에게 결국 결정적인 빌미를 제공하고 만 것이오.

헤이안 시대794년~1185년_옮긴이의 향내가 배어 있는 고색창연한 손수건을 눈앞에 둔 나는 같이 일하는 동료가 어디까지나 선의로 빌려준 것이라고 변명했지만 물론 당신에게는 통하지 않았지.

"모르는 모양인데 당신이 늦게 들어온 다음 날 아침이면 현관 앞에 늘 나팔꽃 하나가 떨어져 있었어요."

즉 그것은 모 씨 나름의 방식, 나에 대한 작별 인사였던 것이오. 왜 그렇게까지 헤이안 시대의 풍습을 따라야 했는지는 도무지 모르겠지만.

모 씨는 연구원으로서는 우수했지만 시를 짓는 재능은 타고나질 못했던지 나팔꽃에 글을 첨부하지는 않았던 모양이오. 달랑 나팔꽃 한 송이만 여러 번 현관 앞에 떨어져 있었다면 당신뿐만 아니라 누구든 이상하다고 생각했을 것이오. 게다가 내가 집에 돌아오는 시간과 나팔꽃의 상관관계를 깨달았다면 그야말로 이 꽃은 제3자의 선전포고라고 해석하는 것도 무리는 아니오.

물론 일반적인 관점에서 보자면, 모 씨가 우리 집 현관 앞에 우리 사이를 암시하는 듯한 꽃을 일부러 남겨둔 이유는 당신에 대한 도전, 다시말해 선전포고일 것이오. 그러나 모 씨의 성격과 나와 모 씨의 관계를 안다면 다른 가능성이 부각된다오.

오로지 『겐지 이야기』에 푹 빠진 모 씨는 깊은 생각 없이 아침 작별 인사를 한 게 아닐까, 하는 것이오. 내게 당신이라는 존재가 있고 함께 살고 있다는 것을 모 씨는 전혀 몰랐던 게 아닐까.

그렇다고 해서 모 씨의 애인 행세와 무신경함이 경감되는 것도 아니고, 그런 모 씨와 관계를 가져 당신에게 상처를 준 내 허물이 없어지는 것도 아니오만.

어쨌든 나는 당신에게 우선 시치미를 뗐소. 당신이 어떻게 된 거냐고, 모 씨의 이름을 대라고 추궁하자 이번에는 다 털어놓았소.

그러나 그런 허세를 부린 것도 당신이 입술을 깨물고 고개를 숙이는 것을 볼 때까지였소.

"둘밖에 없다고 생각하고 당신의 마음만 믿고 살아왔는데 당신은 그렇지 않았나 보군요."

당신의 나직한 말에 가슴이 찔리는 것만 같았소. 하지만 당신의 마음을 무겁게 느끼는 한편에는 당신이 내게서 멀어질 리가 없다고 확신한 오만함도 있었기 때문에 아무래도 솔직할 수 없었소.

나는 곧바로 모 씨와의 관계를 끊었고 한여름의 바람은 그렇게 끝났는데 그것을 당신에게 보고하지는 않았소. 당신은 침묵을 지켰지. 일상으로 돌아온 것 같았소.

그런데 당신 안에서는 어두운 분노의 불꽃이 꺼지지 않고 여전히 타오르고 있던 모양이오.

규칙적으로 회사와 집을 오가며 저녁 자리에서는 당신에게 그날 있었던 일을 이야기했지. 그런 날이 이어지면서 이제 슬슬 추위가 시작되는구나, 하고 생각하던 가을밤.

문득 눈을 뜨니 옆자리에 당신이 없었소. 한참을 기다렸지만 화장실에 간 것 같지도 않았소. 불길한 예감이 들어 나는 일어났소.

당신은 좁은 부엌 식탁을 마주하고 무슨 생각을 하는 것처럼 앉아 있었소. 싱크대 위에 작은 전구만이 켜져 있었지. 식탁에는 갈색 작은 병이 놓여 있었소.

"뭐 해?"

말을 건 나는 너무 놀라 식탁 옆에 우두커니 섰소. 꽤 변색돼 있었지만 그 병의 라벨을 본 기억이 났기 때문이오.

열정에 겨워 가출했던 젊은 날, 그 여관에서 당신이 조심스럽게 꺼냈던 바로 그 청산가리였소.

"내일 아침 된장국에 넣을까, 고민하고 있었어요."

당신이 말했소.

"왜?"

무릎과 목소리가 떨리는 것을 간신히 진정시키고 내가 물었지.

"함께 죽고 싶어요. 또다시 이런 일을 당하느니 차라리 지금 죽고 싶어요."

나는 진심으로 사과하고 제발 용서해달라고 빌었소. 죽음이 무섭기도 했고 절박한 당신 모습이 두렵기도 했기 때문이오. 또 그렇게까지 당신에게 상처를 준 나 자신에게 화가 났소.

나의 호소가 도움이 됐는지 당신의 마음이 누그러지는 듯했소. 그래서 내가 말했지.

"그 청산가리는 변했을 거야. 그런 건 빨리 버려."

당신은 잠시 망설인 다음에 병을 들고 일어섰소.

"그럼 된장국에 넣는 것은 그만두죠."

안도하는 마음에 의자에 주저앉았소. 내게 등을 돌린 당신은 싱크대에서 물을 사용했소. 얼마 후 돌아선 당신의 양손에는 투명한 액체가 든 유리컵이 들려 있었소.

"상했는지 아닌지 여기서 시험해봐요."

"그런 바보 같은 소리가 어디 있어. 죽는다고!"

"내 마음은 이미 죽었어요. 당신이 죽였죠. 다시 소생하려면 둘이 함께 죽는 수밖에 없어요. 저세상에서 아무런 응어리 없이 다시 살아요."

초조한 와중에도 나는 깨달았소. 우리는 아무런 증인도 축복도 없이 서로의 사랑만으로 함께 살았소. 내 사랑은 당신이고, 당신의 사랑은 나였소. 그렇게 살아온 우리였기에 내 사랑인 당신이 죽었다면 나 역시 살 의미가 없소. 당신 속에서 죽어버린 사랑, 그것은 바로 나요. 당신의 마음이 죽으면 나도 죽소.

지금 생각하면 정말 이상한 말이지만 나는 아주 진지하게 그런 생각을 하고 식탁에 놓인 유리컵을 들었소. 당신은 뚫어져라 나를 보고 있었지.

"당신부터 마셔요. 내가 먼저 마시면 무서워진 당신이 혼자 살아남으려 할지도 모르니까."

당신은 그렇게 말하고 나를 지켜보며 자신도 컵을 들었소.

고통은 한순간이라고 들었소. 당신의 사랑을 되찾지 못하고 앞으로 긴 시간을 살아야 하는 고통에 비하면 순간일 뿐이오.

눈을 감고 과감히 컵의 내용물을 삼켰소. 쓴맛과 살짝 짠맛이 났소. 그리고 아무 일도 일어나지 않았소. 위가 타는 것 같은 고통을 각오하고 열까지 셌지만 역시 아무 일도 일어나지 않았소.

눈을 뜨니 건너편 자리에서 당신이 유유히 컵을 입에 댔소.

"식염수예요."

당신은 말했소.

"자기 전에 마시면 몸에 좋대요."

너무나 황당해 말이 나오지 않았지. 화를 내야 할까, 울어야 할까, 웃어야 할까를 몰라서 자리에서 일어난 나는 망연자실 당신을 바라봤소.

"혹시 당신이 지금 그걸 마시지 않았다면"

당신은 나직하게 말했소.

"내일 아침, 된장국에 청산가리를 넣을 생각이었어요."

"그 된장국을 당신도……."

"물론 먹죠."

그렇다면 상관없다고 생각했소.

그날 이후 된장국은 당신이 먼저 입을 대지 않으면 먹을 수 없게 됐소. 물론 만에 하나 당신이 된장국을 먹고 괴로워한다면 늦지 않게 따라갈 각오는 돼 있었지만.

당신을 배신하면 어떤 무서운 일이 벌어지는지는 뼈에 사무치게 깨달았소. 당신의 그런 열정적인 면을 나는 사랑하오. 그 정도의 자극이 없었다면 두 사람만의 생활은 곧 이완되고 좀처럼 이어지지 못했을 것이오.

이렇게 결심하고 있기에 당신도 너무 가볍게 "역시 그때 죽었어야 했어"라고 말하지 않았으면 좋겠소. 이를테면 불평의 말을 하더라도 죽음을 담보로 사랑의 가치를 재는 일은 하지 않았으면 하오.

우리는 몇 번이나 위기를 함께 넘었소. 서로의 애정과 이해를 힘으로 바꾸어서.

사랑의 궁극적인 증명은 함께 죽는 것이라고, 당신은 극단적으로 이야기하곤 했지. 그것이 당신의 정열적인 면이고 또 장점이지만 그러나 나는 둘이 함께하는 매일, 생명이 있으니까 맛볼 수 있는 평온한 시간의 흐름도 아름답다고 생각하오. 당신도 그렇지 않소?

그러니까 최근 아무래도 무릎이 아파 생각대로 몸이 움직이지 않을 때나, 아침 반찬으로 나온 말린 정어리를 내가 오래 씹고 있는 게 마음에 들지 않는다는, 그런 사소한 일에 전가의 보도집안에 대대로 내려오는 귀한 칼이란 뜻으로, 어떠한 사실 한 가지만을 가지고 자주 들먹인다는 의미로 쓰인다_옮긴이처럼 "역시 그때 죽었어야 했어"라는 이야기를 꺼내지 않았으면 좋겠소. 나이가 들면 무릎이 덜거덕거리고 이도 시원치 않게 되지. 당연한 일이오. 이제까지 우리가 살아온 시간, 앞으로 당신이 살아갈 시간을 좀 더 긍정적으로 평가해야 하지 않겠소.

그렇다고 해도 "아무리 일해도 두 사람이 함께 살았다는 증명을 남기지 못한다고 생각하면 허무하지 않아요?"라고 당신이 말했을 때는 가슴이 참 막막했소. 나는 쉰을 넘겨 큰마음을 먹고 회사를 그만두고 작가의 길을 걷기 시작했지. 다행히 시대소설로 신인상을 탔고 그다음에도 먹고살 수 있을 정도의 일이 있어서 집필과 자료 수집,

취재 여행에 쫓겼소.

당신도 베테랑 고교 교사로서 수업뿐만 아니라 서클 활동 지도나 회의, 공부 모임 등을 하며 그야말로 잠잘 시간도 아끼며 일했소. 내가 일정한 수입이 없었기 때문에 그만큼 당신에게 정신적 부담이 생겼을지도 모르고 마침 당신이 갱년기였을 수도 있소.

그걸 알아차렸을 때 당신은 이미 갈 곳을 잃고 있었고 드디어 한겨울 밤중에 내 작업실로 와서 "아무리 일해도"로 시작하는 말을 절절하게 호소했소.

"'함께 살았다는 증명'이란……"

나는 만년필 뚜껑을 닫고 당신을 바라봤소.

"이를테면 어떤 것을 말하는 거요?"

"이를테면 아이죠."

당신이 대답했지만 우리에게는 아이가 생기지 않는다는 것을 당신이나 나나, 둘 다 잘 알고 있지 않소.

"아이가 부모가 함께 살았다는 증명이 된다는 생각에 나는 찬성할 수 없소" 하고 나는 말했지.

"아이는 부모와 전혀 별개의 인간으로 부모의 인생을 보완하거나 보충하기 위한 존재가 아니오."

"그건 그렇지만."

당신은 눈물을 지었소. 그리고 말했소.

"당신은 자신의 아이라고 할 수 있을 만한 것을 쓰고 있으니까 그

런 식으로 단언할 수 있는 거예요. 죽어도 한동안은 어디 도서관에
책 한 권쯤은 남아 있겠죠."

"여보, 책은 어디까지나 무기질이오. 나는 내가 쓴 글을 내 자식이
라고 생각한 적이 한 번도 없소. 그런 식으로 말한다면 당신 제자들
이 훨씬 자식에 가깝지. 제자라는 말에 이미 자식이라는 뜻이 들어
있는 데다 생명 활동도 하니까. 지금까지 가르친 학생들을 자식이라
고 생각한다면 당신은 정말 아이가 많은 사람이오."

위로하고 이해시킬 생각으로 말했지만 당신은 아련하게 고개를 흔
들고 작업실에서 나갔소.

나와 함께 사는 길을 선택하지 않았더라면 당신은 아이를 가졌
을 수도 있었겠지. 잃어버린 선택을 생각하니 유감스러운 기분이 들
었소.

하지만 예를 들어 우리 사이에 아이가 생길 가능성이 있었다고 해
도 쉰을 넘겨 아이를 만드는 일은 힘들었을 것이오. 지금까지 둘이서
잘 살아왔음에도 왜 이제 와서 아이 이야기를 꺼내는지. 여전히 바
쁘긴 했지만 피차 나이만 먹고 있었기 때문에 당신은 외롭고 쓸쓸한
마음이 됐구나, 하고 생각했소.

일단 매듭이 지어졌다고 생각하고 다시 마음을 다잡고 글을 쓰기
시작했는데 당신의 쓸쓸한 얼굴이 떠올라 가만있을 수 없었소. 오늘
밤은 여기까지만 하자고 마음먹고 작업실 불을 끄고 복도로 나왔지.
집 안은 조용했소. 눈이라도 내리나 싶어 복도 창문으로 마당을 내려

다봤는데 마른 지면에 달빛이 하얗게 비추고 있었을 뿐이었소.

침실에 당신은 없었소. 또 이상한 생각에 사로잡힌 게 아닐까, 하는 마음에 급히 계단을 내려가 부엌으로 들어갔소. 분명 아무도 없어야 할 앞마당에서 인기척을 느낀 것은 그때였소.

거실의 큰 창문에 달린 커튼을 연 나는 다음 순간 문을 열고 맨발로 마당으로 뛰어나갔소. 하얀 숨이 짙게 깔린 것이 묘하게 눈에 들어왔소.

감나무 가지에 걸린 밧줄에 목을 매고 맥주 박스를 차서 넘어뜨리는 것과 거의 동시에 나는 당신의 몸통을 무작정 잡고 받치기 시작했소.

"무슨 짓을 하는 거요!"

당신 허리춤에 팔을 두르고 혼신의 힘을 다해 들어올리면서 나는 소리를 쳤소. 마침 내 이마에 닿은 당신의 팔에서 온기와 고동이 느껴졌소.

당신은 아무 말 없이 내 목에 두 손을 댔소. 그러고는 그대로 조르기 시작했소. 고통스러움과 한심한 생각에 헛웃음까지 나왔소. 나뭇가지에 목을 매달아 자살하려는 사람을 구하려다가 도리어 그 사람에게 목이 졸려 죽게 되다니, 도대체 이런 일이 어떻게 있을 수 있단 말이오?

내가 목이 졸려 힘을 풀거나 정신을 잃는 것은, 즉 당신의 죽음을 의미하는 것이오. 나는 넘어져 있던 맥주 박스를 필사적으로 다리로 끌어왔소.

"일단, 일단."

말하고 겨우 고개를 들어보니 당신은 후광처럼 달빛을 받으며 내 목을 조르고 있다고는 생각할 수 없을 정도로 맑은 표정으로 나를 내려다보고 있었소.

"일단 여기에 발을 올려요."

눈물과 콧물을 내뿜으며 호소했소. 당신은 비로소 마음이 움직였는지 선녀가 땅에 내려오듯 발끝부터 천천히 맥주 박스에 체중을 실었소. 당신의 손이 내 목에서 떨어지자 나는 무릎에 두 손을 대고 기침을 해댔지.

죽음을 희구하는 것은, 그리고 거기에 나를 초대하려는 것은 당신의 아주 나쁜 버릇이오.

한숨 돌린 다음에 나는 신중하게 맥주 박스에 올라가 당신을 뒤에서 안 듯 하고 올가미 매듭을 풀었소. 당신은 격정이 사라진 듯 얌전하게 서 있었지.

올가미를 다 풀고 안심이 된 나는 내 품에 안긴 당신의 몸을 꼭 껴안았던 것이오.

우리의 그림자가 심야의 지면에 드리워져 있었소. 바람에 흩날리는 도롱이벌레처럼, 바다 속을 방황하는 이상한 모양의 물고기처럼 그것은 검게 흔들리고 있었소.

그 후 나는 당신 앞에서 가능한 한 아이와 관련된 이야기는 꺼내지 않으려고 노력했소. 친구에게 손자가 생겼다는 화제도, 최근 자주 듣게 되는 아동 학대에 대한 뉴스도 실수로 식탁에서 튀어나오지 않도록 조심하고 있다오.

더 말하자면 나팔꽃 전시장 소식이 나오면 채널을 돌리고, 교토 여행 선물로는 절대 향을 사지 않으며, 향수조차 건드리지 않는다오.

억지로 그러는 게 아니라 당신과 함께 생활하는 데 필요하기 때문에 기꺼이 진심으로 하는 일이오. 말린 정어리조차 가능한 한 빨리 씹어 넘기려고 노력하고 있다오.

어떨까. "역시 그때 죽었어야 했어"라는 말 속의 그때는 내가 추측한 세 번의 사건을 가리키는 것일까? 맞았길 바라오.

그리고 당신에게 묻고 싶은 게 있소. 우리가 정말로 죽었어야 했다고 당신은 생각하오?

당신의 쉰여덟 번째 "역시 그때 죽었어야 했어" 발언은 물론 불평일 뿐 진심은 아니라는 것을 잘 알고 있소. 그러나 나도 당신의 불평이 지긋지긋해질 때는 불안하기도 하다오.

만약 당신이 정말로 그때 죽지 못한 걸 후회하고 있다면 어떻게 해야 좋을지, 하고 말이오.

당신과 나의 지금 건강 상태를 비교하건대 내가 먼저 죽을 게 분명하오. 예상을 뒤엎고 당신이 먼저 세상을 떠나게 된다면 아무 문제도 없소. 나는 마지막까지 당신을 간호하고 당신과의 추억을 곱씹으면서 수명이 다하기를 기다릴 수 있소.

그러나 예상대로 내가 먼저 죽어버리면 당신이 뒤를 쫓을까 봐 걱정이오. 함께 죽음으로써 사랑을 증명하고 싶어 하는 당신이니까. 물론 그것은 당신이 벌이는 일종의 밀당이자 심정을 토로하는 방법이며 나에 대한 불만과 화가 극에 달했을 때 일어나는 폭발이라는 것도 알고 있소. 지금은 나에 대한 애착도 걱정도 소진됐을 텐데, 뒤를 쫓다니 말도 안 돼요, 당신이 죽으면 나 하고 싶은 대로 하며 살 거예요, 라며 당신은 웃어넘길지도 모르지.

그렇다면 그걸로 됐소.

나는 한 번도 당신에 대한 마음을 글로 표현한 적이 없소. 당신의 아버님에게는 "교제를 허락해주십시오"라고 말해놓고 정작 중요한 당신에게는 명확하게 애정 표현을 한 적이 없는 것 같소. 그러는 것이 당연한 시대였고 말하지 않아도 전해질 거라 믿기도 했소.

다만 혼자 남겨질 당신이 받아야 하는 것이니 마지막으로 형태를 남기는 게 좋겠다고 생각했다오. 그래서 "일은 하고 있는 거예요?", "밤을 새는 건 좋지 않아요. 이제 무리할 나이는 아니니까요"라는 당신의 잔소리를 견뎌내며 요 며칠 고생하며 이 글을 쓰고 있는 거요. 내 눈의 피로는 지금 극에 달해 있소.

컴퓨터에 저장된 이 글을 당신이 발견하길 바라오. 당신은 컴퓨터를 만지지 않으니까 내가 죽으면 아내에게 컴퓨터를 확인하라고 말해달라고 미리 담당 편집자에게 부탁해두었다오.

당신이 이 글을 읽고 자기 자신과 인생에 대한 얼마 안 되는 후회와 회한마저 털어버리고 살아갈 마음이 되길 바라오.

"역시 그때 죽었어야 했어"라고 당신은 말하지.

그렇소. 우리는 죽음에 가까이 다가갔던 적이 몇 번 있었소. 둘이 죽음을 선택하면 고뇌에서 해방되고, 사랑은 사랑대로 아름다운 결실을 맺겠지. 또 세상 사람들의 동정도 받았을지 모르오.

그러나 나는 역시 우리가 살길 잘했다고 생각하오. 죽어야지, 죽어야지 입버릇처럼 말하다가 조금 더 나아가 실행에 옮기려고 하면서도 그때의 흐름과 분위기에 발목이 잡힌 우리는, 지금 조린 김을 담은 병뚜껑을 여는 것도 힘겨워하고 얼마 안 되는 계단을 오르려고 해도 무릎이 아프지. 이제는 무해할 청산가리 병뚜껑을 여는 것도, 감나무 가지에 올가미를 거는 것도 원하는 대로 하지 못할 만큼 늙어버렸소.

이렇게 되고서야 비로소 확신을 갖고 말할 수 있겠소. 당신은 소중한 사람이라고. 좋아한다거나 사랑한다는 달콤한 말을 넘어 당신의 불평과 잔소리까지 포함해 당신을 소중하게 생각하오.

당신과 만나 당신과 살았기 때문에 비로소 나는 이 세상에 생을 부여받은 의미와 모든 감정을 맛보았고 알 수 있었던 것이오. 당신에게 나도 그런 존재였으면 얼마나 좋을까.

그날 운동장에서 당신이 던진 태양처럼 하얀 공은 눈부신 화살이 돼 지금도 내 가슴속에 깊이 박혀 있소.

아마도 나를 화장하면 그때 당신이 봤던 모습 그대로 사랑의 화살이 나올 테니 뼈 사이사이를 잘 찾아보길 바라오.

정성들여 예쁜 머리장식을 해도, 밤하늘에 뿌려진 별이 늘어나도, 이 대신 잇몸만 남아 있어도 나는 그저 좋다오.

내 모든 것은 당신의 것이오. 당신과 지낸 긴 세월도, 내 삶과 죽음도 모두.

첫

오 봉

손 님

신비한 전설이나 옛날이야기를 수집한다고 했나? 요즘 학생들은 별걸 다 조사하네.

그러고 보니 이 주변엔 옛날 집들이 많지. 보는 대로 우리 집도 낡았다는 점만큼은 자신 있지만. 어머, 고마워요. 맞아요. 오래된 농가죠. 유감스럽게도 부모님은 밭에 나가셨어요. 할아버지는 내가 태어나기 훨씬 전에 돌아가셨고 할머니는 4년 전에. 여우 신부를 얻었다거나 학이 은혜를 갚았다거나, 그런 이야기를 할 수 있는 사람은 지금 집에 없어요.

하지만 일부러 도쿄의 대학에서 조사를 나왔다니까 괜찮다면 내 경험 중 조금 불가사의한 이야기를 들려드리죠. 민속학이라고 했나, 그럼 연구 대상이 될 수도 있겠지만.

나는 아마도 학생들보다 띠 동갑 정도로 나이가 많을 거예요. 아주 젊지는 않지만 그렇다고 아주 많은 것도 아니죠. 컴퓨터도 휴대전화도 일상적으로 사용하는 세대예요. 미신 같은 것도 전혀 신경 쓰지 않고 TV에 나오는 초능력자 같은 사람도 어째 수상하다고 생각하죠.

하지만 역시 아무리 해도 설명할 수 없는 일을 겪은 적이 있답니다.

시골 노인들에게 전해 들은 이야기가 아닌데 괜찮겠어요?

그 남자는 우메 할머니의 하쓰봉사람이 죽고 처음 돌아오는 오봉, 즉 음력 7월 15일인 백중을 가리킨다_옮긴이에 찾아왔어요.

여기는 나가노 중에서도 해발이 제법 높은 곳이라 오봉 때는 이미 서늘하답니다. 그런데도 검은 양복에 검은 넥타이를 매고 입구에 서 있는 남자의 모습은 자리를 잘못 찾은 것처럼 덥고 답답해 보였어요. 촌스럽다고 할 정도로 완벽한 정장 차림이라. 시골 사람들은 고인이 돌아가시고 처음 오봉을 맞는 집에 인사하러 갈 때는 대체로 평상복을 입거든요.

나는 여기서 태어나고 자랐지만 전문대학에 진학한 것을 계기로 도쿄로 나가 그대로 거기서 취직했어요. 그런데 내내 사귀던 남자와 헤어지고 말았죠. 결혼할 생각이었던 터라 충격이 컸어요. 기분 전환이나 하려고 그해에는 오봉 휴가 때 집에 왔습니다.

시골에서는 서른을 넘기고도 독신인 여자는 그다지 많지 않아요.

부모님은 별 말씀 없으셨지만 이웃들의 시선이 따갑고 부담스럽다는 생각을 안 한 건 아니었어요. 하지만 오랜만에 고향에서 느긋하게 쉬고 싶었고 무엇보다 우메 할머니의 첫 오봉이었으니까. 할머니가 나를 무척 예뻐하셨거든요.

우메 할머니의 첫 오봉을 지내기 위해 이 집에는 친척들이 다 모였어요. 고모들과 사촌들, 역시 도쿄에서 일하고 있는 동생도 돌아왔으니까요.

하지만 그 남자가 집을 찾아왔을 때 다른 사람들은 모두 집을 비운 상태였어요. 꼭 오늘처럼.

동생은 틀림없이 소꿉친구들과 놀러 나갔을 거고, 부모님과 세 고모는 아이들을 데리고 여름 축제를 도우러 가거나 나눠서 첫 오봉 인사를 하러 가거나 둘 중 하나였을 거예요. 맞다. 나는 전날 밤, 드디어 집에 왔다고 긴장이 풀려서인지 조금 열이 났어요. 그래서 집을 지키는 일을 맡았던 거죠.

오늘이요? 오늘은 괜찮아요. 나 혼자 집을 지키고 있는 것은 산전 휴가 중이라 그래요. 임신 8개월인데 그리 눈에 띄진 않죠? 결혼을 계기로 도쿄 직장 생활은 그만두고 부모님과 함께 이 집에서 살고 있어요. 어머, 아니에요. 실연당한 남자와는 다른 사람이에요. 호호호. 그래요. 데릴사위를 들였어요. 동생은 이런 시골에서는 살기 싫다고 하니까요. 남편은 옆 마을에 있는 회사에서 근무하고 있어요. 나는 우체국 파트타임 직원. 아이가 태어나고 조금 안정되면 다시 복귀할 생각이에요.

어디까지 이야기했더라? 아, 그래요.

검은 양복을 입고 나타난 남자는 이렇게 말했죠.

"오이카와 우메 씨의 먼 친척인 이시즈카 나쓰키라고 합니다. 불단에 향을 좀 올리고 싶습니다만."

서른 살쯤으로 마른 몸에 허리가 꼿꼿한 꽤 괜찮은 남자였어요.

그 점에 끌린 건 아니지만 나는 이시즈카 나쓰키라는 남자를 불단이 있는 방으로 안내했죠. 먼 친척 중에 이시즈카라는 사람이 있다는 말을 들은 적은 없지만 그렇다고 우메 할머니의 첫 오봉에 찾아온 손님을 내쫓을 수는 없잖아요. 첫 오봉 손님을 가장해 이런 산골까지 강도짓을 하러 오는 사람도 없을 거라 생각했고요. 이 마을에는 현관문을 잠그는 집이 없을 정도니까요.

불단이 있는 방에서는 우메 할머니가 영정 속에서 미소를 짓고 계셨어요. 또 새롭게 지어진 우메 할머니의 법명이 쓰인 위패가 선조들의 위패와 함께 많은 과일과 과자를 받고 계셨죠.

이시즈카는 불단 앞에 무릎을 꿇고 앉아 주머니에서 염주를 꺼내더니 아주 오랫동안 합장을 하고 있었어요. 불단의 양옆에 놓인 촛불이 이시즈카의 뺨을 파랗게 비추고 있었죠. 나는 불단이 있는 방과 이어진 세 평짜리 다다미방에서 차를 준비하면서 이시즈카의 모습을 슬쩍슬쩍 살폈습니다.

이시즈카는 드디어 뒤를 돌아보고 장지문이 열려 있는 문턱을 넘어 세 평짜리 방으로 왔어요. 차가운 보리차와 찻물을 들인 과자를 내놓자 이시즈카는 목례를 하고 탁자 앞에 앉았습니다. 또 정중하게 무릎을 꿇고 있었죠.

"편히 앉으세요."

내가 이야기했지만 이시즈카는 다리를 풀려고 하지 않았어요. "잘 먹겠습니다" 하고 형식적으로 차에 입을 댈 뿐 과자에는 손도 대지 않았습니다. 조심스럽고 예의가 바르지만 아무래도 좀 답답한 사람처럼 느껴졌지요.

벽시계가 놋쇠로 만들어진 추를 흔들며 무겁게 시곗바늘을 움직이고 있었습니다. 침묵을 견디지 못하고 내가 먼저 말문을 열었어요.

"안타깝게도 아버지가 안 계셔서. 저는 10대 때 마을을 떠나 친척 분들을 잘 모릅니다. 이시즈카 씨는 할머니와 어떤 관계세요?"

이시즈카는 조금 망설이는 듯했지만 곧 고개를 들고 나를 정면으로 바라봤습니다.

"당신의 할아버님은 오이카와 다쓰조 씨죠?"

"네. 아주 오래전에 돌아가셨기 때문에 뵌 적은 없지만. 아, 인사가 늦었습니다. 저는 오이카와 고마코입니다. 다쓰조 할아버지의 장남이 제 아버지인 도라이치입니다."

"그럼 당신과 저는 사촌지간이네요."

무슨 소린지 알 수가 없었어요. 우메 할머니와 다쓰조 할아버지 사이에 태어난 사람은 우리 아버지와 아버지의 여동생 세 명뿐이에요. 아버지 쪽의 사촌은 물론 모두 알고 있었습니다. 다 안다고 생각하고 있었죠.

"혼란을 일으켜서 죄송합니다."

이시즈카는 가볍게 고개를 숙였습니다.

"아마도 당신 아버님은 아시고 계실 겁니다만, 오이카와 우메 씨는 다쓰조 씨와 혼인하기 전에 이미 다른 남성과 결혼하신 적이 있습니다. 제…… 조부, 이시즈카 슈이치와."

"아, 네?"

너무 놀란 나머지 말이 나오지 않았어요.

"저는 처음 듣습니다."

"그렇군요. 우메 씨가―제게도…… 할머니라 우메 할머니라고 부르겠습니다만―우메 할머니가 오이카와 다쓰조 씨와 재혼한 데는 조금 사정이 있었으니까요."

지금까지 존재를 알지 못했던 사촌이 나타나 조금 흥분했습니다. 늘 다정하고 온화했던 우메 할머니에게 숨겨진 과거가 있었다는 것도 나의 호기심을 자극했죠. 사촌이라는 말에 이시즈카에 대한 경계심을 풀고 물었습니다.

"사정이란 게 어떤?"

"이야기해드리죠. 대신 우메 할머니에 대해 말해주세요. 이 집의 분위기를 알고 싶어요."

이시즈카는 세 평짜리 다다미방과 불단이 있는 방, 굵은 들보가 있는 봉당마루를 깔지 않은 흙바닥으로 된 방_옮긴이을 둘러봤습니다.

"당신과 조금 이야기했을 뿐인데도 우메 할머니가 가족들에게 큰 사랑을 받으며 행복하게 살았다는 게 느껴집니다. 그러나 저는 우메 할머니와는 전혀, 라고 할 정도로 교류가 없었습니다. 어떻게 사셨고 어떻게 돌아가셨는지 꼭 자세히 듣고 싶습니다."

"네, 물론."

나는 청을 받아들였습니다.

내 정신을 깨우듯 바깥에서는 매미가 필사적으로 울어댔습니다.

"저는 사가 현의 가라쓰에서 왔습니다. 가족과 친척 대부분이 사가 혹은 후쿠오카에 살고 있습니다. 우메 할머니도 가라쓰 출신으로 같은 곳에서 태어나고 자란 이시즈카 슈이치와 결혼했습니다. 우메 할머니가 스무 살, 슈이치가 스물다섯 살 때였습니다. 1943년, 쇼와 18년 때였다고 합니다."

이시즈카가 한 말은 모두 먼 과거의 일이었어요. 나가노와 규슈는 아주 멀리 떨어져 있잖아요. 1943년도 아주 먼 옛날처럼 생각되고요. 어디서 어떻게 이어져 내가 아는 우메 할머니가 될지, 나는 이시즈카의 말에 귀를 기울였습니다.

"우메 할머니의 결혼 생활은 아주 짧았습니다. 슈이치가 바로 소집돼 전장으로 가버렸기 때문입니다. 이제 막 태어난 제 아버지 로쿠오를 안고 우메 할머니는 남편이 무사히 돌아오기만을 기다렸습니다.

그러나 전쟁이 끝난 다음 해, 슈이치가 전사했다는 사실이 남방에서 돌아온 병사에 의해 알려졌습니다."

"그런⋯⋯. 그래서 우메 할머니가 재혼하신 건가요?"

"네. 시어머니와 사이가 좋지 않았던 것도 이시즈카 집안에 계속 있을 수 없었던 원인이었죠. 어린 로쿠오를 남겨두고 나가노에 사는 오이카와 다쓰조 씨에게 시집을 갔다고 했습니다."

아들을 두고 나오려니 우메 할머니가 얼마나 괴로웠을까, 하는 생각에 나까지 슬퍼졌어요.

내 아버지는 동사무소에서 근무하시고 어머니는 늘 밭일을 하셨기 때문에 나나 동생은 모두 우메 할머니가 기른 거나 마찬가지였어요. 당찬 성격이었지만 다정한 우메 할머니는 우리에게 가장 가까운 어른이자 놀이 상대였습니다. 우메 할머니는 자신의 아이와 손자들을 아주 소중히 여기는 사람이었습니다.

그럼에도 나는 단 한 번도 우메 할머니의 입에서 로쿠오 씨에 관한 이야기를 들은 적이 없습니다. 내 아버지에게는 씨다른 형제, 제게는 삼촌에 해당하는 사람인데.

아마도 우메 할머니는 로쿠오 씨의 이름을 늘 마음속으로만 불렀다고 생각합니다.

"하지만 왜 우메 할머니는 굳이 가라쓰에서 나가노까지? 제 할아버지는 이시즈카 씨 집안과 아는 사이였나요?"

"이시즈카 슈이치와 오이카와 다쓰조 씨는 사촌지간이었습니다.

슈이치의 아버지와 다쓰조 씨의 어머니가 남매였다고 했던 것 같은데. 그런 인연으로 우메 할머니의 재혼 상대가 정해졌겠죠."

너무 갑작스러운 이야기라 관계 파악이 어려웠던 나는 한숨을 쉬었어요.

"가계도를 그려야 이해하겠어요."

"그렇죠?"

이시즈카가 웃으며 말했죠.

"당신과 나도 사촌지간이지만 우리 할아버지들도 사촌이었다는 말입니다."

"정말 아주 먼 친척이라는 말이죠?"

"그렇습니다."

이시즈카는 여전히 과자에는 손을 대지 않았어요.

"우메 할머니는 병으로 돌아가셨습니까?"

"폐암으로. 여든넷에 세상을 떠나셨습니다. 우메 할머니는 담배를 피우셨어요."

나는 생각이 나서 불단에 놓여 있던 '골든 배트'를 가지고 왔습니다.

"이걸 무척 많이 피우셨죠."

"오랜만에 보네요. 아직도 있었군요."

"네. 어렸을 때 자주 심부름을 했어요. 제 할아버지도 이걸 피웠거든요. 역시 폐암으로 마흔에 세상을 떠나셨다고 하는데."

내가 탁자에 담뱃갑을 놓자 이시즈카는 아련한 눈빛으로 바라봤어요. 우메 할머니와의 추억이 쏟아져 나는 말을 계속하지 않을 수 없었죠.

"우메 할머니는 바느질을 아주 잘하셨어요. 매년 여름에는 새 유카타일본 전통 의상_옮긴이를 만들어주셨고, 제 가사 숙제도 모두 할머니가 해주셨어요. 걸레도 앞치마도 치마도. 그리고 의외로 담이 크셔서 뱀 같은 것도 아무렇지 않게 잡아 술로 담가 이웃에 팔아 용돈벌이를 하셨어요."

"아주 재미있는 할머니였겠네요."

"네. 제가 도쿄로 간 후로는 거의 만나지 못해서……. 우메 할머니의 건강이 좋지 않다는 소식을 듣고 서둘러 돌아왔을 때는 이미 늦었어요. 하지만 나이 드신 만큼 진행도 늦어 마지막을 맞을 때까지 그리 힘들지는 않았을 거예요."

그렇다고 해도 병마가 폐에 침입했는데 고통도 괴로움도 없는 사람은 없겠죠. 우메 할머니가 씩씩하게 참아냈을 걸 생각하니 목소리가 떨렸습니다. 이시즈카는 잠자코 듣고만 있었죠.

"아버지도 고모들도 '아버지처럼 담배를 피워 같은 병으로 죽게 되다니'라고 한탄했습니다. 다쓰조 할아버지의 죽음을 따르는 것처럼 말이에요."

"우메 할머니와 다쓰조 씨는 사이가 좋은 부부였습니까?"

"그랬던 것 같아요. 제게는 우메 할머니가 모든 걸 각오한 후에, 아니 오히려 원해서 다쓰조 할아버지와 같은 병에 걸린 것처럼 여겨졌어요."

"같은 고통을 느끼기 위해?"

"고통을 함께하고 다쓰조 할아버지가 기다리는 죽은 자들의 나라
로 가기 위해. 말도 안 되는 공상일지도 모르겠지만."

"그렇지 않습니다. 지금쯤 우메 할머니와 다쓰조 씨는 저세상에서
함께 담배를 피우고 계실 겁니다."

이시즈카는 조금 쓸쓸해 보이는 미소를 지었어요.

그래서 나도 깨달았죠. 지금 내 발언은 너무 배려가 없는 게 아닐
까. 우메 할머니가 다쓰조 할아버지만 생각하고 전남편인 이시즈카
슈이치 씨를 잊어버린 것처럼 들렸겠죠. 이시즈카는 슈이치 씨와 우
메 할머니 사이의 손자였으니까 기분이 썩 좋지는 않았을 겁니다.

나는 정확을 기하기 위해 우메 할머니의 사인에 대해 자세히 말하
기로 했습니다.

"저기, 이야기할 게 있는데 우메 할머니의 사인은 폐암 말고 또 하
나 아사이기도 했습니다."

"아사라니, 평온한 죽음은 아닌 것 같은데 어떻게 된 일입니까?"

이시즈카가 놀란 듯 말했습니다.

"그게……. 우메 할머니가 돌아가시기 열흘 전부터 한사코 음식물
을 거부하셨어요. 의식은 또렷했고 유동식이지만 넘기실 기력도 충
분히 있었는데 말이죠. '이제 됐다. 고맙다'라고만 겨우 말씀하시고
절대로 입을 열지 않으셨습니다. 링거를 맞혀도 곧 주삿바늘을 빼셨

어요."

　드디어 위급하다는 소식이 도쿄로 전해져서 내가 도쿄에서 병원으로 직행했을 때 우메 할머니는 그야말로 뼈와 가죽만 남은 야윈 몸을 조용히 침대 위에 누이고 계셨습니다. 그때를 떠올리며 나는 조금 눈물을 지었습니다.

　"가족이 모여 머리맡에서 열심히 말을 걸면 할머니는 간신히 눈을 뜨셨습니다. 하지만 이미 우리를 잘 알아보지 못하시는 것 같았어요. 우메 할머니는 허공을 가만히 보시다가 두세 번 고개를 끄덕이고는 눈을 감으셨어요. 스윽 하고 뭔가에 끌려들어가듯 호흡이 가늘어지면서……, 그것이 우메 할머니의 마지막이었습니다."

　"그러셨군요."

　이시즈카는 꿇은 무릎에 두 손을 올리고 한참 고개를 숙이고 있다가 드디어 몸 전체를 내 쪽으로 향해 고쳐 앉았어요.

　"오래 신세를 져서 죄송합니다만, 지금 이 이야기를 듣고 당신에게 전하고 싶은 게 떠올랐습니다."

　"우메 할머니에 관한 것이라면 뭐든 알고 싶습니다. 꼭 알려주세요."

　"어쩌면, 저……의 아버지 로쿠오는"

　이시즈카는 괴로운 듯 말했습니다.

　"이시즈카 슈이치의 아들이 아닐지도 모릅니다."

　그 말의 의미가 뇌에 전달될 때까지 꽤 시간이 걸렸습니다.

　"뭐라고요?"

나도 모르게 큰 소리를 내고 말았습니다.

"우메 할머니가 바람을 피우셨다는 말인가요?"

"그렇지는 않다고 믿고 있습니다. 아니, 믿고 싶습니다."

이시즈카는 그제야 무릎을 풀고 가부좌를 하고는 고개를 숙였습니다.

"제 이야기를 끝까지 들은 후에 당신의 생각을 말씀해주십시오."

그렇게 말하고 이시즈카는 아주 불가사의한 일을 이야기하기 시작했어요.

마침 간식 시간이네요. 차와 센베이, 어떠세요? 아니, 아니, 초조하게 만들 생각은 아니에요. 이야기를 하다 보니 조금 속이 출출해져서요.

그러고 보니 이시즈카도 "초조하게 만들지 말아주세요"라고 말했네요. 그때도 마침 간식 시간이라 내가 봉당에 내려가 부엌에서 센베이를 가지고 왔거든요. 이시즈카의 이야기를 들을 생각에 갑자기 배가 고파졌기 때문에.

이시즈카는 처음에는 "이제 막 시작하려는데 간식을 가지러 가다니" 하며 조금 김이 샜다는 듯 말했지만 "배가 고프면 집중해서 이야기를 들을 수 없으니까요" 하고 내가 말하자 이해했는지 결국에는 웃었습니다.

센베이를 권했지만 이번에도 역시 이시즈카는 먹지 않았습니다.

간식은 안 먹기로 정했나 보다, 하고 생각했죠. 손님 앞에서 나만 먹어대는 것 같아 영 편하진 않았어요.

자, 여러분, 어서 드세요. 이 촌마을을 하루 종일 걸어 다녔다고 하셨죠? 차가운 보리차도 더 있으니까 사양하지 말고 드세요.

"'배가 고프면 싸울 수가 없다'라는 말은 정말 진리입니다."

센베이를 먹고 있는 나를 보고 이시즈카가 입을 뗐습니다. 이시즈카 앞에 놓여 있던 보리차 컵은 물방울이 송골송골 맺히는 것도 지나 완전히 미지근해진 것 같았습니다.

"제 할아버지인 이시즈카 슈이치와 우메 할머니와의 결혼 생활은 극히 짧았다고 아까 말씀드렸죠. 그야말로 달랑 하룻밤이었다고 합니다."

"하룻밤? 어째서 하룻밤뿐이었나요?"

"할아버지에게 소집 명령이 떨어져 부대에 합류하려면 다음 날 아침 일찍 출발해야만 했으니까요. 당시엔 전장에 나가기 전날에 서둘러 결혼식을 올리는 경우도 적지 않았답니다."

하지만 하룻밤만으로는 사랑도 정도 여간해선 안 생기지 않나요? 다음 날이면 전장에 나가 그대로 돌아오지 못할지도 모르는 사람과 부부가 되다니, 어쩐지 집안의 입장만 고려한 혼사 같은 느낌이 들어 너무 잔인한 일이라고 생각했습니다. 물론 "독신인 아들을 그대로 전장에 내보낼 수 없다", "젊은 남자가 점점 모자라 딸의 결혼이 늦어지는 건 큰일이다"라는 부모님들의 애타는 마음도 있었겠지만.

"그럼 당신 아버님인 로쿠오 씨는 그날 밤에 생긴 아이라는 겁니까?"

그런 이야기를 대놓고 한 통에 저는 얼굴이 붉어지고 말았습니다.

"유감스럽게도 계산이 맞지 않습니다."

이시즈카가 가부좌를 튼 다리, 검은 바지로 감싼 정강이쯤으로 시선을 떨어뜨렸습니다.

"우메 할머니가 결혼식을 올린 것은 1943년 10월, 아버지가 태어난 것은 1945년 8월, 전쟁이 끝나기 직전이었습니다."

머릿속으로 계산하던 나는 우울한 기분이 됐죠.

"그럼, 우메 할머니는 역시……."

"바람—당시는 밀통이라고 했다는데—을 피웠다고 누구나 생각했답니다. 우메 할머니가 시어머니와 사이가 안 좋아진 것도 아버지가 태어나고 나서부터입니다. 우메 할머니 본인도 주위 사람들도 산달이 될 때까지 임신 사실을 알아차리지 못했습니다."

"그런 일이 있을 수 있나요?"

"배가 그리 나오지 않았기 때문에 단순히 몸이 안 좋은 거라고 생각했답니다. 마지막 순간까지 알아차리지 못하는 임신부도 있다고 하더군요. 게다가 우메 할머니는 태어난 아이가 슈이치 할아버지의 아들이라고 주장하셨어요."

"그건 말도 안 되잖아요."

"우메 할머니에게는 그것 말고는 할 이야기가 없었을 겁니다. 남편 이외의 남성과 밀통하지 않았다, 그러니까 임신이라고는 꿈에도 생각 하지 못했다, 라고 하셨다니까요. 생각해보면 산달까지 임신인 줄 몰 랐다는 것도 이해가 갑니다."

"그렇다고 해도 어째서 슈이치 씨가 출정하고 2년 가까이 지난 후 에 태어난 로쿠오 씨가 슈이치 씨의 아들이라고 주장할 수 있나요? 1943년 10월부터 1945년 8월까지 태내에 있었다는 것은 너무 비상식 적이잖아요."

"네. 그러나 우메 할머니의 주장을 믿는 사람도 있었습니다. 근거 중 하나는 아버지가 갓난아기 때부터 슈이치 할아버지를 빼다박은 얼 굴이었기 때문입니다. 또 하나는 1944년 10월, 역산하면 아버지를 임 신했다고 여겨지는 때에 우메 할머니가 하신 꿈 이야기 때문입니다."

"밤에 꾸는 꿈 말이에요?"

"그렇습니다. 우메 할머니는 아침식사 자리에서 시아버지와 시어머 니에게 아주 기뻐하며 이렇게 말했다고 합니다. '슈이치 씨는 틀림없 이 건강하게 잘 있어요. 어젯밤 꿈을 꾸었어요. 어딘지 모르는 숲 속 에 슈이치 씨가 서 있었어요. 슈이치 씨는 나를 발견하고 웃으며 이 리 오라고 손짓을 하고는 커다란 참외를 주었어요. 반 갈랐더니 과육 이 투명할 정도로 하얀 데다 과즙도 많고 달기도 정말 달아 무척 맛 있었어요. 나는 반을 슈이치 씨에게 내밀었는데 슈이치 씨는 고개를 흔들며 다 먹으라고 했어요. 그래서 저는 씨까지 다 먹었죠. 아, 씨는 좀 쓰네, 라고 생각하다가 눈을 떴어요. 그렇게 크고 검은 씨가 있는 참외는 일본에서는 본 적이 없어요'라고요."

참외를 먹는 꿈을 그렇게 생생하게 설명하다니, 우메 할머니는 전쟁 중에 꽤나 배가 고팠나 봐요.

"이것은 모두 우메 할머니의 시아버지-그러니까 슈이치의 아버지-가 기억하는 이야기입니다. 로쿠오가 슈이치를 쏙 빼닮다 보니 시아버지가 '정말 그런 건가' 하고 꿈 이야기를 떠올린 겁니다. 참외를 먹는 꿈은 태몽이 아닐까, 아들 슈이치는 며느리를 만나러 꿈속에 나타난 것이다. 시아버지는 로쿠오가 아들 슈이치와 며느리의 자식이라고 인정했습니다. 우메 할머니가 재혼할 때 로쿠오를 두고 갔어야 했던 것도 '로쿠오는 슈이치의 아들이다. 이시즈카 집안의 대를 이어야 한다'라며 시아버지가 놓아주지 않았기 때문입니다."

나는 역시 말도 안되는 이야기라고 생각하고 들었어요. 꿈으로 임신하다니, 있을 수 없는 일이잖아요? 우메 할머니가 바람을 피웠다고는 생각하고 싶지 않지만 하룻밤 지낸 남편이 전장에 나가 돌아오지 않으니 결국 다른 남성과 맺어졌다고 해도 어쩔 수 없는 일 아니겠어요? 그런 식으로 내심 우메 할머니를 변호하고 있었어요.

"당신은 그 이야기를 누구에게 들었나요?"

나는 이시즈카에게 재차 물었습니다.

"아버지인 로쿠오 씨에게 들었나요?"

"아니요, ……아버지는 제가 한 살 때 사고로 돌아가셨어요. 마침 지금 제 나이쯤에. 저는 어머니에게 이 이야기를 들었습니다. 어머니는 남편인 로쿠오에게서, 로쿠오는 슈이치의 아버지, 그러니까 우메 할머니의 시아버지에게서……."

"이시즈카 집안에서는 계속 전해 내려오는 이야기인 거네요. 정말 불가사의해요."

"당신은 제 아버지 로쿠오가 슈이치 할아버지와 우메 할머니의 자식이라는 말을 조금도 믿지 않는군요."

내 속을 들여다보는 듯 이시즈카가 살짝 웃었습니다.

"당연한 일입니다. 하지만 불가사의한 일은 아직 더 있습니다."

이시즈카 슈이치 씨가 전사했다는 소식은 전쟁이 끝난 다음 해인 1946년 3월이 돼서야 전해졌다고 합니다. 로쿠오라는 존재 때문에 주변의 따가운 시선을 받고 있던 우메 할머니는 남편의 전사 소식을 듣고 그대로 쓰러지고 말았대요. 마지막 희망이 사라졌다고 생각했겠죠.

"그런데 우메 할머니에 대한 비난은 조금씩 약해졌습니다."

이시즈카가 말을 꺼냈어요.

"슈이치의 전사 소식을 고향에 알려준 사람은 같은 부대에 있던 남자였습니다. 그들은 부겐빌이라는 남방의 섬에 배치됐는데 남자는 슈이치의 마지막을 지켰다고 합니다. 부겐빌 섬은 미군과의 전투가 항시 벌어졌던 곳으로 일본군의 보급로가 끊기는 바람에 식량난에 빠졌습니다. 전쟁이 끝난 후 남자는 어떻게 간신히 일본으로 돌아올 수 있었지만 슈이치는 1944년 10월 섬에서 아사했다고 합니다."

"아사? 그것도 1944년 10월에요?"

단순한 우연일까요? 우메 할머니가 결연하게 선택한 죽음의 한 방식이었고, 1944년 10월이라면 우메 할머니가 참외를 먹는 꿈을 꿨던 때입니다. 나는 흥분하고 말았습니다. 이시즈카는 내가 센베이를 먹다 말고 몸을 앞으로 내미는 것을 보고 조금 기뻐하는 것처럼 보였습니다.

"남자의 말에 따르면 슈이치가 죽기 며칠 전에 참외를 먹는 꿈을 꿨다고."

"네?"

나는 너무 놀라 소리를 지르고 말았습니다. 설마 슈이치 씨가 우메 할머니와 같은 꿈을 같은 날 꾼 걸까요? 부겐빌 섬이 어디에 있는지 모르겠지만 가라쓰나 나가노보다 훨씬 먼 남쪽의 섬입니다.

"슈이치는 쇠약한 몸으로 이런 내용의 꿈을 꿨다고 남자에게 이야기했답니다. '놀랍게도 이 섬 정글에 아내가 찾아왔어. 저기, 우리 부대가 전에 개간한 동쪽 경사면에서 조금 들어간 곳 말이야. 건강해 보여서 안심이 되더군. 나는 아내에게 막 캐낸 참외를 주었어. 아내는 맛있게 먹었지. 나에게 반을 나눠주기에 전부 당신이 먹으라고 했어. 그랬더니 검고 커다란 씨까지 먹어서 한참 웃었어.' 슈이치가 남긴 머리카락을 불단에 올리고 남자는 울면서 이렇게 말했다고 합니다. '슈이치는 늘 일본에 남아 있는 가족을 걱정했습니다. 열병에 걸려 제대로 먹지도 못하고 야위어가면서도 꿈속에서조차 참외에 손을 대지 않고 아내에게 전부 주고는 기뻐했습니다. 아내를 정말로 소중하게 생각하면서 죽었습니다' 그 이야기를 듣고 우메 할머니도, 시아버지도, 시어머니도 목이 터지도록 울었다고."

"그런 일이 있을 수 있나요?"

나야말로 꿈을 꾸고 있는 것 같은 마음으로 다시 물었습니다. 이시즈카는 "모르겠습니다"라고 대답했죠.

"다만 남자는 슈이치와 마찬가지로 1943년에 소집돼 1946년 3월에 목숨을 걸고 돌아올 때까지 한 번도 일본에 온 적이 없었답니다. 우메 할머니와 말을 맞추는 일은 불가능하죠."

이제 곧 저녁이 될 텐데도 가족들은 한 명도 돌아오지 않았어요. 나는 이시즈카와 마주 앉아 세 평짜리 다다미방에 내내 있었죠. 옆방의 불단에서 나는 향내가 더욱 짙어진 느낌이었어요.

"그렇지만 시어머니와의 불화는 풀리지 않아 우메 할머니는 결국 나가노의 오이카와 다쓰조 씨와 재혼하게 됐습니다. 그건 아까 말씀드렸죠?"

이시즈카가 조용한 목소리로 말했습니다.

"자, 당신은 이 이야기를 듣고 어떻게 생각하십니까?"

"어떻게 생각해야 할지 잘 모르겠어요."

나는 당황스러웠어요. 상식적으로는 우메 할머니와 슈이치 씨가 같은 꿈을 꾼 것은 그저 우연일 뿐이고, 로쿠오 씨는 우메 할머니가 슈이치 씨가 아닌 다른 남성과의 사이에서 낳은 아이가 되겠죠.

로쿠오 씨가 슈이치 씨를 그대로 빼닮은 것도 설명하려면 못 할 것도 없지요. 이시즈카 일족 중 누군가와, 이를테면 말도 안 되는 상상이지만 우메 할머니가 관계를 가졌다면 로쿠오 씨가 슈이치 씨를 닮은 것은 오히려 당연한 일이니까…….

"우메 할머니는 역시 바람 같은 건 피우지 않았을 것 같아요."

나는 솔직히 내 마음을 이시즈카에게 전했습니다. 아무리 상식에 반한다고 하더라도 이런 불가사의한 일이 있어도 괜찮지 않을까, 하고 생각했기 때문입니다. 아니, 있었을 거라 믿고 싶었습니다.

꿈속에서 남편이 내민 참외를 먹고 우메 할머니는 임신했다, 라는 것을.

"이시즈카 씨도 사실은 그렇게 생각하시는 거죠?"

내가 반문하자 "믿고 싶다"라고 이야기했던 것이 거짓말인 것처럼 이시즈카는 환한 웃음을 짓고 말했습니다.

"그래요……. 맞습니다. 우메 할머니는 바람 같은 건 피우지 않았어요. 저는 우메 할머니와 슈이치 할아버지의 아들, 아니 손자입니다. 당신과 나는 우메 할머니로 이어져 있고요. 안 그런가요?"

"그러네요."

나도 웃었어요. 하지만 곧바로 짚이는 게 있어서 조금 쓸쓸한 마음이 들어 고개를 숙였습니다.

이시즈카는 내 감정의 변화를 알아차렸는지 "왜 그러세요?" 하고 얼굴을 들여다봤습니다.

"갑자기 생각난 거지만…… 우메 할머니가 돌아가셨을 때 우리 가족은 이렇게 이야기했어요. '다쓰조 할아버지가 돌아가신 지 40년도 넘었는데 우메 할머니는 마치 그 뒤를 쫓는 것처럼 돌아가셨다'라고요."

"맞는 말인 것 같은데요."

"아니요. 그게 아니에요. 우메 할머니는 먹는 것을 거부함으로써 60년도 더 전에 돌아가신 슈이치 씨의 뒤를 쫓은 거라고 생각합니다."

우리 할아버지보다 슈이치 씨를 더 사랑했다고 생각하니 조금 충격적이었어요. 우리만의 우메 할머니라고 생각했기 때문이죠. 내가 만난 적 없는 다쓰조 할아버지도 지금쯤 충격을 받고 있을 거라 생각했습니다. 언젠가 오리라 믿고 기다렸던 아내가 자신이 아니라 전남편에게 가버린 거잖아요. 다쓰조 할아버지가 저세상에서 실망하지 않을까 싶어, 나는 한숨을 쉬었습니다.

이시즈카는 불단의 영정을 보며 생각에 잠긴 듯했어요. 그러다 조그맣게 말했어요.

"누군가 한 명을 꼭 결정해야만 합니까?"

"네?"

"우메 할머니는 아마도 선택하지 않았을 겁니다. 다쓰조 씨도, 슈이치도 똑같이 좋아했기 때문에. 그렇게 생각하면 안 될까요?"

이시즈카의 말이 무슨 뜻인지 깨닫고 나는 유쾌해졌습니다.

"우메 할머니는 두 남편 중 한쪽을 선택하지 않았다, 그래서 다쓰조 할아버지처럼 열심히 담배를 피워 의도한 대로 폐암에 걸렸다, 이제 마지막이라고 생각한 시점에서는 슈이치 씨와 같은 죽음을 맞이하기 위해 곡기를 끊었다, 두 남편에 대한 애정을 동등하게 드러내기 위해. 이시즈카 씨가 하고 싶은 말은 이거인 거죠?"

"네. 저는 그렇게 생각하고 있는데 아닐까요?"

우메 할머니가 무슨 생각을 했는지, 아니 하지 않았는지 지금은 아무도 모릅니다. 두 남편 중 누구를 더 사랑했는지, 아니 비교할 수 없을 정도로 동등하게 사랑했는지 그것 역시 잘 모릅니다.

하지만 이시즈카의 생각이 무척 마음에 들었어요.

"기막힌 생각인 거 같아요. 남편을 앞세우고 수십 년이 지난 후에 뒤를 따라갔으니 할머니도 꽤나 느긋하시긴 했지만요."

"뒤를 쫓은 게 아니라 시차가 엄청난 동반자살이라고 하면 어떨까요?"

이시즈카가 장난스럽게 제안했습니다. 나는 이번에야말로 진심으로 웃고 말았습니다.

"수십 년에 걸쳐 세 사람이 정말 애절한 동반자살을 했네요."

우메 할머니가 두 남편을 깊이 사랑하고, 아이와 손자를 사랑하며 오래 살았기 때문에 비로소 달성할 수 있었던 위업이었겠죠.

우메 할머니의 애정을 확신하고 이시즈카와 나는 흡족한 기분이 들었습니다.

"이시즈카 씨, 오늘밤엔 꼭 저희 집에서 주무시고 가세요. 아버지도 곧 돌아오실 테고 지금은 고모와 사촌들도 휴가로 집에 와 있어요. 이시즈카 씨가 오셨다고 하면 모두 기뻐할 겁니다. 물론 저세상에 계신 우메 할머니도."

"아니요, 괜찮습니다. 갑자기 찾아온 거니 신경 쓰지 마세요. 너무 오래 있을 순 없습니다."

"그거 유감이네요. 다른 약속이라도 있으세요?"

"그렇습니다."

이시즈카가 뭘 찾는 듯 제 얼굴을 바라봤습니다.

"그런데 당신은?"

"고마코예요."

"그렇군요. 고마코 씨는 결혼하셨습니까?"

잊고 있던 실연의 상처가 되살아나 나는 내심 신음했습니다.

"아니요."

"좋은 상대를 만날 겁니다."

"그렇게 말씀하시는 이시즈카 씨는?"

"했습니다. 아주 오래전에. 아이도 둘 있습니다."

그때는 결혼에 대해서는 생각도 하기 싫었기 때문에 자연스럽게 화제를 바꿨어요.

"돌아가실 때 역으로 가실 거죠? 버스는 5시 40분까지밖에 없으니까 차로 바래다드릴게요."

"아니요, 괜찮습니다."

"사양 마시고. 아니면 주무시고 가실래요?"

"그것도 좀……."

"그럼 정해진 거네요. 10분만 기다리세요. 밥솥을 세팅해야 하거든요."

봉당의 부엌으로 내려간 내게 이시즈카가 말했습니다.

"이 담배를 피워도 될까요? 우메 할머니께 드리는 공양으로."

불단에서 가지고 왔던 골든 배트였습니다.

"네, 그러세요."

제가 답했습니다.

"탁자에 놓인 재떨이와 라이터를 이용하세요."

세 평짜리 다다미방에서 이시즈카가 라이터를 켜는 소리가 들렸어요.

네. 불단이 있는 방의 저 영정이 우메 할머니예요. 다정해 보이죠? 옆에 있는 사진이 다쓰조 할아버지이고요.

나는 지금도 우메 할머니가 꿈으로 임신했다고 생각해요. 다쓰조 할아버지와 슈이치 씨의 죽음을 따라 수십 년에 걸쳐 두 남편과 함께 죽는 방법을 선택한 것이라고.

우메 할머니는 어느 쪽도 선택하지 않았다고 생각할 수도 있어요. 확실히 어느 쪽 남편을 더 깊이 사랑했는지 알아내는 편이 속 편하겠죠. 하지만 어느 쪽을 선택하지 못할 정도로 헤아릴 수 없는 것 또한 애정이 아닐까요?

그런데 이 이야기는 아직 조금 더 남아 있어요. 시간은 괜찮아요? 그래요. 렌터카로 왔군요. 그럼 끝까지 말하죠.

이시즈카가 세 평짜리 다다미방에서—그러니까 지금 우리가 있는 이 방이에요—골든 배트를 피우는 데까지 이야기했죠? 나는 부엌에서 밥솥의 타이머를 맞추고 차 키를 들고 방으로 돌아왔어요.

그런데 이시즈카의 모습이 사라지고 없었어요. 줄어들지 않은 보리차 컵도, 손 대지 않은 과자도 원래 자리에 놓여 있었고요. 오직 이시즈카만이 없었습니다. 탁자 재떨이에는 피우다 만 담배가 가늘고 하얀 연기를 피워 올리고 있었죠. 바로 얼마 전에 재떨이에 놓은 것 같은 느낌이었습니다.

화장실에 가더라도 말 한마디 하고 가지 않나요? 나는 서둘러 집 안을 둘러봤어요. 이시즈카는 역시 어디에도 없었습니다.

소름이 끼쳤어요. 내가 부엌에 있는 사이에 돌아갔다고 해도 봉당을 지나 현관으로 나갔다면 분명 기척을 느꼈을 거예요. 부엌이 있는 봉당은 보시는 대로 장애물도 없고 그리 넓지도 않으니까요.

네. 이 방의 창문으로 해서 직접 정원으로 나간 경우도 생각해봤습니다. 그러면 구두는 어떻게 설명하나요? 이시즈카는 봉당에서 구두를 벗었습니다. 이시즈카가 구두를 신으려고 했다면 역시 나는 기척을 느꼈을 겁니다.

이시즈카는 홀연히 모습을 감췄고, 이시즈카의 구두도 보이지 않았습니다.

내가 꿈을 꾼 걸까요? 아직 열이 있어서 환시를 본 걸까요? 하지만 피우다 만 담배도 보리차 컵도 탁자에 그대로 남아 있었습니다. 방문자가 있었던 게 분명했습니다.

내게 일어난 불가사의한 일을 도무지 이해할 수 없어서 나는 우두커니 다다미방에 앉아 있었어요. 얼마 후 부모님과 고모들이 돌아왔어요. 나는 혼란스러운 와중에 아까 있었던 일을 모두 이야기했죠. 모두 놀라는 것 같았는데 이윽고 아버지가 입을 여셨어요.

"아버지와 결혼하기 전에 어머니가 가라쓰의 이시즈카라는 집안에 시집을 갔던 건 사실이다. 거기에 두고 온 아드님의 이름은 분명 로쿠오 씨였던 것 같다. 어머니가 그다지 말씀을 하지 않으셨기 때문에 나도 아버지에게 씨다른 형제가 있는 줄 몰랐는데 로쿠오 씨가 30년쯤 전에 돌아가셨을 때 그 아내분이 연락을 해왔지. 어머니는 조심스러워서인지, 아니면 자식을 버렸다는 죄책감 때문인지 결국 장례식에 참석하지 않았다."

나는 아버지에게 부탁해 가라쓰의 이시즈카 집안 연락처를 알게 됐어요. 이시즈카 나쓰키가 왜 인사도 없이 돌아가버렸는지, 마음에 걸렸거든요.

로쿠오 씨가 돌아가시고 30년이나 지났기 때문에 아버지가 알고 있는 연락처에는 다른 사람이 살고 있을 가능성도 컸죠. 만약 이사하지 않았더라도 나가노까지 왔던 이시즈카 씨는 아직 가라쓰에 도착하지 못했겠죠.

그래도 가만있을 수 없어서 저는 낯선 지역번호를 누르고 가라쓰의 이시즈카 집안에 전화를 했어요.

"네, 이시즈카입니다."

저와 또래로 여겨지는 남자 목소리가 대답했습니다. 다행이다, 이사하지 않았어, 하고 안심한 것과 동시에 나는 조심스럽게 사정을 설명하고 이시즈카 나쓰키 씨가 돌아오면 나가노의 오이카와에게 전화해달라고 부탁했습니다.

"말씀하시는 의미를 도통 모르겠습니다."

전화를 받은 남자는 경계심 가득한 목소리로 말했습니다.

"제가 이시즈카 나쓰키인데 나가노에는 15년 전 고교 수학여행 때 이후로 전혀 간 적이 없는데요."

정신이 혼미해졌어요.

저녁 무렵까지 이 집에 있었던 이시즈카 나쓰키와 전화를 받은 이시즈카 나쓰키는 목소리가 전혀 달랐기 때문입니다. 전화를 받은 남자의 말이 진짜라면 우리 집을 찾은 이시즈카 나쓰키는 도대체 누구였을까요?

나는 수화기를 내려놓고 혼란스러움과 두려움에 거의 울 것 같은 심정이었지만 상황을 지켜보고 있던 아버지에게 간신히 사정을 설명했습니다. 아버지도 놀라시고 이번에는 가라쓰의 이시즈카 집안에 자신이 전화를 걸어 이런저런 설명을 했습니다. 처음에는 의아하게 생각하던 이시즈카 나쓰키도 장난전화가 아니라는 사실을 알아주었어요.

"어머니가 더 자세히 아시니까 바꿔드릴게요."

그 뒤로는 로쿠오 씨의 아내분과 우리 아버지가 이야기를 나누셨어요.

8월의 마지막 주말, 나는 나가노에서 출발한 아버지와 하네다 공항에서 만나 그대로 규슈로 향했습니다. 꽤나 오랜 시간이 걸렸지만 간신히 저녁이 되기 전에 고즈넉하고 아름다운 성 아래 마을에 도착할 수 있었어요.

이시즈카 집안은 가라쓰 역에서 차로 5분 정도 걸리는 곳에 있었어요. 마중을 나온 이시즈카 나쓰키는 역시 우리 집을 방문했던 이시즈카 나쓰키와는 전혀 다른 사람이었어요. 방문자인 이시즈카 나쓰키는 마른 몸에 단정한 느낌이 있는 사람이었는데 가라쓰에서 어머니와 형 부부와 사는 이시즈카 나쓰키는 굳이 말하자면 단단한 몸집에 호쾌한 사람이었습니다.

깨끗이 청소된 거실로 안내돼 이시즈카 집안의 가족사진을 본 나는 모든 의문이 풀렸습니다. 아내와 나란히 두 어린 아들을 팔에 안고 웃고 있는 로쿠오 씨. 30년 전에 사고로 세상을 떠났다는 로쿠오 씨가 나가노에 있는 우리 집을 방문했던 이시즈카 나쓰키였던 겁니다.

"그럼 내 이름을 대고 오이카와 씨 댁에 나타난 게 아버지의 유령이었다고요?"

진짜 이시즈카 나쓰키는 눈을 껌뻑거리며 말했어요.

"왜 그런 짓을?"

"아버지는 얌전한 얼굴을 하고 장난치길 좋아하셨다."

로쿠오 씨의 아내분이자 나쓰키의 어머니이신 유미 씨가 말했습니다.

"남편이 폐를 끼쳐 정말 죄송합니다."

거실에 모인 모두가 서로의 얼굴을 보다가 그만 웃음을 터뜨리고 말았습니다. 오래전에 죽은 남편 대신 진지하게 사과를 하는 유미 씨가 우습기도 했고, 그래, 로쿠오 씨의 유령이었구나, 하고 자연스럽게 납득해버리는 자신들이 우습기도 했기 때문이죠.

"남편은 기억에 없을 정도로 어릴 때 헤어진 어머니를 늘 그리워했어요."

유미 씨가 웃음을 그치고 조금 쓸쓸한 표정으로 말을 꺼냈습니다.

"어머니가 자신과 아버지를 사랑했는지, 지금은 행복하게 살고 있는지 알고 싶어 했던 것 같아요. 그래서 아마도 우메 할머니의 첫 오봉에 가서 폐를 끼친 모양입니다."

"내 이름을 사용하지 않았으면 좋았을 텐데."

나쓰키가 한마디 해서 또다시 웃고 말았어요.

"이미 죽은 로쿠오의 이름을 댈 수는 없었겠지."

유미 씨는 미소를 지으며 불단에 놓인 남편의 사진을 올려다봤습니다.

아버지와 나는 불단을 향해 무릎을 꿇고 슈이치 씨와 로쿠오 씨에게 합장했습니다. 저희들만 우메 할머니를 독점해서 죄송해요. 하지만 우메 할머니는 슈이치 씨와 로쿠오 씨도 아주 많이 소중하게 생각하셨을 거예요. 마지막 숨이 끊어지는 순간까지.

나는 우메 할머니가 임종 때 보였던 눈빛을 떠올렸습니다. 아무것도 없는 공간을 바라보며 누군가의 부름에 답하는 듯 끄덕여 보였던 모습을.

슈이치 씨와 다쓰조 씨 그리고 아들 로쿠오가 맞으러 와주었구나. 우메 할머니는 그렇게 생각했을지도 모릅니다.

그 후 아버지와 나는 이시즈카 집안에서 대접을 받아 밤늦게까지 먹고 마셨습니다.

"그건 그렇고 아버지라는 사람."

나쓰키가 말했어요.

"굳이 오이카와 씨 댁까지 가서 고마코 씨를 놀라게 하지 않아도 됐을 텐데."

"무슨 소리예요?"

"알고 싶은 게 있으면 저세상에서 직접 우메 할머니를 붙잡고 물어보면 되잖아요."

"아, 그러네!"

나는 웃고 말았습니다.

"하지만 분명히 저세상에는 저세상만의 규칙이 있겠죠. '서로의 과거는 묻지 않는다' 같은."

"연인끼리의 정해진 규칙 같은 거요?"

그렇게 말하고 나쓰키도 웃어버렸어요.

네, 내가 경험한 불가사의한 일은 이게 다예요. 어때요? 조금은 조사에 도움이 됐으면 좋겠는데 이상한 전설이나 옛날이야기는 아니죠? 괜히 시간만 낭비하게 했나요?

산은 여름이라도 순식간에 해가 지기 때문에 돌아가는 길, 운전 조심하세요. 조사 결과가 회보에 실리게 되면 꼭 알려주세요. 이 동네 사람들은 반드시 한 권씩은 살 거예요.

어머, 마침 남편이 돌아왔나 봐요. 어서 와요. 도쿄에서 온 학생들이에요. 민속학 조사를 하고 있대요. 소개할게요. 남편인 오이카와 나쓰키입니다. 옛날 성은 이시즈카.

여러분에게 이야기했던 일이 계기가 돼 우리는 의기투합해 결혼했어요. 이렇게 만난 것도 우메 할머니의 첫 오봉 때 로쿠오 씨가 우리 집을 찾아주었기 때문이죠.

유령이 중매를 선 부부, 좀처럼 없겠죠? 이것도 '전해져 내려오는 이상한 이야기'에 속할까요?

꿈 속 의 연 인

어릴 때부터 이상한 꿈을 꾼다.

그 말 말고는 뭐라고 이야기해야 좋을지 알 수 없어서 '꿈'이라는 단어를 사용하고 있지만 사실 그것은 리사에게는 '또 다른 삶'이었다.

어두운 강가를 남자와 걷고 있을 때가 많다.

하늘에는 별이 반짝이고 풀은 이슬에 젖어 있다. 서리가 내린 것일지도 모른다. 무척 춥기 때문에. 별빛이라고 하기에는 빛이 거의 없다. 내쉬는 숨은 분명 하얀 김을 내고 있을 것이다. 하지만 그것조차 보이지 않는다. 주위는 어둠. 젖은 풀이 발목에 차갑게 닿을 뿐. 오래 신어 부드러워진 발싸개는 아마도 진흙으로 더러워져 있을 것이다. 기모노는 정강이 부분까지 젖어 있다. 머리는 오늘 아침, 미용사에도 시대의 게이샤들은 머리 올리는 일을 혼자 할 수 없어서 남자 미용사에게 맡겼다_

옮긴이에게 다시 손질받은 것이다. 두건도 쓰지 않고 드러난 목덜미와 옷깃 근처가 냉기로 얼어붙어 있다.

"춥지 않아?"

앞에서 걷는 남자의 목소리가 난다. 가만히 고개를 흔들다가 보이지 않을 것 같아서 더듬어 남자의 소매를 살짝 잡는다.

강 건너편에서 시간을 알리는 종이 울린다. 함께 걷는 남자의 이름은 고헤이라는 것을, 누가 알려주지 않았는데도 다 알고 있다.

리사는 줄곧 사람들은 밤에는 다른 삶을 산다고 생각했다. 잠자는 세계에서는 낮과 다른 이름과 얼굴, 생활을 가지고 있다고.

하지만 사실은 그렇지 않다는 것을 초등학교 3학년이 돼서야 깨달았다. 아침밥을 먹으면서 평소처럼 밤 동안에 일어난 고헤이와의 생활을 이야기하고 있는데 어머니가 얼굴을 찡그리며 말했다.

"이제 그만해라, 이상한 애야!"

그 목소리가 무척 날카로웠기 때문에 리사는 깜짝 놀라 입을 다물었다. 이후 '꿈' 이야기를 다른 사람들에게 하지 않게 됐다.

어머니도 아버지도 친구들도 선생님도, 눈을 뜨고 있는 동안과 잠을 자고 있는 동안 각기 다른 삶을 사는 것 같지 않다. 꿈은 어디까지나 꿈에 지나지 않는 모양이다. 리사는 상당히 당황스러웠지만 혼자 그 사실을 받아들이는 수밖에 없었다.

아무에게도 말할 수 없다. '꿈'속에서의 생활이 낮 생활과 똑같이 너무나 생생한 질감을 가지고 있는 경우는 리사뿐인 것 같았기 때문에.

조금 더 커서는 '나는 이중인격자가 아닐까?' 하고 생각했다. 눈을 감고 잠이 들면 거의 매일 밤 고헤이와의 생활이 시작된다. 아침이 오면 가방을 들고 학교에 가서 친구들과 함께 웃고 시험을 본다. 전혀 다른 두 가지 생활의 경계를 오가기 위해서는 힘들여 기분 전환을 해야만 한다.

어느 쪽이 현실이고, 어느 쪽이 꿈일까.

고헤이와는 '호조인' 사원 문 앞에 살고 있다. '후카가와'라는 지명도 가끔 나오니 아무래도 에도도쿄의 옛 지명_옮긴이가 아닐까, 짐작하고 있다. 판잣집 같은 나가야에도 시대 공동주택의 일종_옮긴이에서 고헤이와 함께 얇은 이불을 덮고 잔다.

돈이 부족해 쌀을 살 수 없을 때는 참배 길에 늘어선 요릿집 뒤에서 잔반을 가져온다. 우물물로 쌀알을 깨끗이 씻어 거기에 뜨거운 물을 부어 먹는다. 이웃 사람들도 모두 그렇게 하기 때문에 부끄럽지는 않다. 명랑하게 세상 돌아가는 이야기를 하면서 우물가에서 썩어가는 쌀알을 씻는다.

고헤이가 어떤 얼굴인지, 늘 제대로 볼 수 없다. 꼭 나무 그늘에 서 있거나 강한 햇살에 눈이 부셔 잘 안 보이거나 어두운 강가를 둘이서 묵묵히 걷거나 하기 때문이다. 고헤이는 리사를 '오키치'라고 부른다. 그렇게 불릴 때마다 오키치의 마음에는 기쁨이 흘러넘친다. 이 사람이 정말 좋아 견딜 수 없다.

오키치도 자신의 얼굴을 분명하게 본 적이 없다. 거울 같은 것은 가지고 있지도 않고 맑은 강물에는 항상 잔물결이 일고 있기 때문이다. 주위 사람들이 예쁘다고도 못생겼다고도 하지 않으니 보통은 되나 보다, 짐작만 하고 있다.

고헤이만이 "정말 예뻐"라고 가끔 말한다. "또 바보 같은 소리를 하네"라고 대답하면서도 속으로는 아주 기분 좋다. 고헤이의 땀이 떨어진다. 입가에 떨어진 땀을 혀를 내밀어 핥아보면 짜다. 서로 부딪치는 축축한 피부는 뜨겁다. 편안함이 몸속 깊이 기둥을 만든다.

초등학교에서 성교육 수업을 받기 전부터 리사는 섹스에 대해 알고 있었다. 선생님이 칠판에 붙인 종이를 가리키며 페니스와 자궁 구조를 설명하는 것을 듣고, '아, 그게 섹스였구나' 하고 이해했다. 낮의 세계에서도 빨리 고헤이와 만나고 싶다고 생각한 것은 그때가 처음일지 모른다. 그 마음만큼이나 정말로 현실에서 고헤이를 만나면 어떻게 해야 하나, 하는 두려움도 있었다.

오키치와 고헤이는 죽기 위해 어두운 강변을 걷고 있다.

곧 날이 밝아올 텐데 서둘러 죽을 장소를 찾아야만 한다. 하지만 죽고 싶지 않다. 강도 밤도 영원히 계속됐으면 좋겠다고 생각한다. 오키치가 잡은 고헤이의 소매를 통해 초조함과 슬픔이 두 사람의 몸속을 빠른 속도로 왕래한다.

꿈이야, 라고 필사적으로 자신을 다독이며 리사는 거칠어진 호흡을 어떻게든 진정시킨다. 교실에서 친구들이 이상하다는 듯 리사를 쳐다본다. 부끄러운 걸까, 아니면 흥분한 걸까, 남자아이가 "페니스!"

하고 소리를 지른다.

생리를 처음 시작했을 때 리사는 곰 문양이 있는 손수건을 가위로 잘게 자르고는 둥글게 말아 질 입구를 막았다. 그렇게 하는 것이라고 알고 있었기 때문이다. 얼마 후 그 사실을 안 어머니는 끔찍하게 싫은 표정을 지었다. 무섭고 정체를 알 수 없는 무언가를 보는 눈빛이었다.

밤은 밤대로 고헤이와 살고 있었기 때문에 리사는 쉴 틈이 없었다. 기분 전환을 하는 데 엄청난 정신력을 쏟은 탓인지 낮에는 어딘가 멍했다.

그런 리사를 보며 친구들은 "늘 꿈을 꾸고 있는 것 같아"라고 말했다. 중학교와 고등학교를 다니는 6년 동안 리사는 몇 명의 남학생에게 고백을 받았다. "어딘가 어두운 구석이 있어 보이잖아. 단순히 멍한 게 아니라" 하고 친구들은 놀렸다.

중학교에 올라가서는 그야말로 낮의 생활과 '꿈속'의 생활을 혼동하는 경우도 적지 않았다. 밤에는 고헤이와 부부로 살며 고헤이가 좋아서 견딜 수 없으니 낮에 다른 남학생과 사귈 수는 없는 노릇이었다. 하지만 입 밖으로 낸 적은 없다. 그렇다고 그 생각을 실행에 옮겨 낮 동안 독신을 고집해야겠다는 다짐도 없었다.

그럼에도 교제 신청을 모두 거절한 것은 그런 점이 아주 없지는 않았기 때문이다.

전생이라는 단어를 알게 됐다. TV에서 점술가가 말했다. 전생에서 어떤 사람은 막부 말에 번제후가 다스리는 영지_옮긴이의 재정을 담당한 무사였고, 어떤 사람은 포교를 위해 목숨을 걸고 바다를 건넌 수도 사였으며, 또 어떤 사람은 숲 속에 사는 하얀 늑대였단다.

처음에는 이상한 말이라고 생각했다. 생물 수업에서는 세포 하나하나가 모두 생명체라고 배웠다. 매일, 매시간 육체를 구성하는 세포는 죽고 또 새롭게 생긴다. 세포의 재생이 제대로 이루어지지 않는 것이 노화이고 결국 재생되지 못하고 생명 활동이 정지되는 게 죽음이라고.

일생 동안 세포는 개체 안에서 수없이 태어난다. 그렇다면 전생이 사카모토 료마일본 에도 시대의 무사_옮긴이였던 사람이 있는데, 그 사람의 엄지 끝의 세포였던 사람이 있다 해도 하나도 이상하지 않다. 아니, 전생은 세포 단위가 아니라 개체 단위로 이루어지는 것일지도 모른다. 그렇다면 전생이 유산균이나 박테리아였던 사람이 없는 이유는 뭘까. 점술사가 하는 말은 사기다.

그러면서도 어느새 혼이 환생하는 게 아닐까, 하고 생각하게 됐다. 유산균이나 박테리아에게는 혼이 없고 하얀 늑대에게는 있다고 판단할 근거는 애매했지만 리사는 '혼의 환생'이라는 생각에 깊이 빠져들었다.

고헤이와 사는 오키치는 자신의 전생의 모습이 아닐까. 회한이 남은 까닭에 오키치의 혼이 리사로 다시 태어난 후 계속해서 '꿈속에서' 생활을 이어가는 게 아닐까.

회한이라는 것. 그것은 고헤이와 죽음을 선택한 것을 가리키는 것이리라.

둘을 막아야만 한다고 리사는 강하게 생각한다. 죽을 장소를 찾아 강변을 걷는 두 사람을 막아야만 한다.

그러나 '꿈'은 리사의 의견을 받아들일 수 없다. 계절도 앞뒤 순서도 뒤죽박죽인 채 잠든 리사에게 찾아올 뿐이다. 원하는 장소에는 도무지 찾아갈 수 없다.

새빨개진 손이 시야 한가득 들어온다. 오키치는 나가야에서 자신의 손을 살펴보고 있다. 무릎을 꿇고 있는 발등은 널빤지가 깔린 바닥 때문에 차갑다. 무슨 생각이 난 듯 오키치는 방구석으로 가서 고리짝 뚜껑을 연다. 빗살이 빠진 빗, 딱 하나뿐인 예쁜 찻잔 등 오키치와 고헤이의 모든 소지품이 여기에 들어 있다. 이 고리짝을 들고 야반도주와 비슷하게 몇 번이나 이사를 했던가.

고리짝 안에서 조개껍데기에 든 연고를 꺼낸다. 손 튼 데 바르면 좋다고 고헤이가 사다준 것이다. 다른 조개껍데기 표면에는 이상한 벚꽃이 검은 묵으로 대충 그려져 있다.

쌀집에 내야 했던 돈을 고헤이는 오키치를 위한 연고를 사는 데 써버렸다. 오키치는 쌀을 사기 위해 한동안 평소보다 많은 세탁 일을 받아야 했다. 겨울의 물은 차갑다. 손은 더 불어터졌다. 그래도 고헤이의 마음 씀씀이가 고마웠다.

오키치는 연고가 든 조개껍데기를 두 손으로 감싼다.

말기름에 약초를 넣어 만든 것으로 화상이나 갈라진 상처에 특효약이라고 한다. 코를 대보면 확실히 짐승 냄새가 나지만 진짜 말기름인지는 모를 일이다. 길 잃은 개의 기름이거나 버린 생선 기름일 수도 있다. 그게 뭐든 상관없다.

소중하게, 조금씩, 연고를 손에 바른다.

오키치는 다시 한 번 손을 내밀어 손가락을 얼굴에 갖다 댄다. 짐승 냄새가 난다. 땀과 먼지와 체취가 뒤섞인 냄새와 비슷하다. 어두컴컴한 방, 낡은 나가야, 떨어진 잎들이 둥둥 떠 있는 우물가의 얕은 구멍. 그 냄새는 항상 오키치의 곁에 머물고 있다.

헌옷 집은 거의 매일 오키치에게 빨랫감을 가져온다. 풀을 먹여야 할 만큼 고급스러운 옷은 여간해선 없다. 대야 물에 담갔다가 비비거나 밟으면 대체로 때가 빠지는 것들이다.

헌옷 집이 어디서 기모노를 조달하는지는 알고 있지만 생각하지 않으려고 한다. 갈색이 된 대야 물에서는 향과 죽음의 냄새가 살며시 난다. 호조인의 종이 울리고 묘지의 하늘에서 까마귀가 운다.

이제 곧 해가 저문다. 고헤이가 강에서 돌아올 때다. 오늘은 물고기를 얼마나 잡았을까. 익숙하지 않은 손놀림으로 물고기와 장어를 잡을 고헤이를 생각하면 늘 눈물이 난다. 어째서 고헤이 같은 사람이 떠돌이 무사가 돼야만 하는가. 이 세상은 잘못됐다.

팔 만한 물고기를 잡지 못했다며 고헤이는 돌아온다. 작은 물고기를 굽고 아침에 남은 밥을 데워서 둘이서 먹는다. 내일은 일찍 일어나 뒤뜰에서 키우고 있는 채소를 팔러 가자.

"너, 공부하니?"

어머니가 말한다. 거의 그 말 밖에는 안 한다.

자신은 공부 같은 거 하지도 않은 주제에, 라고 리사는 생각한다. 2년 정도 일하고는 회사 선배와의 사이에 아이가 생기는 바람에 결혼하지 않았나. 그 덕분에 지금은 집에서 빈둥거리며 간단한 음식만 만들면 되는 편안한 생활을 하고 있지 않은가.

"다음 달 어떻게 할래?"

어머니는 식탁 위에 가부키 공연 전단지를 내밀었다. 어머니는 요즘 연기자에게 푹 빠져 거의 매일 일부러 도쿄 극장까지 간다. 리사도 어렸을 때는 어머니를 따라 가부키 공연을 보러 갔었지만 최근에는 흥미도 없다. 연극은 어차피 거짓말이다. 안 가겠다고 대답한다.

굳이 극장에 가지 않아도 눈만 감으면 훨씬 더 리얼한 에도의 마을에 있다. 고헤이와의 생활이 기다리고 있다. 가난하지만 고헤이와 열심히 일하고 서로 사랑하는 생활은 행복하다.

"니네 아빠와 결혼하지 않았더라면 좋았을 텐데."

남편이 벌어오는 돈으로 사는 주제에 매사 불평만 늘어놓는 여자는 결코 맛볼 수 없는 행복이다.

엄마처럼 살고 싶지 않다고 리사는 생각한다. 그래서 공부한다. 빨리 이 집에서 벗어나 좋은 회사에 취직해 혼자 힘으로 살아갈 수 있도록. 지금 생에서 고헤이와 만났을 때 다시 그를 내조할 수 있도록. 이번에야말로 둘이 생을 온전히 마칠 수 있도록.

고헤이의 동무였다는 남자에게 오키치는 믿을 수 없는 소리를 들었다. 고헤이가 다카오카 가문의 딸과 결혼한다는 것이다. 오키치는 놀랐다. 하지만 리사는 놀라지 않는다. 아아, 또 그 장면이구나, 하고 생각한다.

"짓궂은 농담은 그만하세요."

오키치는 대야 안에 우두커니 선 채 말한다.

"미야마 번 다카오카 가문이라고 하면 고헤이 님이 모셨던 주군의 원수죠. 다카오카의 책략 때문에 가문이 멸망했어요. 당신과 고헤이가 떠돌이 무사가 된 것도 그 때문이잖아요?"

"그런데 그 녀석은 다카오카의 가신에게 잘 보였던 겁니다. 아마 강에서 물고기 잡는 일이 싫어졌겠죠. 무사라면 도저히 할 수 없는 짓이지. 인간 이하예요. 당신도 그 녀석에게 속아 열심히 해다 바치고 있는 모양인데 빨리 정신 차려요."

아연한 오키치에게 "분명히 충고했습니다"라는 말을 남기고 남자는 사라졌다.

에이, 더러워. 오키치는 대야 속 기모노를 꾹꾹 밟는다. 그 남자는 전부터 고헤이를 찾으러 나가야를 방문할 때마다 오키치에게 시선을 주곤 했다. 있지도 않은 일을 지어내 말하다니, 그런 걸로 우리의 사랑이 틀어질 거라고 생각했나.

오키치는 주의 깊게 고헤이의 언동을 살펴보게 됐다. 고헤이는 변함이 없다. 오키치에게 다정하게 대한다. 해가 뜰 때쯤 강으로 나가 해가 지면 나가야로 돌아온다. 물고기를 잡지 못할 때가 많은데 "고생만 시켜 미안하다"라고 눈물지으며 오키치에게 사과한다. 그런 건 신경 쓰지 않아도 된다고 오키치는 말한다. 쌀이라면 내가 새벽부터 일하면 얼마든지 구할 수 있다, 그러다 보면 분명 좋은 일자리를 찾을 것이다, 그러니까 당신은 당당하게 있으면 된다, 라고 다독인다.

고헤이를 믿는다. 오키치의 눈에는 고헤이밖에 안 보인다. 하지만 고헤이의 얼굴은 제대로 보이지 않는다. 늘 밤처럼 어두운 천이 둘러져 있다.

한 달쯤 지나, "아무래도 궁지에 몰린 것 같아"라고 고헤이가 말한다. 겨울도 깊어져 문밖은 바람 소리로 시끄럽다.

요즘 고헤이가 통 먹질 않아서 오키치는 무척 걱정을 했다.

"도대체 무슨 일이에요?"

오키치가 묻는다. 고헤이는 마루방에 밥공기와 젓가락을 내려놓고 깊게 한숨을 내쉰다.

"새로운 주군이 생겨서 준비금을 받았는데 그 돈을 소매치기당했어. 어떡하지?"

"어떡하다니요. 얼마인데요?"

"석 량."

하루 벌어 하루 먹기도 힘든데 그 큰돈을 어디서 구한단 말인가.

"어디서 일자리를 구했어요? 사정을 이야기하고 용서를 구하면 안 될까요?"

오키치가 매달려 묻는데도 고헤이는 일자리를 준 무사 집안에 대해 "아주 작은 가문이야"라며 말끝을 흐린다.

"준비금까지 받았는데 옷도 제대로 차려입지 않고 갈 수는 없지. 무사로서 명예가 실추되는 일이야."

"그럼 어떡해요?"

좁고 어두컴컴한 실내에 오랫동안 정적이 감돈다. 바람이 그쳤다. 이웃집의 미장장이 일가의 시끌벅적한 저녁식사 소리도 오늘은 이상하게도 멀리서 들린다.

"저기, 오키치, 나 너무 피곤해."

고헤이의 말에 오키치가 고개를 끄덕인다.

아침 일찍, 오키치는 머리를 매만지기 위해 미용사에게 갔다. 세탁일을 거절하고 밤을 기다린다. 빈손으로 나갔던 고헤이는 그대로 돌아왔다.

"역시 끝났어."

돈을 구하지 못한 채 끝났음을 오키치에게 알렸다.

"각오는 됐어?"

이미 돼 있다. 오키치는 고헤이의 아내다. 고헤이가 가는 곳이라면 어디든 함께 간다. 절대 떨어질 수 없다. 연고가 담긴 조개껍데기를 가슴에 품고 오키치는 나가야를 나선다.

강변을 고헤이와 걷는다.

내쉬는 숨조차 보이지 않는 어둠이지만 바로 곁에 소중한 남자가 있다고 생각하니 두려움도 사라졌다. 앞으로도 내내 같이 있으리라 생각하니 슬프지도 않다.

새벽이 다가온다. 물의 흐름이 깊은 소를 이루고 있는 곳에서 "여기서 할까?" 하고 멈춘다.

오키치는 강을 등지고 풀 위에 무릎을 꿇는다. 띠를 풀어 고헤이에게 건넸을 때 갑자기 생각나 물었다.

"정말로 당신도 곧 따라올 거죠?"

오키치 앞에 쭈그리고 앉은 고헤이는 "이런, 한심하군" 하고 피를 토하는 것 같은 목소리로 말한다.

"이렇게 죽음을 택하는 순간까지도 아직 내 마음을 못 믿는 건가?"

고헤이는 작은 돌을 집어 차례차례 품에 넣는다. 띠에 끼워둔 식칼을 꺼내 어둠 속에서도 알아볼 수 있도록 오키치의 코끝에 갖다 댄다.

"늦지는 않아. 당신 모습이 추하지 않게 잘 거둔 후 이걸로 내 목을 긋고 물로 들어갈 거야."

그렇다면 좋다. 합장한 오키치의 목에 띠가 둘러진다. 고헤이가 단숨에 조르기 시작한다.

안 돼! 리사는 소리를 지르려고 하지만 소리가 돼 나오지 않는다.

염불을 할 틈도 없이 고통스러운 와중에 오키치는 이상한 생각을 한다. 숨을 쉴 수가 없어. 손으로 가슴을 움켜쥐는데 딱딱한 조개껍데기가 느껴진다. 이것은 당신의 마음. 당신을 사랑하는 내 마음. 아아, 빨리, 빨리 당신과 가고 싶어요. 쌀값도 불어터진 손도 이제 아무 상관없는 곳에서 행복하게 살아요, 당신과 나.

동쪽 하늘에 빛이 들기 시작한다. 덮치듯 자신의 목을 조르고 있는 남자의 얼굴을 봤다.

고헤이는 웃고 있다.

자리에서 벌떡 일어난 리사는 침대에서 한숨을 쉰다. 또 막을 수 없었다. 변하지 않았다. 정해져 있기 때문이다. 이미 일어난 일이기 때문이다. 역시 '꿈'은 리사의 전생이고 오키치의 삶과 죽음이 틀림없다.

그렇다면 이번 생에서는 수명이 다할 때까지 고헤이와 행복하게 살자. 그러면 오키치의 혼도 홀가분하게 떠날 수 있으리라.

커튼을 열자 옆집 벽이 보인다. 별다를 게 하나도 없는 교외 주택가다. 도쿄는 멀다. 에도는 더욱더 먼 곳이다.

교복으로 갈아입으면서 그러고 보니 고헤이의 얼굴이 처음으로 확실하게 보였음을 깨닫는다. 왜 고헤이는 웃고 있었을까.

무서운 의혹이 솟아난다. 어쩌면 오키치는 속고 있는 게 아닐까. 준비금을 소매치기당했다는 말은 거짓말. 돈을 구하지 못했다는 것도 거짓말. 고헤이는 장애물인 오키치를 죽인 후 재빨리 도망쳐 주군으로 모실 집안의 딸과 결혼하려는 게 아닐까.

설마 그럴 리 없다. 손끝에 조개껍데기의 촉감이 느껴진다. 너무나 생생한 탓에 리사는 교복의 블라우스를 만지다 이불을 들쳐본다. 물론 조개껍데기 같은 건 어디에도 없다. 하지만 고헤이는 분명 내게 주었다. 고헤이의 마음. 나를 사랑하는 고헤이의 마음. 의심할 여지는 어디에도 없다.

"리사, 일어났니?"

아래층에서 엄마가 부른다.

부모님 몰래 도쿄에 있는 대학 한 곳에만 응시해 시험을 쳤다. 혼자 사는 것에 대해 부모님은 리사의 예상보다 강하게 반대했다.

"리사처럼 늘 멍하니 있는 애가 혼자 살다니, 절대 안 돼."

고향에 있는 대학에 갈 거라고 믿고 있었던 탓에 화를 내는 것도 당연했다. 리사는 아무 말도 하지 않고 새로운 생활을 위한 준비를 계속한다. 봄 방학 내내 엄마는 보란 듯이 거실에서 울고 있었다.

"도쿄에서 변변치 못한 녀석에게 걸려들 게 뻔해. 여자가 혼자 산다는 건 놀아보자고 작정하는 거나 마찬가지잖아. 그런 아이는 취직도 결혼도 절망적이지. 잘될 턱이 없어. 엄마 말 안 듣고 나중에 울며 매달리지나 말아라."

결국 아버지의 중재로 겨우 도쿄에 가는 것을 허락받았다. 다녀오겠다는 리사의 인사에도 엄마는 TV만 보고 있었다.

화는 역으로 걸어가는 동안에 사라졌다. 새로운 삶에 대한 기대가 엄마의 말과 태도를 누르고 부풀어만 갔다.

도쿄에서의 생활이 시작되면서부터 '꿈'을 거의 꾸지 않게 됐다. 아무리 노력해도 오키치와 고헤이를 말릴 수 없다고 포기했기 때문일지도 모른다. 아니면 '꿈'을 꿀 틈도 없을 정도로 바쁘고 충실하게 살았기 때문일지도 모른다. 새로운 친구들, 리포트와 시험과 세미나, 아르바이트, 밥하고 청소하고 빨래하기.

리사의 밤은 비로소 다른 사람들의 밤과 같아졌다. 의식이 검게 칠해지고 환상 같은 이미지가 꿈이라는 형태로 드러난다는 걸 그녀도 깨닫게 된 것이다. 딱 한 번 제대로 본 고헤이의 얼굴도 흐려져만 갔다. 그래도 상관없다. 드디어 낮의 세계에 안착해 몇몇 남자와 사귀기도 했다.

어떤 남자나 처음에는 잘 진행된다. 리사는 '꿈'속의 생활을 의식해 아파트 베란다에서 일부러 꽁치에 시치린전통 조미료_옮긴이을 뿌려가며 굽고, 목욕하고 남은 물을 빨래할 때 사용한다. 그런 리사를 보고 "현모양처가 되겠어"라거나 "환경보호자네"라고 남자들은 신 나서 이야기한다. 그래놓고는 이별을 고하기 직전에는 반드시 "리사는 왠지 남자 같아. 요리에 시치린을 뿌리질 않나"라거나 "마치 가정을 꾸린 거 같았어"라고 말한다.

리사가 좋아하는 남자들은 대개 생활력은 별로 없으면서 야심이나 실현하고 싶은 꿈은 분명한 타입이다. '언젠가'가 그들의 공통된 말이다. 그게 좋다고 처음에는 생각한다. 남자들은 리사가 사는 아파트로 들어와 생활비를 거의 내지 않고 리사가 만든 밥을 먹는다.

리사는 결국 "아아, 고헤이도 그랬지" 하며 생각한다.

어떤 남자든 고헤이와 비교하면 바보 같아 보였다. 죽을 정도로 사랑한 고헤이와 비교하면.

정신을 차리고 보면 남자는 이미 리사의 집을 나간 후였다. "너와 있으면 나는 무기력해져서 안 되겠어", "너무 희생하는 게 부담스러워" 같은 이야기만 남는다.

오키치가 부럽다고 리사는 생각한다. 오키치의 사랑과 헌신에 고헤이는 답했다. 죽을 때까지 두 사람은 함께 있었다. 하지만 오키치 탓에, 오키치의 혼이 리사에게도 남아 있는 탓에 낮 생활에서 남자들과 잘 안 되는 것일지도 모른다.

고향 집에는 거의 돌아가지 않은 채 대학을 졸업하고 도쿄에서 취직했다. 남자는 있을 때도 없을 때도 있다. 일이 즐겁다. 동료들과 한 가지 목표를 향해 나아가는 게 좋다.

엄마에게서는 또 전화가 온다. 여전히 대부분의 시간을 집에서 TV를 보고 반찬을 만들고 남편이 돌아오기만을 기다리며 의미 없이 보내고 있는 듯하다.

"아빠 퇴직금이 풍족하게 나올 것 같지 않아서 이젠 연극도 제대로 못 보게 생겼어"라고 말한다. "너는 어떻게 지내니?"라고 물어, 엄마에게 상처를 주지 않도록 "그럭저럭 잘 지내"라고 조심스럽게 대답하는 자신이 자랑스럽다. 오래전 꿈꾸었던 생활을 손에 넣었음을 실감한다. 고헤이처럼 내조하고 싶은 사람을 찾지는 못했지만 아직은 젊으니까 괜찮다. 안달하지 않아도 된다. 나는 타협과 불평과 후회로 점철된 인생을 사는 엄마와는 다르다고 생각했다.

'꿈'은 전혀, 라고 해도 좋을 정도로 꾸지 않았다. 맨션으로 이사한 것을 계기로 시치린도 싱크대 아래에 넣어버렸다. 오키치와 고헤이가 멀어져 간다. 밤에는 다른 생활이 있었다는 것 자체가 꿈처럼 여겨질 때도 있다.

어떻게 연관 있는지도 생각이 안 날 정도의 친척에게서 전화가 온 것은 취직하고 5년째 되던 오봉 휴가 전이었다.

"리사 짱, 알고 있니?"

중년 여성이 전화기에 대고 떠든 이야기에 따르면 리사의 부모님이 이혼할 것 같다는 것이었다. 원인이 어머니의 불륜이라는 소리를 듣고 리사는 충격을 받았다. "설마" 하는 놀라움과 "무슨 짓을 한 거야!"라는 분노와 왠지 모르겠지만 어렴풋한 패배감이 뒤섞인 충격이다.

두 시간 정도 전철에 흔들리며 오봉 휴가 때 집을 찾았다. 예상과는 달리 집 안은 조용하고 평온했다. 리사가 살던 때와 마찬가지로 부엌 싱크대는 잘 닦여 있었고 거실 테이블에 옛날 신문이 쌓여 있지도 않았다. 아버지는 식탁에 놓인 음식을 먹으며 아내와 딸에게 별로 재미있지도 않은 농담을 한다.

모든 게 옛날과 똑같았다.

그 전화는 뭐였지? 친척에게 속았나, 하고 생각하는 한편 굳이 나를 속일 필요가 있었나, 싶어 리사는 혼란스러웠다.

아버지가 운전하는 차로 성묘를 갔다. 녹음이 짙은 산에서는 매미가 시끄럽게 울고 있다. 대낮의 태양 아래 물통과 향을 든 사람들이 오간다. 경사면에 즐비한 묘석은 물을 끼얹어도 금방 하얗게 말라버렸고 공양한 꽃도 이내 시들었다.

아버지가 물을 끼얹고 있는 동안 리사는 조금 떨어진 나무 그늘에서 기다린다. 손바닥에 밴 땀 때문에 향이 젖을 정도로 덥다. 국화를 들고 옆에 서 있는 엄마가 빈손으로 하얀 손수건을 꺼내 이마를 닦는다. 작은 벌이 꽃에 다가왔다가 이윽고 만족했는지 날아간다.

"얘야, 가자" 하며 아버지가 경사면에 설치된 계단을 올라가기 시작한다.

리사와 어머니도 나무 그늘에서 나와 강한 햇살 속을 걷는다.

"아주머니한테 들었지?"

별일 아니라는 듯 엄마가 말을 꺼냈다.

"나, 이혼할까 해."

리사는 저도 모르게 앞서 걷고 있는 아버지의 등을 살핀다. 듣고 있는 건지 아닌 건지 아버지는 걸음을 늦추지 않는다.

"이혼해서 뭐 하려고?"

"뭐 하고 자시고가 어디 있어. 리사가 나를 돌봐주려나?"

어머니의 옆얼굴엔 해맑은 미소가 떠올라 있다. 소름이 끼쳤다. 상대가 어디서 만난 어떤 남자인지, 엄마는 말하고 싶어 하는 것 같았지만 리사는 들으려 하지 않았다. 알고 싶지도 않다.

성묘를 다녀온 길로 도망치듯 도쿄로 돌아왔다.

부모님은 어쩐 일로 다시 살기로 하신 모양이다. 오지랖 넓은 친척이 전화로 알려주었다.

"리사 짱이 얼굴을 보인 덕분이야. 역시 자식이 부모를 이어주는 끈이라는 말은 사실이야. 리사 짱 같은 딸이 있어서 엄마는 좋겠다. 아줌마는 아들밖에 없잖아. 벌써 부모와는 말도 안 해. 어디서 뭘 하는지 도통 모른다니까."

나 같은 딸이 있어서 좋겠다는 말은 무슨 뜻일까, 하고 리사는 생각한다. 부모님의 노후는 외동딸인 리사가 책임져야 하는 것으로 다들 생각하고 있다. 엄마도, 친척도, 아마 아버지도. 말도 안 된다. 그야 서로 잘 지내는 부모 자식 간일 때 이야기지. 엄마의 바람은, 그것을 알고도 모른 체하는 아버지는, 유야무야된 이혼 이야기는 도대체 뭐란 말인가. 그렇다고 해도 부모를 돌보지 않으면 주위 사람들이 뭐라고 할지 그것도 무섭다. 거부할 만큼의 용기가 생기지 않는다.

틀림없이 이대로 15년만 지나면 도쿄와 부모님이 사시는 고향을 왔다 갔다 하는 생활이 될 것이다. 도망칠 수 없다. 그때는 리사에게도 남편과 아이가 있을 텐데 남편과 아이가 무슨 도움이 될까. 부모에게 자식이라곤 리사뿐이다. 부모와 연결돼 있는 것은 리사뿐이다.

애써 꿈꿨던 생활을 손에 넣었다고 생각했는데. 천신만고 끝에 집을 나와 엄마와 간신히 떨어졌다고 생각했는데.

엄마는 리사를 고향으로 불러들이고 싶은 건지 전화할 때마다 맞선 이야기를 꺼냈다.

"리사, 곧 서른이야. 잘 생각하고 있니? 역시 손자 얼굴이 보고 싶구나. 요즘 아빠도 자주 이야기하신다."

토요일 아침에 인터폰이 울리기에 뭔가 싶었더니 속달로 맞선남의 신상명세서와 얇은 앨범이 도착했다. '시청에 근무하는 아주 성실한 사람이래' 같은 메모가 붙어 있다. 사진도 보지 않고 돌려보낸다.

"요즘 기운이 없는 것 같아."

네기시 과장이 지적한다.

"무슨 일 있으면 이야기해. 얼마든지 들어줄게."

서른 중반의 과장인 네기시는 출세가 한참 빠른 편이다. 일을 잘 히는 것은 물론 사람들도 잘 챙긴다. 부서의 친목을 도모하기 위해 정기적으로 열리는 회식 자리에서도 이렇게 자연스럽게 직원들 전원에게 말을 건다.

"그래 보여요? 그런 거 없는데."

"일단 한 잔. 아직 안 마셨지?"

네기시는 리사의 컵에 맥주를 부어주고 비어 있던 옆자리에 앉는다. 퉁명스러운 리사의 대답에도 불쾌한 기색을 전혀 드러내지 않고 잠자코 자신의 컵에 술을 따른다.

"과장님에게 별로 드릴 말씀이 없어요" 하고 재차 말하자, "귀여운 직원과 친근하게 술 한 잔 하려는 것뿐이니까" 하며 놀리듯 웃는다.

오랜만에 '꿈'이 떠올랐다. 딱 한 번 본, 그리고 점점 엷어진 아침 햇살에 비친 고헤이의 얼굴. 왠지 네기시와 닮은 듯하다. 부드럽고 사심이 없는 미소.

대학 동창과 결혼한 네기시에게는 벌써 중학생이 된 아들과 초등학교 4학년인 딸이 있다고 들었다. 리사는 문득 상담해볼까, 하는 마음이 든다. 네기시는 직원들에게 함부로 하지 않는다. 앞으로 순조롭게 출세할 상사에게 솔직한 상담을 하는 것도 회사 생활에 플러스가 될 거라는 계산도 깔려 있었고, 회사에서의 리사밖에 모르는 사람이기에 오히려 이야기할 수 있다는 편안함도 있었다.

"결혼이란 거 어때요?"

"자네 마음은 고맙지만 나는 이미 했는데."

"그런 의미가 아니고요."

"농담이야. 왜? 맞선이라도 들어왔나?"

"어떻게 아세요?"

"그야, 그럴 나이니까."

괜찮아? 하고 확인부터 하고 네기시는 담배에 불을 붙인다.

"결혼, 괜찮아. 고민되면 한번 해보든가."

"여러 번 하고 싶지 않아서 고민하는 거잖아요. 일도 있고 엄마가 맘에 들어 하는 상대는 싫고."

"결혼해서 애가 생겨도 리사의 일 쪽은 내가 서포트하지. 그런 걱정은 할 필요 없어."

갑자기 가슴이 뛴다. 네기시는 역시 고헤이와 닮은 것 같다.

"그래서 맞선 상대는 어떤 사람?"

이미 거절해놓고서 멋대로 입이 움직인다.

"우리 고향 쪽 시청에서 근무한대요. 성실하고 좋은 사람이라는데."

"그럼 혹시 결혼하면 회사를 그만두는 거야?"

네기시가 재떨이에 비벼 끈 꽁초에서 하얀 연기가 피어오른다.

"성실하고 좋은 사람이라. 그래서? 자네와는 안 어울려."

무릎에 놓인 리사의 손에 네기시의 손이 올라온다. 주위에 같은 부서 사람들이 시끄럽게 떠들고 있는 것도 잊고 두 사람은 탁자 아래에서 손을 꼭 잡고 있다.

어쩌다 함께 간 출장을 계기로 리사는 네기시와 사귀기 시작했다. 아내와 헤어지라는 말은 안 하기로 했다. 하지만 네기시는 리사의 마음을 제대로 알고 있었다.

"아내에게는 벌써 이혼하고 싶다고 이야기했어. 조금만 시간을 줘"라고 말한다.

주말에 에노시마에 갔다 왔다며 선물로 분홍빛 조개가 든 작은 유리병을 주었다. 코르크 마개가 있고 병목에 철물이 달린 키홀더였다. 초등학생이라도 이런 건 안 살 것이다.

"촌스러워"

리사가 웃으며 말했다.

"겨울의 에노시마는 갈 데가 못 돼. 춥지, 관광객들도 없지, 정말 황량하더라."

네기시는 목을 움츠렸다.

그러면서 가족들과 여행은 가네, 라는 생각에 입안에 모래가 씹히는 듯 거북했지만 마음을 써주는 네기시가 고마웠다. 병을 흔들자 옅은 분홍빛 조개는 모래가 흔들리는 것 같은 소리를 낸다. 꼭 다문 조개껍데기에 그려진 벚꽃을 떠올렸다. 역시 고헤이다. 줄곧 찾고 있었다. 이번 생에서 또 만나고 싶다고 기원했다. 이제 결코 떨어질 수 없다.

엄마는 포기하지 않고 그 뒤로도 맞선 상대의 사진을 꾸준히 보내왔지만 네 번째 반송하면서 리사는 결국 전화를 걸었다.

"엄마, 미안하지만 나, 지금 사귀고 있는 사람이 있어."

"뭐야? 그런 거였어? 네가 그런 말을 조금도 안 하니까 엄마가 걱정했잖아. 어떤 사람이니? 다음에 꼭 한 번 데려와라."

"곧 그럴게."

대충 말하고 전화를 끊는다. 사실은 말하고 싶었다. 어릴 때부터 알고 있었다. 그는 운명적 상대. 우리는 전생에서부터 이어져 있다. 죽음조차도 우리를 떼어놓을 수 없다. 틀림없이 다음 생에도 우리는 환생해 다시 이어질 것이다.

리사의 손이 거칠어진다. 지금까지 세제에 손이 거칠어진 적이 없었는데 왠지 건조하고 붉게 튼다. 오키치다. 내 속의 오키치가 고헤이

144

와의 재회를 기뻐하고 있다.

네기시의 등을 쓰다듬자 그는 "너무 거칠어" 하며 킥킥대고 웃었다. "왜 이런 거야. 이 정도면 무척 아프겠다"며 리사의 손을 잡고 입술을 갖다 댄다.

"아무렇지도 않아."

전혀 아프지 않다. 가슴이 떨릴 뿐이다.

부서 사람들은 아마도 전부 눈치를 채고 있을 것이다. 인사부에도 소문이 났는지 봄에 리사만 총무부로 자리를 옮겼다.

지금까지는 출장도 많고 정신없이 돌아다녔는데 회사 안에서의 사무 업무가 중심인 총무부는 지루하다. 하지만 전혀 신경 쓰지 않는다. 네기시와 못 만나게 된 것도 아니다. 네기시와 영 못 만나게 될 경우를 생각하면 부서가 달라진 정도는 아무것도 아니다.

"좀 더 조심해야겠어."

네기시가 말한다.

"너는 뭐라고 해야 할까, 파악하기 쉬운 사람이야. 태도나 눈빛으로."

왜 그럼 안 돼? 당연하잖아, 몇백 년을 거쳐 겨우 만났는데 기쁘지 않다면 오히려 이상한 거지. 그렇게 생각했지만 네기시에게 폐가 되지 않도록 조심했다.

네기시는 듬직하다. 일도 잘할 뿐만 아니라 둘이 간 레스토랑에서도 무엇을 먹을지 미리 알아서 리사를 이끌어준다. 네기시와 사귀고 나서 비로소 리사는 응석을 부리고 매달리는 쾌감을 깨달았다. 그동안 짊어지고 있던 어떤 무거운 것을 내려놓은 것처럼 함께 있으면 마음이 들뜨고 불안과 고민이 사라진다.

리사는 꼬박 5년을 기다렸다.

아이를 낳고 싶다. 그야말로 애간장이 타기 시작한다. 네기시는 이혼이라는 말을 이제는 거의 입에 담지 않는다. 에둘러 이야기를 꺼내면 "아내가 버티고 있어서 좀처럼 진척이 없어. 더 이상 기다릴 수 없다면 네 결정에 따를게"라고 한다. 리사가 얼마나 간절히 바라는지 네기시는 모른다. 얼마든지 기다릴 수 있다고 리사는 생각한다.

사랑하니까. 네기시밖에 없다, 내게 정해진 사람은.

마흔을 넘긴 네기시는 부장이 됐다. 꽤 빠른 출세였지만 그것도 이제 끝이라는 소문이 돌았다. 원인이 리사에게 있다는 것이 모든 사람들의 일치된 견해였다. 리사의 귀에 나양한 충고와 험담이 들려온다.

적당히 하고 이제 정신 좀 차려. 질질 끌어봤자 좋을 게 하나도 없어. 네기시 부장도 유감이네. 그녀 전부터도 성격이 좀 격정적이지 않았어? 사모님이 상당히 무섭다는데 아, 어떻게 될지 겁난다. 하지만 부장도 자업자득이지. 결혼반지를 빼고 미팅에도 나가고 원 나이트를 하기도 한다니까.

친구들이, 회사 사람들이 의기양양한 표정을 짓는다. 그 때문인지 요즘 네기시는 초조해한다. 리사는 사람들이 하는 험담을 아예 믿지 않는다. 네기시를 제대로 알지도 못하는 주제에, 어차피 네기시를 질투해 발목을 잡으려는 것뿐이다. 안됐다고 생각한다.

크리스마스도 새해도 네기시는 가족과 함께 보낸다. "딸이 아직 중학생이라" 하고 네기시는 말한다.

"어쩔 수 없잖아. 널 쓸쓸하게 만들고 싶진 않지만."

리사도 외롭다. 하지만 네기시가 딸에게 줄 선물을 고르는 걸 돕고 집으로 돌아가는 네기시를 웃으며 배웅한다. 어차피 가짜 가족이라는 것을 알고 있기 때문이다.

그래도 혼자 연말연시를 보내는 것은 힘들어 12월 마지막 날 저녁에 고향으로 돌아갔다. 5년 만에 만난 부모는 주름과 백발이 늘었지만 행동에는 변함이 없다. 엄마는 가차 없이 리사를 몰아붙이고, 말이 없고 무해한 아버지는 무슨 장식품 같다.

"왜 안 데려오니?"

엄마는 따뜻한 메밀국수를 먹으면서 말한다.

"네가 돌아온다고 하기에 이젠 결정이 됐나 보다 했는데 아직도 연애만 계속할 거야?"

"헤어진 건 아닌데 타이밍이란 게 있으니까."

"타이밍이 뭔데? 그건 훨씬 전에 지나갔거든. 너는 네가 몇 살이라고 생각하는 거니?"

과장을 섞어 내쉬는 한숨.

"어차피 변변치 않은 인물이겠지. 내가 말한 대로 된 거지."

화가 치밀어 올랐지만 리사는 참는다. 엄마는 한 술 더 떠 "아예 돌아오는 건 어떠니? 일자리는 여기서도 찾을 수 있으니까"라든가, "우리도 나이가 들어 부부만 있으면 마음이 든든하질 않아"라든가, "지금이라면 아직 괜찮은 상대가 있어. 그야 너도 나이가 있으니 최상의 상대라고는 할 순 없지만 그것은 아무래도 타협을 해야 하고"라든가, 눈만 마주치면 잔소리를 쏟아낸다. 결국 리사가 고개를 숙여버리면 일방적으로 말한다.

채 하루를 넘기지 못하고 리사의 인내심은 바닥을 드러내고 새해 둘째 날 이른 아침 전철을 탔다. 나머지 휴일은 맨션 방에서 그다지 재미있지도 않은 코미디 프로그램을 보면서 지냈다. TV 옆 장식장에는 사진, 조화와 함께 네기시가 준 분홍빛 조개가 든 병이 놓여 있다.

만약 이대로 계속되면 어떻게 되는 걸까. 네기시와 결혼하지도 못하고 아이도 없이 마음이 불편한 회사에서 간신히 정년을 맞고, 늙어서도 오로지 네기시가 찾아오기를 기다리다가 방에서 혼자 죽어 있는 것을 집주인이 발견하면……. 네기시는 아내와 자식들, 손자의 간호를 받고 있는데?

이상하다. 그럴 리가 없다고 리사는 생각한다. 오키치는 고헤이와 좀 더 행복하게 살았던 것 같다. 아니, 지금과 비슷한 느낌이었을지 모른다. 언제나 궁지에 몰려 있고 가난하고 초조해 서로의 존재에 매달리는 것 외에는 어떤 것도 할 수 없는 사이. 오랫동안 '꿈'을 꾸지 않았기 때문에 잊고 있었다.

새해가 돼 회사에 나가자마자 "영업부의 네기시 부장, 사모님과 하와이에서 새해를 맞았대. 멋있지 않아?" 하고 여자 화장실 거울 앞에서 동료들이 친절하게 알려준다. 관자놀이가 뜨거워진다. 울고 싶은 건지 웃고 싶은 건지 모르겠다.

이제 충분히 기다렸다고 생각한다. 리사는 네기시의 아내를 만나기로 한다.

유급휴가를 얻어 네기시 집 근처 찻집에서 네기시의 아내와 만난다. 찾아온 여자는 네기시와 동갑이라는데 훨씬 젊어 보인다. 소박해 보였지만 나름 가격이 있는 옷을 잘 차려입고 있다.

"한 번은 인사를 해야겠다고 생각했어요."

여자는 미소를 지으며 홍차를 한 모금 마신다.

"제 남편이 신세를 지고 있다고요?"

"네기시 씨와 언제 헤어져주실 건가요?"

"어머, 남편과 이혼 이야기는 한 번도 한 직이 없는데요."

유감스럽다는 듯 말한다.

"뭔가 착각을 하고 계신 것 같은데."

네기시의 아내가 일어나 사라진 후 리사는 테이블에서 움직일 수 없었다. 점원이 컵을 들어 다시 물을 채워 테이블에 놓는다. 테이블에 생긴 둥근 물방울에 리사는 시선을 떨어뜨린다.

네기시가 지점장이라는, 듣기에는 좋지만 실질적인 좌천을 당한 것은 사장을 비롯한 중역들에게 네기시의 아내가 불륜을 고발한 탓이라는 소문이 쫙 퍼졌다. 또 리사가 교제의 증거를 모아 익명으로 사장에게 투서했다는 말도 있고, 네기시가 미팅에서 만나 섹스만 하고 도망친 것에 화가 난 여자가 회사로 쳐들어와 난리를 쳤기 때문이라는 말도 있다.

분명한 것은 네시기는 이제 끝났다는 사실이고, 그렇게 되면 주위에서 사람들이 썰물처럼 사라질 것이다. 네기시와 사귀기 시작했을 때부터 리사는 노골적으로 거리를 뒀기 때문에 지금에 와서 입장이 달라질 건 없다. 들으라고 하는 험담에도 이젠 익숙하다.

네기시 부장, 정말 여유가 없나 봐. 지점 직원들도 사정을 다 알고 있다잖아. 사모님이 드디어 이혼하자고 하면서 통장과 돈을 다 가지고 갔대. 그것뿐만이 아니지. 아이들 양육비도 줘야 하잖아. 불륜 상대는 어떻게 되는 거지? 역시 소송을 걸면 아내에게 위자료를 줘야 하나? 바보 같아. 그런 주제에 얼마나 당당한지 몰라. 일이야 어떻게 하든 상관없지만 솔직히 이건 니무 해.

리사는 하루에도 몇 번이나 네기시에게 메일을 보냈다. 걱정이 돼 견딜 수 없다. 나쁜 생각을 하게 하고 싶지 않다. 네기시의 답장은 하루에 한 번 정도면 양호한 거고 내용도 '괜찮아'라는 짧은 문장이 전부였다. 하지만 기쁨과 안도감으로 리사는 수없이 다시 읽었다.

주말마다 네기시가 전근 간 곳을 찾고 싶었지만 "아직 정리가 안 됐으니 오지 마"라고 네기시는 말한다. 이삿짐도 혼자서는 제대로 정리하지 못할 텐데, 하고 물고 늘어졌더니 "이번 주에는 아내와 아이들이 와. 조심해야지" 하며 무뚝뚝하게 전화를 끊었다.

이혼했다고, 적어도 이야기가 진전되고 있다고 생각했다. 배우자의 유무까지 기재된 서류는 총무부에서 한정된 사람만 열람할 수 있다. 단순한 단독 부임이라면 나는 어떻게 되는 걸까. 방에서 쿠션에 머리를 박고 비명에 가까운 소리를 질렀더니 목구멍에 상처가 생겼는지 입안에 피 냄새가 퍼진다.

역시 불안해할 필요는 없다는 것이 판명됐다. 네기시는 전근 간 지 두 달도 지나지 않아 다시 빈번하게 전화를 걸어왔다. "외로워", "이제 곧 이혼해. 결정했어. 하지만 아이들을 만나지 못하는 건……", "나, 끝장이야, 리사. 돈도 다 빼앗기고 시골의 지점장이라 급료도 얼마 안 되고" 하며 나약한 소리를 리사에게만 털어놓으니 더 사랑스럽다.

이 남자가 마음을 허락한 것은 나뿐이다. 이 사람을 보살필 사람은 나뿐이다. 그것은 훨씬 선부터 알고 있는 사실이다.

리사는 네기시가 나가 있는 지점으로 전근시켜달라고 요청했다. 하지만 상사가 코웃음을 치는 것 같아 두 말 없이 퇴직했다.

비로소 네기시와 살 수 있게 됐다. 눈이 무척 많이 내리는 마을이라 처음 맞는 겨울을 네기시도 리사도 신 나게 보냈다. 제설차를 비롯해 눈을 치우는 도구 모두가 새롭다. 둘만의 따뜻한 방에서 전골을 끓여 먹는다. 리사는 밖으로 튀어나온 창문에 분홍빛 조개가 든 병을 놓았다. 그런 걸 아직도 가지고 있냐며 네기시가 웃었다. 행복하다고 리사는 생각한다. 이 행복을 줄곧 이어가자. 오키치와 고헤이를 위해서라도.

이제 아내와는 완전히 헤어졌는데도 네기시는 프러포즈를 하지 않는다. 너무 편안해서 결혼한 것과 마찬가지라고 안심해버린 것일까. 아니, 마음의 정리를 제대로 한 후에 리사의 부모를 만나러 가야겠다고 생각하고 있을지도 모른다. 리사는 괜한 의심을 하기보다 어차피 곧 결혼을 할 거니까 편안하게 지내자고 마음먹었다.

네기시는 저축한 돈의 대부분을 헤어진 아내에게 줬다고 했고 매달 급료에서 아이들 양육비도 보내야만 해서 생활이 힘들었다. 염원이 이루어져 네기시와 꼭 붙어 있는 3개월을 보내면서 리사는 만족했다. 이제 슬슬 이 마을에서 일자리를 구하자. 정규직으로 채용되면 급료는 안정되겠지만 곧 아이가 생길지도 모르니까 시간이 자유로운 파트타임이 좋겠다. 방에 불을 켜고 저녁 준비를 다 하고 돌아올 네기시를 기다리고 싶다. 네기시의 전처는 전업주부였다. 비교되기 싫다. 역시 전처가 낫다는 생각을 하게 하고 싶지 않다.

슈퍼마켓 계산대 일을 맡았다. 이전 회사에서 했던 일과 비교하면 매우 단순한 작업으로 파트타임 급료도 얼마 되지 않는다. 그래도 동료인 아주머니들도, 노인이 대부분인 손님들도 붙임성 좋고 친절해서 즐겁다. 조금이라도 가계에 도움이 되고 가사에 지장이 안 되는 범위에서 교대 근무를 한다.

슈퍼마켓 점장이 "교대 근무는 부양가족 공제의 한도를 넘지 않는 범위에서 해요. 한도를 넘으면 남편이 화낼 거예요"라는 이야기를 했다. 그래서 리사는 이를테면 아내의 연간 소득이 규정 금액 이내이면 남편이 내는 세금이 조금 우대받는다는 것을 어렴풋이 이해했다.

결혼하고 싶다. 갑자기 생각이 또렷해졌다. 프러포즈를 기다리다니, 그러니까 어렸을 때부터 멍하다는 소리를 들었지. 네기시에게 결혼하자는 이야기를 듣겠다고 지금까지 버티고 있는 게 바보 같았다.

집에 돌아온 네기시에게 점장의 말을 재빨리 보고한다.

"나, 전혀 몰랐어. 서른을 넘겼는데 세상물정을 몰라 부끄러워. 당신은 알았어요?"

"뭐, 그거야."

"저기, 결혼해요. 공제도 받을 수 있고."

"곧 하자. 조금 있다가."

"조금 있다가? 언제? 물론 지금부터 6월까지는 식장을 잡기 어렵겠지만 혼인신고라도 바로 하는 게……."

"리사."

말을 막는 네기시의 얼굴을 보고 리사의 표정이 굳어졌다.

"이런 말 꺼내기 좀 뭐하지만 나 아직 아내와 이혼하지 않았어."

무슨 말인지 모르겠다. 네기시는 불편한 듯 몸을 비틀어 리사가 탄 차를 마신다.

"무슨 소리예요?"

목소리가 갈라진다.

"그럼 왜 저축한 돈이 없어요? 아내에게 위자료를 준 것 아니었요? 언제 헤어져요? 언제 나와 결혼할 수 있는 거예요? 회사도 그만 뒀다고요. 당신이 와달라고 해서!"

"와달라고는 한 적 없는데."

"말했잖아요! 말하지 않았나요? 아내와 헤어지기로 했다고. 그럼 나는 뭐예요, 뭐였냐고요!"

그동안 참아왔던 울분이 폭발했는지 리사는 울고 소리치며 근처에 있는 것을 닥치는 대로 던졌다. 찻잔도 쿠션도 싸구려 작은 테이블도 액자도. 분홍빛 조개가 들어 있는 병만큼은 마음에 걸려 벽이 아닌 쿠션에 던졌다.

"조금 복잡한 사정이 있을 뿐이야. 곧 이혼해."

네기시가 달랜다. 감정을 폭발시킨 덕분인지 마음이 후련해진 리사는 그렇다면 괜찮겠지 싶어 네기시와 잔다.

'꿈'을 꿨다. 오키치와 고헤이가 나가야에서 행복하게 사는 모습을 다시 보고 싶다. 그렇게 기도한다.

그날 이후 리사는 네기시와 매일 싸우다시피 하게 됐다. 원인은 이혼 이야기가 전혀 진척되지 않기 때문으로 리사가 어떻게 되고 있는 거냐고 화를 내면 네기시는 조금만 더 기다리면 된다고 달래고 그러면 냉정함을 되찾는다. 하지만 점점 감정의 진폭이 커지면서 간격도 좁아져 스스로도 이상하다 싶을 정도로 네기시를 괴롭힌다. 처음에는 반론하지 않았던 네기시도 요즘에는 되레 화를 낸다. 손이 올라올 때도 있다. 리사는 맞아 벽에 부딪히기까지 했다.

눈 주변에 생긴 멍을 보고 파트타임 아주머니들은 안됐다는 듯 서로의 얼굴을 봤다. 점장에게 "그냥 돌아가는 게 좋겠다"라는 권유를 받았다. 탈의실 거울을 보니 눈꺼풀이 괴물처럼 부풀어 있었다. 이래 가지고서야 손님을 맞을 수 없겠네, 하며 리사는 웃고 말았다.

맞을 거라는 사실을 알면서도 "거짓말쟁이, 결혼한다고 해놓고는" 하며 네기시를 추궁한다. 네기시는 이제 거의 집에 오지 않는다. 가끔 돌아와서는 지독하게 술만 퍼마신다.

벌써 수십 번에 걸친 싸움을 하고 리사는 얼굴 형태가 변할 정도로 얻어맞으며 엉엉 운다. 목소리도 눈물도 거의 나오지 않는다. 그런데도 네기시 앞에서 어린아이처럼 울며 바닥에 뒹군다. 결국에는 호흡이 불가능해져 경기를 하는 사람처럼 온몸에 경련이 일어난다.

네기시가 안아 일으켜준다. 리사의 어깨와 머리를 쓰다듬고 물에 적신 수건으로 부드럽게 얼굴을 닦아준다.

흐느끼면서도 리사는 잠꼬대처럼 말한다.

"같이 죽자. 우리 에도 시대부터 연인이었어. 둘이서 함께 죽었어. 알아? 결혼할 수 없다면 싫어. 죽어도 괜찮아. 분명히 다음 생에서도 만나 꼭 결혼하게 될 테니까. 그러니까 죽자."

"너, 괜찮은 거야?"

네기시가 말한다.

"이제 지친다."

지쳤다고 말한 주제에 숨이 답답해 눈을 떴더니 옆에서 자고 있어야 할 네기시가 리사의 이불 속에 들어와 있다. 이제 그만두고 싶어, 정말, 이라고 중얼거리면서 네기시는 리사의 하반신만 벗기고 허리를 움직인다. 리사도 그 움직임에 리듬을 맞춘다. 움직임이 격렬해진다. 네기시의 손이 강력한 힘으로 리사의 쇄골 주변을 누르고 그대로 목덜미로 천천히 올라온다.

덮쳐오는 남자의 그림자는 밤을 닮은 어두움으로 리사의 시야를 가린다.

量
哭

그 일은 우리 속에 깊고 조용히 박혀 있다. 옅은 보라색 하늘에 섬광이 내달리고 뒤따라 천둥이 울리듯이. 호수 한가운데 생긴 은색 파문이 퍼져서 호숫가에 닿듯이.

그것은 천천히 덮쳐 우리의 마음을 도려냈다.

고등학교는 언덕 위에 있고, 언덕에는 이 밖에 묘지와 러브호텔이 있다.

학생들은 역 앞에서 '미도리야마 추모공원행'이라고 적힌 노선버스를 탄다. 뱀처럼 구불구불한 길을 20여 분에 걸쳐 올라가 종점 바로 앞 정거장에서 내리면 그곳이 교문이다. 마지막 버스는 오후 7시 25분에 있다. 헤드라이트의 하얀 불빛이 길을 비추면 이어서 커브 길에서 버스가 모습을 드러낸다. 연습을 끝낸 운동부원과 회의가 길어진 학생회 임원, 특별한 용건은 없었지만 학교에서 시간을 죽인 학생들이 버스 정류장에 줄을 선다. '미도리야마 고교 앞'이라고 표시된 버스 정류장의 불빛에 여름에는 셀 수 없을 정도로 많은 벌레들이 모여든다.

마지막 버스를 놓치면 산기슭까지 꼬박 한 시간을 걷는 수밖에 없다. 문화제 준비 기간 등에는 학교에 몰래 남아 있다가 걸어서 언덕을 내려가는 학생이 많다. 나무들 사이로 나타났다 사라졌다를 반복하는 마을의 등불을 보며 친구들과 떠들면서 어두운 언덕을 내려간다. 러브호텔로 가는 젊은 남녀를 태운 자동차와 이따금 마주친다. 여기저기 세워진 도로반사경에는 '치한 주의'라는 빛바랜 글씨가 쓰여 있다.

역 앞까지 거의 10분 간격으로 출발하는 아침 7시대의 버스는 미도리야마 고교생들로 콩나물시루가 따로 없다. 혼잡을 피하기 위해 나는 6시 55분에 출발하는 버스를 탄다. 학교에 도착하고 수업이 시작될 때까지 남는 한 시간은 교실에서 자거나 예습을 하며 보낸다. 더울 때는 연습을 하는 수영부원에게 부탁해 수영장 구석에서 느긋하게 수영하기도 한다. 물은 아주 차다. 항상 켜놓는 전등에 이끌려 날아든 벌레들이 아침 햇살이 비치는 수면 위에 검게 떠 있다. 기온이 올라가면서 덩달아 졸린 목소리로 매미가 울기 시작한다.

아침 버스에 타는 사람들은 거의 같은 얼굴이다. 다치키 선배도 그

중에 있다. 차 안에 서 있는 사람은 열 명 정도로 선배도 나도 대체로 앉지 않는다. 그래서 가끔은 선배의 옆 손잡이를 잡을 때도 있다. 선배는 언제나 왼쪽 옆구리에 납작한 학생 가방을 끼고 왼손에 든 문고판을 읽고 있다. 엄지로 기막히게 페이지를 넘기고 넘겨진 페이지는 새끼손가락 밑에 들어간다. 마술처럼 우아하고 거침이 없는 동작. 오른손은 손잡이를 가볍게 잡고 있다. 시선을 문고판에 떨어뜨린 채 선배는 어떤 커브에도 부드럽게 대응한다.

선배의 손가락과 옆얼굴을 이따금 훔쳐봤다. 선배라는 형태를 만드는 아름다운 선을.

옆은 너무 가깝다. 가장 좋은 위치는 뒷문 옆에 있는 기둥이다. 그곳이라면 자연스럽게 선배를 훔쳐볼 수 있다.

선배는 내 존재를 전혀 모를 것이다. 알기를 바라지도 않는다. 나는 외모도 능력도 두드러진 게 하나도 없다. 중학교 때와 마찬가지로 고등학교에 들어와서도 '평범한 학생'의 대표로 집단에 매몰돼 있다. 예를 들어 선배에게 고백해 사귀게 된다거나 하는 희망은 품지 않는다. 한 번도 생각해보지 않았다면 거짓말일 것이다. 하지만 마음이 시키는 대로 해볼까, 하고 고민한 적은 전혀 없다. 그런 수준은 이미 넘어섰다.

연애는 대상으로부터의 사랑과 증오 때로는 무반응을 감수하고 증폭되거나 소실되지만, 짝사랑은 얼마든지 혼자 할 수 있다.

등교한 친구들은 언제나 교실에 먼저 와 있는 나를 보고 "성실하네"라든가 "아리사, 도대체 언제 일어나는 거야?" 하면서 웃곤 한다.

"어머, 그런가?", "집에 있어도 할 게 없으니까" 하면서 나도 따라 웃는다.

생각은 나만의 것. 내 마음속에서만 숨 쉬고 있는 것.

다치키 선배는 전국 모의고사에서도 최상위권 성적을 유지하고 있어 도쿄대나 교토대도 현역으로 들어갈 수 있다며 선생님들도 꽤나 기대하는 눈치다. 우리 학교는 인근에서는 대학 진학률이 가장 좋은 곳이지만 실제로 선배만큼 공부를 잘하는 사람은 많지 않다.

그렇다고 선배가 결코 답답하고 꽉 막힌 타입은 아니다. 부드럽지만 슬쩍 재미있는 이야기를 하는 듯 웃는 얼굴의 친구들에게 둘러싸여 있는 경우가 많았다. 화려하고 눈에 띄는 사람. 나와는 정반대다. 한 손으로 꼽을 정도의 친구밖에 없고 그 친구들도 반에서 평범한 부류에 속하는, 존재감이 전혀 없는 나와는 비교가 안 된다.

고등학교에 입학하자마자 대놓고 비웃음을 당했다. "저 머리카락, 너무 길지 않아?", "우와, 어둡다. 정말 촌스러워" 같은 말로. 그렇게 험담하는 사람들은 화려한 여자아이 무리로 나는 남몰래 그들을 '화장 도깨비들'이라고 부르고 있다. 2학년이 되면 반이 달라질 거라 생각했는데 화장 도깨비들의 두목과 같은 반이 됐다.

나라자키 하쓰네는 두목인 주제에 분할 정도로 화장이 옅다. 화장 같은 거 하지 않아도 될 만큼 하얀 피부에 여드름 하나 없고, 누구나 놀랄 정도로 이목구비가 단정한 얼굴이다. 짧게 깎은 머리가 마른 체

형과 잘 어울린다.

두목으로 치켜세워지긴 했어도 하쓰네는 화장 도깨비들과 함께 험담을 하지는 않는다. 그렇다고 험담을 하지 못하게 하지도 않는다. 다만 슬며시 웃고 있을 뿐이다. 그녀를 둘러싼 화장 도깨비들과 밋밋한 파인 우리에 대한 경멸을 강하고 반짝이는 눈에 동등하게 담고.

아무와도 어울리지 않는 이질감을, 우리는 민감하게 찾아낸다. 무리 지어 다니는 것도 좋아하지 않고 아양도 떨지 않는 하쓰네는 아름다움 때문이 아니라 그냥 눈에 띄는 존재였다.

그런 하쓰네와 다치키 선배가 사귄다는 것은 미도리야마 고교생 대부분이 알고 있는 사실이다. 하지만 인정은 하되 받아들이기는 쉽지 않은 일이었다. 나는 '그렇구나' 하고 납득했는데 내 친구들은 "선배의 정 때문이야"라고 말했다.

선배와 같은 중학교를 다녔던 친구는 선배가 어머니와 둘이 살고 있고 일하는 어머니를 도와 가사는 도맡아 하고 있다고 했다.

"그래서 그런지 중학교 때부터 다치키 선배는 사람들을 잘 돌봤어. 방황하는 하쓰네를 가만둘 수 없었던 거지."

친구들에게는 미안했지만 그것은 분명 틀린 이야기일 거라고 생각한다. 나만큼 선배를 오랫동안 지켜본 사람은 없다. 그래서 안다. 나는 봤다. 부르는 소리에 고개를 돌린 선배의, 하쓰네를 향한 다정한 눈빛을. 나란히 옥상 펜스에 기댄 선배와 하쓰네의, 대화를 나누는 평화로운 표정을. 함께 하교하는 두 사람의 손이 버스 정류장에 줄

을 서기 직전에 순간적으로 얽히는 것을,

나는 다 봤다. 그리고 만약 내가 하쓰네처럼 아름답고 강하게 태어
났더라면. 그렇게 생각하며 삐걱거리는 감정과는 달리 둘은 사귀는
게 당연하다고 납득했던 것이다.

다치키 선배는 여름방학 마지막 날에 분신자살했다.

교정에서 오전 연습을 하고 있던 운동부원들의 증언에 따르면, 선
배는 역 앞에서 6시 55분에 출발하는 버스를 타고 학교에 도착했다
고 한다. 교문을 통과한 선배는 교복을 입고 있었고 우연히 만난 검
도부 후배가 "안녕하세요?"라고 말을 걸자 "안녕"하며 평소와 다름없
이 부드럽게 인사했다. 도서실에 용무가 있는지, 진로 상담이라도 하
러 온 것 같은 분위기였다고 한다.

이상했던 것은 선배가 가방이 아니라 등유를 담는 폴리탱크를 늘
고 있었다는 점이다. '저건 뭐지?' 하고 조금 의아하게 생각한 후배가
운동장을 달리면서 눈으로는 선배의 움직임을 좇았다. 담담하게 교
정을 가로지른 선배는 축구 골대까지 가서 땅에 무릎을 꿇고 폴리탱
크에 든 내용물을 머리 위에서부터 쏟아 부었다.

말릴 틈도 없이 선배는 불타올랐다. 교정에 있던 어느 누구도 우
두커니 서 있을 수밖에 없었다. 불꽃과 연기가 높이 솟아오르고 단
백질이 타는 냄새가 아침 교정을 채웠다. 누군가가 학교 건물 안에서
소화기를 가지고 달려왔을 때는 이미 늦었다. 선배는 검게 타 앞으로

쓰러진 채 교정을 뒹굴고 있었다.

그 이야기는 그날 안으로 쫙 퍼졌다. 나는 집에서 점심으로 소면을 먹고 있었다. 친구들에게 '다치키 선배가 오늘 아침 교정에서 죽었대' 라는 메일이 도착해 젓가락을 내려놓았다. 툇마루에서 푸른 하늘을 올려다봤다. "뭐 하니? 빨리 안 먹고?" 하고 어머니가 채근해 다시 소면을 먹었다.

답 메일은 보내지 않았다. 어떻게 생각해야 좋을지, 이 이야기가 사실인지, 아무것도 알 수 없었다. 그동안에도 분신자살이라네, 경찰과 응급차가 출동해서 학교는 난리가 아니라네, 내일 개학식은 연기돼 방학이 늘어날 거라네 등 다양한 정보가 휴대전화에 도착했다.

밤이 되자 정식으로 학교에서 연락망이 돌았다. 개학식은 하루 연기됐다. 뜻밖에 주어진 여분의 휴가를 나는 평소와 마찬가지로 집에서 빈둥대며 지냈다.

다음 날, 6시 55분 버스는 이상한 긴장감으로 가득 차 있었다. 선배는 당연히 버스에 타지 않았고 대신 하쓰네가 있었다. 그때까지는 한 번도 없었던 일이다. 하쓰네는 기둥을 잡고 버스 창으로 밖을 보고 있었다. 아무런 감정이 드러나지 않은 얼굴이었다.

아, 선배가 정말 죽었구나.

차 안에서는 대화는커녕 기침 소리 하나 없었다. 침묵을 그대로 본뜬 것 같은 버스는 조용히 언덕길을 올랐다.

개학식은 전교 집회로 이름을 바꿔 진행됐다. 교장 선생님은 체육

관에 모인 학생들에게 다치키 선배가 죽었다는 것과 자살 동기를 밝히기 위해 앙케트를 돌리겠다는 것을 알렸다. 그리고 모두 목숨을 소중히 여기길 바란다는 말로 끝을 맺었다.

골대 주위에는 조화가 놓였고 지면에는 그림자 같은 얼룩이 생겼다. 학생들은 그곳을 우회해 교문과 학교 건물을 오갔다. 적어도 며칠 동안은.

하지만 곧 정상을 되찾아 체육 수업 때 교정을 사용하기 시작했다. 선배가 불타오른 곳의 흙은 바람에 날려 오가는 학생들의 신발 바닥에 묻었다.

앙케트로는 그럴듯한 자살 동기를 밝혀낼 수 없었다. 왕따 여부는 물론 선배가 뭣 때문에 고민하고 있었는지에 대한 증언도 나오지 않았다. 동요를 진정시킨다는 빌미로 상담사가 파견됐다. 하지만 학생들이 양호실로 상담하러 갔다는 이야기는 듣지 못했다. 당일 아침, 선배가 불타오르는 것을 목격한 학생이 정신이상을 느껴 역 앞 클리닉을 드나든다는 이야기가 조용히 돌았지만 그것도 소문에 지나지 않았다. 그런 말들은 구체적으로 몇 학년 몇 반의 누구인가로 좁혀 들어가면 대부분 유야무야됐다.

학교는 조용했다. 불온할 정도로. 아무 일도 없었던 것처럼, 다치키 선배라는 사람은 처음부터 없었던 것처럼 일상은 계속됐다. 선배가 미성년자였기 때문에 보도도 거의 이루어지지 않았다.

꿈이었을까. 나는 반쯤 진심으로 그렇게 생각했다. 선배가 등유를 뒤집어쓰고 죽었다는 것, 아니 선배가 존재했었다는 것 자체가 꿈처럼 여겨졌다. 무엇보다 나는 조금도 슬프지 않았다. 아무 감정도 느낄 수 없었다. 내 감각도 감정도 꿈처럼 실체가 없다.

나는 선배와 스친 적도 이야기를 나눈 적도 시선을 마주쳐본 적도 없다. 꿈보다도 멀다. 죽었다는 이야기는 들었지만 선배가 정말 현실에 존재했던 사람이었나, 하는 사실조차 알 수 없었다.

하지만 이 정적은 표면적인 것이었다. 거울과 비슷한 강의 수면 아래에는 흐름이 격렬한 소가 꿈틀대고 있듯이. 창공에 유유히 떠다니는 여름 구름 속에는 비바람이 몰아치고 있듯이. 선배를 아는 모든 사람이 아마도 소리 없는 절규를 하고 있었을 것이다.

왜 죽었지? 그토록 격렬한 방법으로 어떤 주장을 하고 싶었던 거지? 그를 태워버린 불꽃이 드러내고 싶었던 것은 무엇일까.

더위가 한풀 꺾이면서 변화는 천천히 찾아왔다.

학교는 선배의 죽음을 없었던 일처럼 취급하고, 어디서 생겼는지 알 수 없는 소문만이 유령처럼 학생들의 입을 통해 복도를 휩쓸고 다녔다. 선배가 성적이 떨어져 고민했다거나, 집에 빚쟁이들이 몰려와 힘들어했다거나, 어머니가 남자와 도망쳤다거나 같은.

교실에서의 하쓰네는 사건 전과 비교해 거의 달라진 게 없어 보였다. 하지만 반 친구들은 하쓰네와 어색한 거리를 유지했다. 선배가 죽음을 선택한 것은 하쓰네가 이별을 통고했기 때문이라는 소문이

언젠가부터 돌았기 때문이다. 하쓰네의 환심을 사고 싶어 늘 그녀의 주위에 진을 쳤던 화장 도깨비들조차 "어머, 그러니까 하쓰네가 원인인 거지?", "좀 심하지 않아? 다치키 선배가 불쌍해!" 하며 소리를 죽여 이야기하며 난리를 쳤다. 잔혹한 호기심이 얼굴에 드러나 있었다.

하지만 진실은 아무도 모른다.

하쓰네는 6시 55분 버스를 타고 계속 등교했다. 선배가 없는 차 안에서 나는 내내 고개를 숙이고 있었다. 버스에서 내리면 하쓰네의 뒤를 쫓는 형태로 교정을 가로지른다. 골대까지 와도 하쓰네는 걸음을 서두르지도 늦추지도 않는다. 등을 꼿꼿이 펴고 앞만 보고 출입구를 향해 똑바로 걸어간다.

한 번은 하쓰네가 신발장에서 꺼낸 실내화 안에 검은 흙이 잔뜩 들어 있었다. 하쓰네는 표정 하나 바꾸지 않고 실내화를 뒤집어 흙을 탁탁 털어냈다. 하쓰네는 더러운 실내화를 덤덤하게 신었다. 하쓰네가 아무도 없는 계단을 오르는 것을 출입구 유리문 너머로 나는 봤다.

이제 곧 한계이겠구나, 하고 남의 일처럼 생각했다. 버스에서 보는 하쓰네의 낯빛은 날이 갈수록 나빠졌다. 가득이나 작았던 얼굴은 점점 뺨의 살이 빠졌고, 종이보다 얇고 매끄러웠던 피부는 푸른 혈관을 드러냈다. 그러나 의지가 강해 보이는 반짝이는 눈빛만큼은 변함이 없었다.

처음 하쓰네와 이야기를 나눈 것은 선배가 죽고 거의 한 달이 지났을 때로, 교복의 블라우스가 긴팔로 바뀐 날이었다.

하쓰네는 그날, 버스에서 내리지 않았다. 같이 탔던 학생들이 모두 내리고 차 안에 있는 사람이 나밖에 없는데도 하쓰네는 기둥을 잡고 서 있었다. 그것이 어딘가 다른 장소로 가는 표시라도 되는 것처럼. 조금 망설였지만 나도 버스에서 내리지 않았다. 혼자 두면 안 되겠다고 순간적으로 판단했다. 왜 그렇게 생각했는지는 모른다. 하쓰네를 질투한 나머지 그녀만 없어졌으면 좋겠다고 상상한 적도 있었으면서.

운전사도 당황한 듯했지만 잠자코 버스를 출발시켰다. 산길을 더 올라 버스는 종점인 미도리야마 추모공원 정류장에 도착했다.

하쓰네는 돌아보지도 않고 안으로 들어갔다. 계단식으로 이루어진 경사면에 아침 햇살을 받은 무수한 묘비들이 서 있다. 계단에 깔린 자갈들 사이에서 드문드문 풀이 자라 있었다. 꽤나 차가워진 공기 속에서 매미 한 마리가 끈질기게 울고 있다. 대답이 없다는 것을 알고 있는 것처럼 왠지 비통한 소리였다.

계단이 끝나는 산 정상에는 정자가 하나 있었다. 돌 벤치도 설치돼 있다. 참배하러 온 사람들을 위한 휴게소일 것이다. 주저하긴 했지만 아까부터 내가 뒤를 따라오고 있다는 사실을 모를 리 없다. 거리를 두고 하쓰네 옆에 앉았다. 차갑고 딱딱한 감촉이 스커트를 통해 엉덩이로 전해졌다.

"여기, 좋지?"

하쓰네가 말했다.

서 있는 나무들 사이로 산기슭의 마을을 한 번에 조망할 수 있다. 학교도 역도 선로도. 하쓰네의 집은, 선배가 살았던 집은 어디일까. 하지만 내 집조차 알아볼 수 없었다. 멀리 보이는 마을은 아기자기한 장난감 같다. 길은 단순한 회색 선, 건물의 창문은 빛나는 물고기 비늘 같다.

오가는 차가 조그맣게 보인다. 태엽을 감아 움직이게 하고 있다고 해도 믿었을 것이다. 살아 있는 사람은 우리 둘밖에 없는 것 같았다.

"응, 좋아."

"자주 같이 왔던 곳이야."

"그랬구나."

"늘 그 버스에 탔어?"

"응. 매일 책을 읽었어. 소설이 많았지."

서로 누구 이야기를 하는지 말하지 않았다. 한참 입을 다물고 앉아 있었다. 하늘 높은 곳에서 솔개가 바람을 타고 춤을 춘다.

"쭉 좋아했어."

내가 말했다. 참을 수 없었다. 알아줬으면 했다. 전하고 싶어 견딜 수 없었다.

"그럴 거라고 생각했어."

하쓰네가 혼잣말을 했다. 그리고 입술을 깨물고 고개를 숙였다. 어깨가 떨렸다. 스커트 아래로 나온 하쓰네의 하얀 무릎에 투명한 물방울이 몇 개 떨어졌다.

왜? 하고 하쓰네가 말했다. 작은 목소리로 몇 번이나 신음하듯. 매미는 어느새 울음을 멈췄다. 나는 어쩔 수 없이 하쓰네의 얇은 등을 끌어안고 쓰다듬었다.

왜? 답을 알면 가르쳐주고 싶다. 나도 알고 싶다. 왜? 왜 그런 일을 했는지.

"소문은 다 거짓일 뿐이야."

조금 진정한 다음에 하쓰네는 고개를 들고 말했다. 뺨이 눈물로 얼룩져 있었다. 정말 예쁜 아이라는, 어울리지 않는 생각을 했다.

"저기, 아리사. 날 좀 도와줘. 절대로 이대로 끝낼 수 없어. 다치키 선배가 왜 죽어야만 했는지 알아내야 해."

하쓰네에게 이름을 불려 부끄러웠다. 평범한 내게 어울리지 않는 화려한 이름이라고 늘 생각해왔다. 처음 이야기를 나눴을 뿐인데 갑자기 다정하게 이름을 부르는 하쓰네가 당혹스럽기도 했다. 우리 그렇게 친하지 않잖아? 너, 날 놀리는 거 아냐? 그렇게 말하고 싶었다.

하지만 불같이 뜨거운 하쓰네의 분노와 슬픔에 압도돼 나는 고개를 끄덕이고 말았다.

버스에서도 교실에서도 하쓰네와 나 사이에는 대화가 없었다. 눈도 마주치지 않았다.

방과 후 학교 옥상이나 이른 아침의 묘지 정자. 주위에 아무도 없는 장소에서만 우리는 수다쟁이가 됐다. 비밀을 공유하고 비밀을 드러내는 흥분이 우리를 결속시켰다.

"성적 때문에 고민했다는 건?"

"그런 말은 듣지도 못했어."

내가 묻고 하쓰네가 대답한다. 우리는 소문을 하나씩 검증하고 있다.

옥상에서는 교정이 잘 보인다. 선배가 불타오른 장소가. 위에서 보면 그곳의 지면에만 살짝 검은 자국이 남겨져 있다. 아직 발견되지 않은 섬처럼. 운동부원이, 하교하는 학생들이 선배의 육체를 얼마간 흡수했을 흙을 밟고 지나간다.

우리는 교정을 등진 상태로 옥상 펜스에 기대 앉아 겨울에 가까워지는 하늘을 보면서 이야기를 나눴다.

하쓰네가 엮어내는 이야기 속에서 내가 몰랐던 선배의 모습이 드러난다.

다치키 선배는 조금 이상하다 싶을 정도로 공부를 잘했어. 영어단어도 역사 연도도 한 번만 보면 외웠어. 집에서 참고서 응용문제를 풀면 대체로 핵심이 잡힌다, 시험문제가 무엇이든 해법이 머릿속에 자연스럽게 떠오른다, 라고 했어.

실기가 아닌 한 거의 무적. 선배는 그렇게 말하고 웃었다고 한다. 과연 여름방학에 대형 학원이 실시한 전국 모의고사에서도 선배는 2등을 했다. 선배는 성적을 자랑하는 사람은 아니었다. 하쓰네가 장난치며 선배에게서 성적표를 빼앗아 본 것이다.

"놀랐어."

하쓰네가 말했다.

"전국 수험생들 중 두 번째로 성적이 좋은 사람이 내 옆에 있는 거잖아."

"머리가 좋은 사람이라는 게 정말 있구나."

나는 영어 단어는 죽어도 외워지지가 않는다. 욕조에까지 단어장을 가지고 들어가도, 억지로 만든 말들로 읊어대도, 몸에 스며들듯이 암기하는 게 좋다는 말을 듣고 방에서 춤추면서 허공에 대고 알파벳을 중얼거려도 소용없었다. 영어 단어라는 것은 어차피 외우지 못하는 것이구나, 하고 포기할 정도였다.

"잊지를 못한대."

하쓰네는 조금 쓸쓸한 듯 웃었다.

"한 번 눈으로 보고 귀로 들은 것은 좀처럼 잊을 수 없는 뇌라고. 그래서 나, 다치키 선배랑 있을 때는 조금 긴장했어."

"왜?"

"만약 내가 이상한 말을 해서 다치키 선배에게 상처를 줬다고 쳐. 상처를 입어도 보통은 다른 일에 정신이 팔려 세세한 부분은 잊잖아. 그리고 점점 '뭐 어때'라는 마음이 되지. 하지만 선배는 달라. 잊고 싶어도 기억이 나. 상처도, 상처의 원인이 된 말도. 그거 무섭지 않아?"

"응, 좀 무서울 것 같아."

아침 버스에서 선배는 거의 한 번도 책에서 눈을 떼지 않았다. 그것은 집중해서가 아니라 괜한 걸 듣고 보지 않도록 문자로 쓰인 허구의 세계로 도피했던 것일지도 모른다.

"다치키 선배는 그런 거, 그런 약점 같은 거 전혀 이야기하지 않았지만 어쩌다 다투게 돼서 '아! 싫은 소리를 해버렸네'라며 내가 풀이 죽어 있으면 '신경 쓰지 않아도 돼'라고 말해주곤 했어. '하쓰네가 이야기하는 건 오른쪽 귀에서 왼쪽 귀로 흘러나가니까 생각을 말해도 돼'라면서."

너무 좋은 기억력을 갖고 있고 그로 인해 고뇌하지만 여자친구에게는 세심하게 신경을 쓰는 남자 고교생. 유니콘 같은 환상의 생물로 여겨졌다.

하쓰네가 선배를 미화하고 있는 건지, 선배가 하쓰네에게는 약한 부분을 보여주지 않은 건지 둘 중 하나이지 않을까. 하쓰네가 현재형으로 선배를 말하는 데 대해, 게다가 그것이 주제 넘게 들리는 것에 대해 나는 어쩐지 조바심이 났고 괜히 심술이 나기도 했다.

"선배의 친한 친구나 같은 학원에 다녔던 사람들에게도 이야기를 들어보자."

내가 제안하자 하쓰네는 불만스럽다는 듯 "왜?" 하고 물었다.

"하쓰네에게 말하지 않았던 고민을 친구들에게는 털어놓을 수도 있잖아."

"다치키 선배는 사람들과 대부분 사이가 좋았지만 친한 친구는 없었어. 학원도 모의고사를 치르는 게 다지, 늘 가는 건 아니야."

하쓰네는 분명 화난 얼굴이 돼 있었다.

"집에 돈이 별로 없다는 소문, 사실이야?"

"잘 모르겠지만 그건 사실일 거야. 다치키 선배가 어머니와 살고 있었던 곳이 아주 낡은 아파트야."

하쓰네의 표정은 시시각각 변한다. 이번에는 어딘가 자랑스러워 보인다. 선배의 집에 가본 적이 있다고 강조하고 싶은 것이리라. 분한 마음을 숨기고 하쓰네의 기분을 맞추는 목소리로 달랜다.

"아파트에 가보고 싶네."

"뭐 하러?"

"어쩌면 일기장이나 메모가 남아 있을지도 모르잖아. 선배가 무슨 생각을 했는지 알아낼 수도 있고……."

"소용없는 일 아닐까?"

하쓰네는 내 말을 가로막았다.

"다치키 선배의 어머니, 장례식이 끝나자마자 이 마을을 떠났대. 이미 집은 비어 있을 거야."

"떠났어? 남자와?"

"글쎄."

하쓰네가 웃었다.

"말했지? 소문은 다 거짓이라고. 내가 다치키 선배를 찼다는 것도 거짓이야. 헤어지자는 소리를 들은 건 바로 나라고."

"정말? 언제?"

하쓰네와 헤어졌다고 해서 선배가 나와 사귀어줄 리는 없다. 무엇보다 선배는 이 세상 사람이 아니다. 그런데도 목소리에 탄력이 붙는 것은 어쩔 도리가 없다.

"오봉 지나서."

"왜?"

"몰라."

하쓰네가 말하며 일어났다. 높이 솟은 펜스 너머로 교정을 내려다본다. 표정을 살펴볼 수 없었다. 때마침 차가운 바람이 불어 하쓰네가 입고 있는 짙은 파란색의 카디건 옷깃이 휘날린다. 날아오를 수 없다는 걸 알면서도 날갯짓을 하려는 새처럼 보인다.

선배의 어머니는 어떤 마음으로 이사했을까. 그런 생각 때문에 그날 밤은 좀처럼 잠들지 못했다.

죽은 방법이 극단적이었던 만큼 선배의 장례식은 조촐하게 치러졌다. 나는 가지 않았다. 가고 싶었지만 갈 수가 없었다. 영정 속에서 웃고 있는 선배를 보고 싶지 않았고 교사들도 학생들에게 그다지 참석을 권하는 분위기가 아니었다. 선배 어머니의 의향도 마찬가지였다. 결국 장례식에 갔던 학생은 선배 반의 반장과 부반장뿐이었다. 그래도 "선배 어머니, 계속 울기만 하셨어", "관 속에 누워 있다고 생각하니 기분이 그렇더라" 같은 다양한 이야기가 전해졌다. 장례식에서 하쓰네를 봤다는 소리는 듣지 못했다.

그때도 이상하다고 생각했는데 하쓰네는 선배에게 차였다고 한다. 정말일까. 그렇다면 선배는 왜 죽어야만 했을까. 점점 더 영문을 모르겠다. 묘지에서 본 하쓰네의 눈물도, 하쓰네가 왜 선배가 죽은 이유를 알고 싶어 하는지도.

물론 자신을 찬 직후에 전 남자친구가 분신자살을 했다면 누구라도 동요하고 혼란스러울 것이다. '왜?'라고 생각해서 자살 동기를 찾으려고 할지도 모른다. 하지만 내게 말을 건 이유는 무엇일까.

선배와 같은 버스에 탔기 때문에? 하쓰네와 마찬가지로 선배를 좋아했기 때문에? 나라면 슬픔을 함께할 수 있으리라 생각해서?

잠이 부족한 머리로 하쓰네와 함께 종점까지 버스를 탔다. 정자 벤치에 나란히 앉는다. 바람에 그대로 드러난 묘비는 하얗게 말라 있다.

"선배는 나를 알고 있었을까?"

과감하게 물었다. 하지만 소리가 너무 작아서 하쓰네에게 들리지 않았나 보다. 그렇게 생각하고 대답을 반쯤 포기했을 정도로 하쓰네는 산기슭의 마을을 바라보며 오래 침묵을 지켰다.

마침내 무릎에 놓인 내 손 위에 하쓰네의 손이 올라왔다. 아주 차가운 손가락이었다.

"그러고 보니 다치키 선배, '아침 버스에 늘, 분명 하쓰네와 같은 반 아이가 타'라고 말했어. '그래? 누굴까' 하고 물으니까 '머리가 길고 얌전한 아이야'라고 했어. 아리사였구나, 하고 처음 그 버스를 탔을 때 생각했어."

너무 기뻐서 눈물이 나올 것만 같았다. 선배는 나를 알고 있었다. 내 존재를 완전히 파악하고 있었다.

선배 죽음의 비밀을 풀고 싶다고 새삼 생각했다. 하쓰네를 위해. 나 자신을 위해.

내가 너무 졸라대서인지 결국 하쓰네는 두 손 두 발을 다 들고 선배가 살았던 아파트에 데려가주었다.

하교할 때 따로따로 버스를 타고 마을까지 내려와 역 앞 책방에서 만났다. 책장 사이의 통로가 두 개밖에 없는 개인이 경영하는 작은 책방이다. 협소한 가게 안을 물고기처럼 어슬렁거리고 있었더니 나중에 나타난 하쓰네가 눈짓을 했다. 아무것도 사지 않고 책방을 나온다. 계산대에 있던 주인이 노려본다.

철도 건널목을 건너 선로의 반대편에 처음으로 발을 들여놓았다. 우리 집이 있는 곳은 전철을 타고 5분 정도 걸리는 옆 역이라 내게 학교와 가장 가까운 역은 버스와 전철을 잇는 점에 불과했다. 역 앞에서 다른 길로 가는 경우도 거의 없다 보니 역 너머에 어떤 풍경이 펼쳐질지 상상조차 해보지 못했다.

소규모 공장과 주택이 밀집된 마을을 걸었다. 콘크리트로 제방을 쌓은 곳에 가는 강이 흐르고 있고 2층짜리 낡은 목조 주택이 강 주변에 빈틈없이 늘어서 있다. 처마 밑에 빨래를 말리는 집들이 많았다. 금속을 찌부러뜨리는 육중한 소리가 거리 여기저기서 울렸다. 폐차장이라고 여겨지는 고즈넉한 공장 작업장에서 아저씨가 뭔가를 깎고 있다. 불꽃이 튀고 약품 냄새가 코 안의 점막을 자극했다.

전체적으로 회색이 많은 인상이었다. 꿈에 나오는 마을처럼 고요함이 감돌고 모든 윤곽이 희미하다.

5분쯤 걸은 후 하쓰네는 강변길에서 벗어났다. 복잡한 골목을 10분 동안 더 들어갔을까. 혼자서는 못 돌아올 것 같아 불안해질 무렵 선배가 살았다는 아파트에 도착했다. 1층과 2층에 각각 문이 세 개씩 있고 바깥 계단은 벌겋게 녹이 슬어 있다. 지은 지 30년은 지났을 것 같은 아파트였다.

"저기야."

하쓰네가 1층 끝 방을 가리켰다. 아직 새로 이사 온 사람은 없는 듯 문의 우편함이 접착테이프로 막혀 있다. 문 옆 플레이트에 '다치키'라고 적힌 두꺼운 종이가 끼워진 채 있어서 나는 무서워졌다.

며칠 전까지만 해도 선배가 여기서 살았다. 하지만 지금은 없다. 어디에도 없다. 이렇게 어이없을 수 있을까. 선배 같은 사람이 이렇게 간단히, 그리고 완벽하게 존재를 잃어버릴 수 있다면 나 같은 사람은 어떨까. 이렇게 누군가가 주거지를 보러 올 리도 없으리라. 아니, 존재하고 있었다는 사실조차 알아차리지 못한 채 사라질 것이다.

문 앞에 우두커니 서 있는 나를 두고 하쓰네는 녹슨 계단 밑에 쭈그려 앉았다. 지면에 늘어선 물색의 사각 뚜껑을 열려 하고 있었다.

"뭐 해?"

"여기까지 왔는데 안을 보지 않고 돌아가는 건 바보 같잖아. 봐, 있다!"

하쓰네는 탁한 은색 열쇠를 내밀어 보여줬다. 부동산업자가 귀찮아 수도계량기 속에 숨겨놓은 것이리라.

문을 열고 우리는 빈집에 침입했다. 살짝 곰팡이 냄새에 섞인 하수도 냄새가 났다.

현관을 올라가자마자 부엌. 널빤지를 깐 바닥에 식탁 다리 흔적이 남아 있다. 부엌 안쪽에 두 평 반짜리 방, 부엌 오른쪽에 또 다른 두 평 반짜리 방과 화장실, 욕실로 통하는 문이 있다.

방문은 모두 열려 있었기 때문에 두 평 반짜리 방들을 죄다 볼 수 있었다. 실내에는 아직 몇몇 가구가 남아 있다. 작은 서랍장과 속이 텅 빈 찬장, 늘어진 전등 갓, 원래는 새파랬을 햇빛에 바랜 커튼.

"선배 방은 이쪽."

하쓰네는 오른쪽 두 평 반짜리 방을 가리켰다.

"곧 어두워지니까 빨리 찾지 않으면……."

"찾다니, 뭘?"

"메모나 일기장이지, 당연히. 아리사가 이야기했잖아."

하쓰네는 붙박이장 문을 열고 기다시피 해서 아래칸으로 들어갔다. 나는 방 한가운데 우두커니 서 있었다. 찾는다고 해도 선배의 방에 남아 있는 것은 커튼과 전등 갓뿐이다. "아이, 빨랑" 하고 재촉하는 바람에 커튼을 들쳐보거나 전등 갓을 흔들어봤다. 오렌지색 저녁

빛 속에서 먼지만 나부낄 뿐이었다.

선배는 여기서 어떻게 살았을까. 별로 할 일도 없어 공상해보기로 했다. 하지만 단서가 될 만한 흔적이 너무 적다. 벽에도 천장에도 포스터를 붙인 흔적조차 없다. 어떤 아이돌이나 스포츠 선수를 좋아했는지 알 수가 없다.

"찾았다!"

하쓰네가 이렇게 말하고, 붙박이장의 위아래를 나누는 판에서 다다미로 내려섰다. 길고 얇은 하얀 봉투를 들고 있다. 하쓰네는 선 채 봉투를 열어 몇 장의 편지지를 꺼냈다. 검은색 볼펜으로 쓴 단정한 글자가 보인다.

"어디에 있었어?"

떨리는 목소리로 묻자, "저기에 붙어 있었어" 하며 편지지에 시선을 못 박은 채 히쓰네는 붙박이장의 천장을 가리켰다.

"선배의 필적이 분명해?"

"응."

하쓰네 옆으로 가서 나도 편지지를 들여다봤다. 붙박이장에 유서를 붙이다니, 이상하다고 여겼지만 내용을 눈으로 훑는 동안 곧 생각이 바뀌었다. 선배는 틀림없이 어머니가 유서를 발견하면 이를 공개하지 않고 그대로 덮어버릴 거라고 생각했던 것이다. 아들의 소지품을 잘 확인해보지도 않고 전부 처분하고 도망치듯 이사할 거라고 짐작했을지도 모른다. 그래서 찾기 어려운 붙박이장에 유서를 남겼다.

하쓰네가, 내가, 우리가, 진실을 찾으러 오리라 믿고.

　내일, 죽기로 했습니다. 너무나 갑작스러운 일에 혹시 놀라고 슬퍼할 사람이 있을지도 모르겠습니다. 아주 오래전부터 결정한 것으로 큰 충격을 받는 사람이 없도록 서서히 신변을 정리할 생각이었으나 결국 폐를 끼치게 된 점은 사과드립니다.
　이것은 항의의 죽음입니다. 기노시타 선생님과 제 어머니가 교제했다는 사실을 알고 있습니다. 어머니가 행복해 보여서 저는 잠자코 있었습니다. 그러나 여름방학에 들어서며 어머니의 상태가 변했습니다. 듣자니 기노시타 선생님이 다른 여성과 결혼한다고 하더군요. 어머니는 젊었을 때 제 아버지와 이혼하고 이제까지 온갖 고생을 하며 저를 키워주셨습니다. "어쩔 수 없는 일"이라고 어머니는 말씀하셨지만 저는 납득할 수 없었습니다. "별다른 도리가 없다"라고 말하면서도 몸이 아파 제게 기대는 어머니를 달래는 일도 이젠 지쳤습니다.
　뭐가 어떻게 되든 상관없습니다. 나이도 먹을 만큼 먹었는데 남자에게 빠져 자신의 형편을 아들에게 토로하는 어머니에게도 싫증이 났습니다. 태어날 때부터 줄곧 지긋지긋했습니다. 앞으로 어떤 미래가 기다리고 있다고 하더라도 나의 뇌는 잊기를 허락하지 않을 것입니다. 지금의 굴욕도 분노도 영원히 과거가 되지 않을 것입니다.
　그렇다면 뇌마저 사라지면 되겠죠. 기노시타 선생님이 어떤 얼굴을 할지 볼 수 없는 것만이 유감입니다. 의외로 아무렇지 않을 수도 있습니다. 그런 거죠. 사랑도 연애도 말도 죄도 곧 잊고 태연하게 살아가는 것, 저는 도저히 흉내 낼 수 없습니다.

_ 다치키 쇼고

기노시타는 일본사 교사로 선배의 반 담임이다. 아마 서른을 넘겼을 것이다. 안경을 쓴 평범한 남자지만 다정하고 수업도 잘해서 학생들에게 인기가 많은 편이다.

선배의 장례식에도 당연히 갔을 텐데 도대체 어떤 얼굴을 하고 있었을까. 선배의 어머니와 시선을 마주치고 이야기를 나눴을까. 비탄에 빠진 어깨를 자연스럽게 안아주기도 했을까. 후안무치라는 것은 이런 걸 두고 하는 말이다.

학교에서 기노시타가 결혼한다는 말은 들은 적 없다. 수업을 하는 기노시타의 태도에서도 특별히 달라진 점은 찾아볼 수 없었다.

나는 선배의 유서를 다른 사람에게 보여주자고 했다. 교장 선생님이든 부모든 어른이라면 누구든 좋다. 하지만 하쓰네는 어차피 무시당할 거라며 싫다고 했다. 우리 둘이서 뒤를 캐 기노시타를 추궁하자, 라고 말하고 유서를 가지고 돌아가버렸다. 불평할 수는 없었다. 선배가 하쓰네에게 먼저 이별 이야기를 꺼낸 것은 하쓰네를 슬프게 만들지 않기 위해서였다. 그 사실이 판명됐기 때문에 선배는 하쓰네의 것이다.

기노시타를 떠보는 일은 내 역할이었다. 나는 말을 잘하지도 못할 뿐더러 그럴 용기도 없다. 무리라고 말했지만 하쓰네는 "부탁한다"라 며 매달렸다.

"나는 이제까지 당번이 아니면 교무실에 가본 적도 없어. 게다가 내가 다치키 선배와 사귄 것은 선생들도 다 알고 있을 거야. 그런 내 가 갑자기 다가가면 기노시타는 수상해하며 경계할 거야. 아리사가 훨씬 적합하니까 괜찮아."

수업 시간에 이해하지 못한 것을 물어보는 척하며 나는 기노시타 를 만나러 갔다. 일본사는 암기 과목이다. 의문점을 찾는 게 어렵다. 그래도 어떻게든 의문점을 찾아내 기노시타에게 말을 걸었다.

교무실에 있기가 불편한 사람처럼 기노시타는 대부분 사회과 준비 실에 있었다. "아니, 일본사 시험을 치르기로 결정한 건가? 열심히 해 라" 하고 언제 가도 부드럽게 대응하고 교과서나 참고서를 펼치고 정 성껏 가르쳐줬다.

사회과 준비실에는 학년을 불문하고 몇 명의 여학생이 죽치고 있 는 경우가 많았다. 질문이 있을 턱이 없다. 기노시타를 놀리거나 즐 거운 듯 웃고 있다. 기노시타도 태연히 "너희들, 선생님 방해하지 말 고 빨리 교실로 돌아가"라고 말한다. 나는 잘 모르겠지만 평범하면서 도 성실한 남자로 보이는 모양이다. 거기에 매력을 느끼는 여학생도 있을 것이다.

몇 번이나 찾아간 끝에 드디어 사회과 준비실에 기노시타가 혼자 있는 것을 발견했다. 나는 긴장해 역사 용어를 설명하는 기노시타의 가마를 보고 있었다.

책상을 향해 앉은 기노시타가, "알겠니?"라며 닫은 교과서를 내밀었다.

"저기."

나는 과감하게 말문을 열었다. 기노시타는 시선을 들어 내 얼굴을 봤다. 그 눈에는 웃음을 닮은 여유가 있었다. 어쩌면 내가 고백할 거라 생각하는 게 아닐까. 이 녀석, 요즘 부쩍 질문을 많이 한다고 생각했는데 역시 나를 좋아했군, 이거 참 곤란한데. 이렇게 생각하고 있는 게 아닐까.

분노로 숨이 막힐 것만 같았다. 기노시타가 착각할 만한 여지를 조금이라도 줬다고 생각하니 굴욕감에 비명이라도 지를 것만 같았다. 골대의 검은 자국, 음침하고 낡은 아파트를 떠올리며 나는 심호흡을 했다.

"저기, 선생님 결혼하신다고 들었는데."

기노시타의 얼굴에서 표정이 사라졌다. "뭐야, 그거니?" 하고 말하는데 김이 샌 건지, 동요가 심한 건지 판단이 서질 않았다.

"누구한테 들었니?"

"교무실에 갔을 때 살짝."

"그랬구나."

기노시타는 다시 미소를 지었다.

"아직 아무한테도 말하지 마라."

"축하드려요. 결혼식은 언제예요?"

"음, 11월 중순 예정이다."

"그럼 금방이네요."

교과서를 받아들고 인사를 하고 방을 나왔다.

용서할 수 없어. 용서할 수 없다. 뭐야, 저 남자. 나는 계단을 뛰어 올라가며 옥상에서 기다리고 있던 하쓰네를 보자마자 소리를 높여 울고 말았다.

"11월이래. 그 자식 웃고 있었어. 너무 하지 않아? 선배는 죽었는데!"

"어떻게 해줄까?"

내 머리를 쓰다듬으면서 하쓰네는 노래하듯 말했다.

"나는 말이야, 그래서 기노시타가 자신이 한 짓을 깨닫게 할 수만 있다면 죽어도 좋다고 생각했어. 너는?"

11월에 들어서자마자 시작한 조례에서 기노시타가 결혼한다고 교감 선생님이 알렸다. 교정에 터져 나온 박수 속에서 하쓰네도 나도 허무하게 서 있었다. 선배가 죽은 교정에서.

어떻게 하면 좋을까. 아무런 방법을 찾지 못한 사이에 벌써 금요일이 됐다. 주말은 기노시타가 결혼식을 올리는 날이다. 나는 건성으로 점심 전의 영어 수업을 들었다. 하쓰네는 버스는 탔는데 아침부터 수업을 빼먹고 있다. 어디로 간 걸까. 오늘 중으로 뭐든 해야 하는데,

하며 애를 태우고 있었지만 하쓰네가 없으니 어쩔 도리가 없다. 어쩐
지 지루한 마음으로 선생님의 목소리를 흘려듣고 있었다.

갑자기 교정이 소란스러워졌다. 나는 창가 자리였기 때문에 별 생
각 없이 밖으로 시선을 돌렸다. 체육복을 입은 1학년생이 하늘을 올
려다보며 뭐라고 하고 있다. 무지개라도 떴나. 실내로 시선을 돌리려
고 했는데 체육 교사까지 위를 올려다보고 있다.

하늘이 아니다. 옥상을 보고 있는 거다.

깨달음과 동시에 창문 너머로 체육 교사의 목소리가 어렴풋이 들
렸다.

"하쓰네, 그만둬!"

교무실에서 교정으로 선생님들이 쏟아져 나왔다. 나는 벌떡 일어
나 놀란 영어 교사 앞을 지나 복도로 뛰었다. 그때쯤에는 여기저기
교실에서 소동이 벌어지고 있었다. 계단을 두 개씩 뛰어올라갔다.

"오지 마! 다가오지 마!"

확성기에 대고 말하는 것 같은 하쓰네의 목소리가 갈라져 내려
온다.

옥상으로 통하는 문에는 가장 가까이에 있는 3학년생이 몰려 있
었다. 몇 명의 교사가 "교실로 돌아가라"라는 호통과 함께 문을 막고
학생들을 진정시키려고 하고 있었다. 나는 기어코 교사 한 명을 뿌리
치고 문으로 다가갔다.

하얀 겨울 빛으로 충만한 옥상이 보인다. 교정을 내려다보는 형태

로 펜스 위에 걸터앉은 하쓰네의 등이 보인다.

"하쓰네!"

큰 소리로 불렀다.

"하쓰네, 나도 갈게!"

교사가 잡아서 필사적으로 몸부림을 쳤다. 하쓰네가 돌아보며 미소를 지었다.

"아리사를 들여보내요. 안 그러면 뛰어내릴 거예요."

아무도 없는 옥상을 가로질러 나는 펜스 아래에 섰다.

"봐, 경치가 좋아."

하쓰네는 몸을 돌려 나를 향해 손을 뻗었다. 오른손에는 체육 물품 창고에서 가지고 왔을 확성기가 들려 있었다. 아무것도 잡고 있지 않은 하쓰네의 모습에 교정에서도 옥상 입구에서도 비명이 터졌다.

"흔들리니까 잘 잡아."

나는 이렇게 말하고 하쓰네의 왼손이 펜스 잡는 것을 확인한 후 철조망에 매달렸다. 그러고는 하쓰네와 마찬가지로 펜스에 걸터앉았다. 학교 건물은 4층으로 펜스 바깥쪽에는 옥상의 바닥면이 조금 튀어나온 콘크리트 부분이 있을 뿐이다. 교정이 지독하게 넓다. 하지만 이상하게도 공포는 느껴지지 않았다.

바람이 강하다. 차가운 공기가 연푸른 하늘에 뜬 구름의 모양을 바꾼다.

교정에서 이쪽을 올려다보는 무리 중 기노시타의 경직된 얼굴도 있다. 그래, 당신은 알겠지. 우리가 무슨 짓을 하고 있는지.

나는 웃었다. 옆에서 하쓰네도 웃고 있었다. 내 오른손과 하쓰네의 왼손이 펜스 위에서 겹쳐졌다. 평소와 달리 하쓰네의 손은 따뜻했다. 이렇게 추운 데 있는데 이상했다.

"이 속에 비겁한 짓을 한 사람이 있어."

하쓰네가 확성기에 대고 말했다.

"배신의 죄를 범한 자가 있다."

하쓰네도 나도 기노시타를 보고 있었다. 기노시타는 꼼짝도 하지 않는다. 한 점만을 응시하는 우리를 보고 교정의 학생들은 시선의 끝을 찾으려고 한다. "혹시", "설마" 하고 속삭이는 소리가 물결처럼 퍼지며 자연스럽게 기노시타 주변에 공백의 원이 생겼다.

"스스로 나서지 않으면 우리는 뛰어내릴 거다."

그래도 기노시타는 움직이지 않는다. 확성기를 내리고 하쓰네는 나를 봤다. 나도 결의를 굳히고 하쓰네를 봤다. 우리는 펜스를 따라 내려 바깥쪽 콘크리트 부분에 섰다. 폭이 50센티미터밖에 되지 않는다. 비명이 높아진다. 손을 뒤로 돌려 철조망을 잡아 몸을 안정시킨다.

사이렌 소리가 언덕을 올라오더니 교정에 경찰차와 사다리차가 나타났다. 교감 선생님이 달려가 맞이한다. 드디어 마이크가 운반돼, "자네들" 하고 교장 선생님이 말을 건다.

"시끄러!"

하쓰네가 일갈하자 입을 다문다. 너무 뜻밖이라고 생각했는지 학생들 사이에서 웃음이 일었다.

"모른다고는 하지 못하겠지."

하쓰네는 왼손을 부드럽게 뻗어 골대 앞을 가리켰다. 교정의 시선이 일제히 그쪽으로 향했다가 다시 돌아온다. 학생들의 눈은 기대와 호기심, 진실을 감추어온 일상에 대한 분노로 번뜩이고 있다.

잔뜩 부풀어 오른 공기에 눌린 듯 옥상 입구에서 중년의 수학 교사가 다가왔다. "이야기할 게 있으면 듣겠네"라며 고양이 어르는 소리를 한다. 나는 철조망에서 손을 떼고 콘크리트 끝 아슬아슬한 부분까지 걸음을 옮긴다. 허공에 내민 하쓰네의 한쪽 발에서 실내화가 떨어진다. 교정에서 수런거림이 일어나고 수학 교사는 옥상 한가운데서 발걸음을 멈춘다.

"열까지 세겠다. 스스로 나서든지, 모른 체하고 우리 둘의 목숨이 사라지는 것을 지켜보든지 마음대로 해."

하쓰네가 다시 두 발로 섰기 때문에 나는 조금 안심했다. 여기서 뛰어내리면 고통을 느끼기도 전에 죽을 것이다. 하지만 만에 하나 전신 골절상을 입은 채 살아남으면 어쩌지. 죽어도 살아도 바보 같은 짓을 했다고 부모님에게 혼나고 슬픔을 안겨줄 것이다. 미안해요.

하지만 나는 혼자가 아니야. 하쓰네와 함께 있다. 불타 죽은 후에도 어른들에게 배신당한 선배를 위해 우리는 죽는다.

절대 잊어서는 안 되기 때문에, 잊은 척해서는 안 되기 때문에.

고양감이 벼락처럼 온몸을 관통해 우리는 반짝이는 두 개의 기둥이 됐다.

하쓰네와 손을 잡았다. 무릎에 힘이 들어갔다. 카운트가 다섯을 넘었을 때 흔들리는 다리를 딛고 중심을 앞으로 이동시켰다. 눈을 감고 얼굴을 돌린 학생도, 홀린 듯 입을 벌린 학생도, 흥분해 휴대전화로 사진을 찍거나 서로의 손을 잡고 떠는 학생도 있다. 뒤에서 "그만해!"라고 아우성을 치는 소리가 들렸지만 돌아보지 않는다.

"여덟!"

하쓰네가 소리쳤다. 꼭 잡은 손바닥에 누구의 것인지 모를 땀이 배었다.

아홉을 외치기 위해 하쓰네가 숨을 들이마셨을 때 기노시타가 교정에 무릎을 꿇었다. 끝내 몸을 앞으로 구부리고 양손을 지면에 댔다. 기노시타는 옥상을 향해 무릎을 꿇고 고개를 땅에 닿도록 숙였다.

순간의 정적이 끝난 후 학교는 환성과 노성으로 뒤엉켰다. 학생들에게 둘러싸인 기노시타를 몇 명의 교사가 서둘러 교무실로 데리고 갔다.

우리는 눈 아래에서 펼쳐지는 소동을 보면서 바람을 맞고 서 있었다.

선배가 자살한 것은 아무래도 기노시타 때문인 듯하다. 기노시타와 선배의 어머니 사이에서 무슨 일이 있었던 모양이다. 그런 소문이 어디선가 흘러나와 점점 커져갔다.

어쩌면 나는 하쓰네에게 속은 게 아닐까.

설마, 하는 의심을 없애려고 노력했다. 하지만 하쓰네는 나와 눈을 마주치지 않는다. 묘지의 정자에서 기다려도 나타나지 않는다. 나와는 두 번 다시 말하고 싶지 않은 것 같았다.

친구들은 "도대체 뭐야?", "왜 너까지 하쓰네와 함께 옥상에 간 거야? 별로 친하지도 않았잖아" 하며 사정을 알고 싶어 했지만 나는 웃고 말았다. 부모님에게도 선생님에게도 호되게 혼나고 추궁당했지만 아무 설명도 하지 않았다.

기노시타는 다음 해 봄, 다른 현립 고등학교로 자리를 옮겼다. 미리 결정돼 있었던 건지 소동이 원인이 된 건지는 모른다. 결혼식은 예정대로 치러졌다.

나는 아무한테도 단 한마디도 흘리지 않았는데 하쓰네는 연인의 원수를 갚은 용감한 비극의 여주인공이 됐다. 하쓰네는 이제 6시 55분 버스를 타지 않는다. 화장 도깨비들 속에서 아름답고 조용하게 웃고 있을 뿐이다.

원래의 생활로 돌아왔다.

평범한 나는 쓰고 버리기에 딱 알맞은 공범 역할을 했던 것일까.

혼란스럽고 화가 났다. 하쓰네는 거짓말쟁이다. 비겁한 사람은 하쓰네다. 선배가 나를 알고 있었다는 것도 어차피 거짓말이었을 것이다. 하지만 하쓰네를 몰아세울 용기는 없었다. 나의 분노를 도대체 누가 들어줄까. 내가 호소한다 한들 도대체 누가 나를 위로해줄까. 아름다운 하쓰네와 평범한 나. 죄를 고발한 하쓰네와 하쓰네의 옆에 서 있었다는 사실조차 잊혀진 나.

나는 그저 잠자코 무시무시한 의혹을 수없이 되풀이할 수밖에 없다.

선배의 유언이, 하쓰네가 만들어낸 것이라면?

기노시타와 사귀던 사람은 선배의 어머니가 아니라 하쓰네였던 것은 아닐까. 근거는 어디에도 없다. 또한 선배의 유서가 진짜라는 확증도 없다. 나는 선배의 필적을 모른다. 유서는 남자 글씨체 같았지만 하쓰네가 누군가에게 부탁했을 수도 있다. 하쓰네라면 자기 말을 쉽게 들어줄 남자친구들이 얼마든지 있을 테니까.

기노시타와 사귀던 하쓰네는 선배에게 이별을 고한다. 선배는 절망해 새 학기가 시작되기 전날 등유를 뒤집어쓴다. 골대는 교무실 기노시타의 자리에서 정면이다. 기노시타는 그날 출근했을지도 모른다. 어디까지나 상상이다. 하지만 기노시타가 매일 사회과 준비실에만 있었던 것은 분명하다. 선배가 죽은 장소를 매일 봐야 하는 것을 어떻게든 피하려고 한 것처럼.

하쓰네도 물론 선배의 죽음에 충격을 받았을 것이다. 그래서 선배가 타던 버스를 탔다. 추모할 마음으로.

하지만 내게 말을 건 것은 기노시타로부터 다른 여성과 결혼하게 됐다는 이야기를 들은 게 계기가 됐다. 선배가 죽은 이후 소문 속에 있던 하쓰네는 자신을 찬 기노시타에게 책임을 전가하기로 마음먹는다. 그를 위해서는 공범이 필요하다. 하쓰네의 잘못 때문이 아니라 기노시타 때문에 다치키가 죽었다고 증언해줄 딱 알맞은 공범이.

그렇게 생각하면 앞뒤가 다 맞는다. 하쓰네가 갑자기 친근하게 나를 '아리사'라고 부른 것 그리고 붙박이장 천장에 유서가 붙어 있었던 것. 그리고 그 아파트는 정말로 선배의 집이었을까.

하쓰네의 유일한 오산은 내가 소동에 대해 입을 다물었다는 점이다. 하쓰네와의 우정에 대해서도. 덕분에 하쓰네는 스스로 소문을 퍼뜨려야만 했다. 소문을 이용해 자연스럽게 자신을 비극의 여주인공으로 만들었다. 소동의 진상을 알고 싶어 하는 화장 도깨비들에게 하쓰네는 일부러 부드러운 표정을 지었을 것이다.

나는 웃고 만다. 웃고 나면 허무해진다.

이런 생각을 하면서도 나는 아직 하쓰네를 믿고 있다.

하쓰네의 눈물은 거짓이 아니었다. 흔들리던 등도, 현재형으로 선배에 대해 말하던 것도, 잡았던 손의 온기도. 하쓰네의 분노와 슬픔은 모두 진짜였다. 그런 마음을 도무지 억누를 수가 없다. 어쩔 수 없이 흘러넘친다.

하쓰네와 옥상에 섰을 때 한 사람의 진심을 다 알게 된 것 같았다. 죽음을 방패로 삼은 그 순간만큼은 누군가의 팔을 비트는 것도, 용서하는 것도 우리가 생각하기 나름이었다.

마치 신처럼, 우리는 하나의 감정과 생각을 읽고 힘을 냈다.

하지만 결국 붙잡았다고 생각했던 진실은 사라지고 선배가 왜 죽음을 선택했는지, 나는 여전히 모르는 상태다. 하쓰네가 무엇을 생각하는지, 내가 무엇을 원하는지조차 답이 없다.

나는 이제까지와 다름없이 앞으로도 살아갈 것이다. 눈에 띄지도 않고, 누군가에게 특별한 사람이 되지도 않고, 미스터리도 비밀도 풀지 못한 채 담담하게 살아갈 수밖에 없을 것이다.

하지만 그 사건은 분명 우리 속에 깊이 박혀 있다. 옅은 보라색 하늘에 섬광이 내달리고 뒤늦게 작은 천둥소리가 울리듯. 호수 한가운데 생긴 은빛 파문이 퍼져 호숫가에 도달하듯.

그것은 천천히 밀려와 우리의 마음을 도려낸다. 아니, 갈고닦아 새로운 형태로 바꿀지도 모른다. 칼이나 보석이 그렇게 오랜 세월을 필요로 하듯이.

아마 수십 년이 지난다고 해도 불꽃은 붉게 어둠을 비출 것이다. 잊는 것을 허락하지 않고.

작
은

별　드
라
이
브

정말 멍청한 일이지만 나는 가나가 죽고 말았다는 사실을 한동안 알아차리지 못했다.

가나가 집을 찾아온 것은 날짜가 바뀌려고 하던 참이었다. 바깥 계단을 오르는 기척이 있어서 나는 과제인 리포트 작성을 중단하고 아파트 문을 열었다.

"늦었네."

"미안. 이런 시간에. 슈퍼마켓에 사람들이 많아서. 아르바이트 청년이 신입인지 계산대에 긴 줄이 생겼지 뭐야. 시간이 무척 많이 걸렸어."

가나는 무더운 공기와 함께 현관으로 들어섰다. 가나의 등 뒤에 청백색 빛을 내뿜는 하루살이들이 잔뜩 모여들어 있었다. 가나는 웃는 얼굴이다. 머리에서 달콤한 향기가 난다. 짙은 파란색 민소매 원피스를 입고 맨발에 뮬을 신고 있다. 말과 달리 손에는 아무것도 들려 있지 않다.

"그래서 쇼핑한 물건은?"

가나는 순간 자신의 양손을 내려다보더니 또 미소를 지으며 나를 봤다.

"시간이 너무 많이 걸려서 결국 안 샀어."

"바보야. 그럼 사려고 했던 건? 일일이 제자리에 갖다놓았어?"

"응."

"그게 더 시간 걸렸겠다."

어쨌든 들어와. 가나를 들어오게 하고 나는 부엌에 서서 냉장고를 들여다봤다. 문을 닫는 소리가 나고 가나는 부엌을 지나쳐 안쪽의 세 평짜리 방에 앉았다.

"아, 시원하다."

"남은 재료로 볶음밥이라도 만들어줄게. 먹을래?"

"어떻게 할까, 에이 짱은?"

"벌써 먹었지. 10시라고 해놓고 너 늦게 왔잖아. 아르바이트가 길어졌어?"

"응, 그렇지 뭐."

나는 시든 파와 반쯤 남은 당근을 씻어 잘게 다진다.

"뭐 만들어줄 거야?"

"아까 이야기했잖아, 볶음밥이라고."

그렇게 대답하고 돌아보자 가나는 기대에 찬 눈으로 엉덩이를 들고 있다.

"앉아. 유통기한이라도 지났을까 봐 걱정돼?"

"아니, 그런 거 아냐."

"간신히 세이프야."

냉장고에서 새로 꺼낸 햄을 보여주며 나도 웃었다. 그것을 잘게 잘라 프라이팬에 넣고 가볍게 볶는다.

나는 의심하고 있었다. 가나가 아르바이트를 하는 곳의 점장과 바람을 피우고 있는 게 아닐까, 하고. 야근을 부탁받았다며 비디오대여점에서 아르바이트를 하는 날은 내 방에 오는 시간이 대체로 늦어진다. 둘이서 지낼 때도 점장에게서 종종 전화가 걸려온다. 받지 말라고 해도 가나는 꼭 받아 "그날은 비어 있어요" 하고 기꺼이 야근에 응한다. 정말 일과 관련된 통화일까, 의심스럽다.

"전화를 얼마나 많이 했다고. 적어도 부재중 메시지라도 남겨놔."

"거짓말. 어머! 오늘 휴대전화, 집에다 두고 왔나 봐."

프라이팬에 깨 넣은 달걀이 반숙이 되기를 기다렸다가 밥솥에 남아 있던 밥을 넣는다. 분말 타입의 중화 수프를 뿌리고 소금과 후춧가루로 간한다.

"그럴 때는 공중전화라도 괜찮으니까 연락해. 가게에서 여기까지 오는 길이 너무 어두우니까 데리러 나간다고 수없이 말했잖아."

"공중전화 같은 거, 요즘 세상에 없다고."

"그럼 가게 전화를 빌리면?"

"알았어. 다음에는 그렇게 할게."

가나는 나의 속박을 싫어한다. 그때도 불만인 것처럼 보였지만 내가 낮은 테이블에 볶음밥 그릇을 놓자 미소를 되찾는다.

"맛있겠다. 잘 먹겠습니다."

"그래, 얼른 먹어."

나는 창가에 있는 책상에 앉아 노트북 화면을 바라봤다. 볶음밥을 만드는 동안 날짜가 바뀌었기 때문에 이미 리포트 제출 기한 당일이다. 선행 연구 논문은 웬만큼 다 읽었고 교재의 해당 부분도 숙독한 나는 실험 데이터를 정리했다. 이제는 문장으로 만들기만 하면 된다. 그런데 이게 좀처럼 잘되질 않는다. 데이터를 알기 쉽게 표로 만들고 논리를 세워 고찰 내용을 설명하는 것까지는 잘할 수 있는데 글로 옮기는 게 쥐약이다. 더듬더듬 키보드를 친다.

"그러고 보니 가나, 내일, 아니 오늘이 시험이네?"

"응, 1교시부터."

"그럼 같이 나가자. 나는 2교시부터지만 아침에 먼저 학부 사무실에 들러 리포트를 제출해야 하니까."

"시간은 맞출 수 있겠어?"

"아마도."

기지개를 켜며 가나를 봤다. 가나는 볶음밥에 손도 대지 않았다.

온기가 사라져 그릇 속의 밥알이 딱딱해져 있다.

"왜 안 먹어?"

"음."

"어디가 안 좋아?"

"아니."

가나는 곤란한 표정을 지었다.

"이런 밤에 먹으면 살이 찔 것 같아서."

그러면 만들기 전에 "필요 없다"라고 분명하게 이야기하든가. 나는 그렇게 생각했지만 입 밖으로 꺼내는 건 참았다. 그런 말을 했다가는 분명 가나로부터 "말하기도 전에 에이 짱이 시작했잖아"라는 대답을 들을 게 뻔하다. 싸움이 될 일은 피하고 싶었다. 볶음밥을 만드는 게 뭐 대단한 일도 아닌 데다 '이만큼 가나를 위해 노력하고 있다'라는 걸 어필하고 싶은 마음에서 나온 행동이었으니까.

"그럼 랩을 씌워서 냉장고에 넣어줘. 나는 좀 시간이 걸릴 테니까 샤워하고 먼저 자."

"응. 미안해, 에이 짱."

리포트를 계속 쓰려고 했는데 등 뒤의 가나가 마음에 걸려 참을 수 없었다. 가나는 꼼짝도 하지 않고 볶음밥 앞에 그대로 앉아 있다. 정말 왜 그러냐고? 속이 탄 나는 의자에서 일어나 그릇을 들고 부엌으로 갔다. 동작이 다소 거친 것은 어쩔 수 없었다.

어쩌면 가나는 헤어지자는 말을 하려는 것일지도 모른다. 그럴 거면 빨리 끝내, 라는 생각도 있었지만 그게 아니었으면 좋겠다는 마음이 더 강했다. 상황이 악화되는 게 겁이 난 나는 결국 아무 일도 없는 것처럼 행동했다. 시선도 말도 던지지 않고 가나의 앞을 지나쳐 컴퓨터 앞에서 리포트를 쓰는 척했다. '척'은 곧 본격적인 몰두를 불러와 결국 가나에 대해서는 까맣게 잊고 리포트에 집중했다.

겨우 리포트를 쓰고 프린트로 뽑았을 때는 새벽 3시가 넘었다. 미리 준비한 표지와 함께 스테이플러로 박는다. 시험 과목 노트와 교재를 함께 가방에 넣고 준비를 끝냈다.

가나는 낮은 테이블 밑에 다리를 뻗고 다다미방에 누운 채 잠들어 있었다. 목욕도 하지 않고 잠옷으로 갈아입지도 않았다. 흔들어 깨울까도 생각했지만 깊이 잠든 것 같아 그냥 두기로 했다. 옷장에서 타월이불을 꺼내 가나에게 덮어준다. 살짝 만진 가나의 어깨 피부가 차갑다.

나는 에어컨 설정 온도를 올리고 침대로 들어갔다.

아침이 돼서도 가나는 아무것도 먹지 않았다. "더위를 먹었나 봐"라고만 말했다. 나는 걱정하면서 샤워를 하고 서둘러 나갈 채비를 했다. 굳이 말하자면 에어컨을 켜놓고 잔 게 안 좋았는지도 모르겠다. 가나가 아르바이트를 하는 비디오대여점도 계속 냉방 상태였을 텐데.

'비디오대여점'이라는 단어가 머릿속에 떠오른 순간 걱정이 사라지고 화가 났다. 가나는 전부터 저혈압이라 내가 애써 아침을 만들어줘도 안 먹을 때가 많았다. 어차피 낮이 되면 식욕이 되살아나 학교 식당에 갈 테니까 그냥 두기로 했다.

가나는 샤워도 안 하고 세면실에서 얼굴만 닦는 것 같았다. 아무래도 땀 냄새가 나지 않을까, 하고 혼자 깊은 한숨을 쉬었지만 역시 달콤한 냄새가 느껴졌다. 여자는 불가사의하고 편리한 동물이다. 장마도 끝난 7월. 나였으면 도저히 밖에 나갈 수 없을 정도로 땀 냄새가 진동할 텐데.

대학에는 차로 통학하고 있다. 이 주변에서는 일반적인 일로 학생들은 대체로 중고차를 끌고 다닌다. 학원 도시라는 말은 그럴듯하지만 실상은 널린 땅에 대학과 연구시설을 여기저기 지어놓은 시골에 불과하다. 대학은 역에서 멀다. 게다가 대지가 광대하기 때문에 교문을 지나 자신의 학부 건물까지 좀처럼 도착하기 어렵다. 그래서 대부분의 학생들이 차나 자전거로 통학하고 있는 것이다. 대학 측에서 자동차 통학을 특별히 금지하는 것도 아니다. 주차장도 자전거 거치장도 넓다. 정말 땅은 얼마든지 있다.

내 애마는 아버지의 돈으로 산 중고 닛산 마치다. 색깔은 살구색으로 둥근 형태가 지나치다 싶게 귀여웠지만 주행 거리에 비해 싸서 구입했다. 일단 차를 타면 차의 형태도 색깔도 내게는 보이지 않는다.

가나는 내 차를 좋아한다. 내 아파트도 가나가 사는 아파트도 역과 대학의 중간쯤에 위치하고 있다. 하지만 가나는 내 집에서 반 동거 상태로 지내고 있다. 가나는 차가 없기 때문에 나와 살며 통학하는 게 더 편리할 것이다.

우리 대학은 동거하는 학생의 비율이 매우 높다. 연애나 동거라도 하지 않으면 삭막한 학원 도시에서 달리 할 게 없다. 거리에는 비뇨기과와 산부인과가 난립해 있다. 이 거리에서 행해지는 성병 치료와 임신 중절수술 비율이 높다는 사실은 나처럼 의학부에 다니는 사람이 아니라도 쉽게 들을 수 있는 소문이다.

가나를 조수석에 태우고 10분쯤 달려 대학에 도착했다. 우선 가나를 문학부 건물까지 데려다준다. 나는 평소와 마찬가지로 나무 그늘 밑에 마치를 세우고 차체를 돌아 조수석 문을 열어주었다. 대체로 가나가 조수석에서 주섬주섬 가방을 챙기거나 입고 있던 카디건을 벗기 때문에 하는 일인데 그러고 보니 오늘은 빈손이다.

"시험인데 필기도구도 없어?"

"괜찮아. 친구한테 빌리면 되니까. 에이 짱, 고마워. 짐심때 그쪽으로 갈게."

"자전거는 있어?"

"학교에 뒀어."

조수석에서 내린 가나는 "있다 봐" 하며 손을 흔들고 건물 쪽으로 걸어갔다.

나는 다시 마치를 타고 학교의 가장 안쪽에 있는 의학부 건물로 향했다.

리포트를 제출하고 2교시 때 해부학 시험을 치렀다. 무딘 메스였지만 그럭저럭 잘한 것 같다. 서둘러 나오느라 나 역시 아침을 먹지 못한 탓에 배가 고팠다. 건물을 나와 주로 의학부와 이공학부 학생들이 이용하는 학교 식당으로 걸어가고 있는데 어느새 가나가 옆에 와 걷고 있다.

"빠르네."

"응, 자전거로 씽씽 달렸지."

말은 그렇게 했지만 땀은 하나도 흘리고 있지 않다.

학교 식당이 있는 건물에 들어가려고 하는데 누군가 나를 불렀다.

"사사키 군."

같은 동아리 회원으로 가나와도 사이가 좋은 문학부의 시모조였다. 시모조는 내 앞에 자전거를 세우더니 내려서 호흡을 가다듬었다.

"찾아서 다행이다. 전화를 걸었는데 부재중으로 넘어가서."

"아, 미안."

나는 주머니에서 휴대전화를 꺼냈다.

"시험 중이라 전원을 꺼놨어. 무슨 급한 일이라도?"

"가나 못 봤어?"

"응?"

나는 시모조의 얼굴과 옆에 있는 가나의 얼굴을 번갈아 봤다. 가나는 무표정한 얼굴이었다.

"걔, 내일 문학사 시험인데 노트를 빌려가서 돌려주질 않아. 어제부터 전화했는데 받지도 않고 오늘도 안 나온 것 같고."

"가나라면 여기 있잖아."

나는 옆을 가리켰다. 그러자 이번에는 시모조가 "뭐라고?" 하고 말한다. 내 얼굴과 옆에 있는 가나의 얼굴을 번갈아 보며, "농담할 때가 아니라고" 하며 화를 낸다. 나도 농담하고 있는 게 아닌데 시모조 역시 농담을 하는 것 같지 않다.

혹시, 하는 생각이 들었다. 햇빛이 내리쬐는데도 내 얼굴에서 핏기가 가시는 게 느껴졌다.

"가나를 만나면 꼭 전해줄게."

나는 시모조에게 말하고 "잠깐만" 하며 가나의 팔을 잡았다. 아니, 잡으려고 했다. 차가운 젤리가 뭉개지는 것처럼 내 손가락은 가나의 몸을 통과해 허공에서 주먹을 쥐는 형태가 됐다. 시모조가 의아한 표정으로 나를 보고 있다. 나는 급히 손을 내리고 일단 그 자리를 떠나려고 걷기 시작했다. 가나가 따라온다.

"꼭 전해줘."

시모조가 뒤에서 못을 박는다.

인기척이 없는 건물 뒤로 가는 게 최선이었다. 나는 빈혈 환자처럼 현기증이 나서 콘크리트 바깥 계단에 주저앉았다. 가나도 조심스럽게 내 옆에 앉았다.

"설마 했는데 너 혹시 죽었어?"

내가 묻자 가나는 고개를 갸웃거렸다.

"응, 나도 잘 모르겠는데 그런 것 같아."

"언제!"

"어젯밤이려나. 기억이 잘 안 나."

"내 집에 왔을 때 이미 죽었던 거였어?"

"아마도."

머리가 돌아버릴 것 같은 대화다. 이미 돌아버렸는지도 모른다.

나는 어렸을 때부터 유령을 보았다. 실체와 거의 같은 질감을 가지고 그 녀석들은 내 앞에 나타났다.

고향집 근처의 사거리에는 언제나 돌아가신 할머니가 서 있고, 소풍으로 간 성터 공원에는 연못의 잉어에게 먹이를 주는 사무라이가 있다. 잉어는 먹이를 먹으면서도 사무라이의 존재를 전혀 모르겠지만. 짐승의 가죽을 뒤집어쓴 원시인을 본 적도 있다.

사람뿐만 아니라 개나 고양이, 새도 봤다. 고향집의 건조장에는 나만 볼 수 있는 나무가 자라고 있다. 중학교 생물 시간에 프레파라트의 물벼룩 표본을 현미경으로 관찰한 적이 있다. 동급생은 모두 한 마리만 스케치했는데 나는 두 마리를 그렸다. 아마 유리에 깔린 물벼룩의 영혼이 있었던 모양이다.

의사였던 나의 부모님은 내가 영혼을 보는 것은 기분 탓이라는 이야기를 어릴 때부터 했다. 나도 그렇다고 생각했다. 모든 생명에는 영혼이 있고 생전 모습 그대로 이 세상에 남으면 세계는 죽은 사람과 동물, 식물로 넘쳐날 것이다. 내가 보는 영혼의 밀도는 이제까지 죽은 생물의 수를 생각하면 지극히 낮다. 부모님도 내가 어렸을 때 영혼이 보인다고 했던 말을 까맣게 잊고 있을 것이다.

그런데 아무래도 가나는 죽은 것 같고 그 영혼이 지금 내 옆에 생생하게 존재한다. 다시 한 번 혹시나 해서 손으로 만져봤지만 차가운 감촉과 함께 내 손은 가나를 통과하고 말았다.

어제 낮까지 만났던 그녀를, 그녀가 죽었다는 사실도 모른 채 평소와 다름없이 본다. 이것이 기분 탓이라는 것은 논리적으로도 시간배열상으로도 이해가 안된다. 역시 내게는 영혼을 보는 힘이 있고 가나는 영혼이 됐다고 생각하는 게 자연스럽다. 이건 의학을 전공하는 내 상식에 비춰봐도 도무지 받아들이기 힘든 '현상'이지만 눈에 보이니 어쩔 수 없다.

"어떻게 된 일이지?"

나는 일단 진정하려고 노력했다.

"가나, 정말 죽었어?"

"실감은 안 나."

"영의 세계는 어떤 방식이야? 이 세상에 미련이 남으면 모습이 남는 건가?"

"미련? 뭐 미련은 있지. 아직 젊으니까 죽기 싫어. 벌써 죽은 것 같지만 죽는다는 거 생각하기도 싫고."

"어떻게 죽었어?"

"몰라. 다만 에이 짱을 만나고 싶다고 생각한 거는 기억나. 그랬더니 에이 짱의 아파트에 서 있었어."

그럼 가나의 미련은 나란 말이잖아. 무척이나 사랑스러워 젤리 형태의 물체로 변한 가나를 안았다. 뭉개지지 않도록 조심스럽게 살짝 팔을 두른다.

"성불할 수 있을까?"

"못 그럴 것 같아."

"그 뭐였더라, 빛의 길이 뻗어 있다거나 죽은 할머니가 손짓을 한다거나 친구 영혼들이 부르러 온다거나 그러진 않아?"

"무엇보다 할머니 두 분 다 아직 정정하셔. 살아 있을 때와 똑같은 것만 보여."

"큰일이네."

"응."

일단 시험을 쳐야 했기 때문에 나는 의학부 건물로 돌아왔다. 시험 중에 계속 배가 꼬르륵 소리를 냈다. 가나는 이제 내 앞에서 살아 있는 척할 필요가 없어졌기 때문에 교단 구석에서 가부좌를 틀고 있다. 가끔 내 책상까지 걸어와서 "맘대로 커닝할 수 있어"라며 속삭였지만 손을 흔들어 거절했다. 옆자리의 남자가 내가 움직이는 소리에 시끄럽다는 듯 노려봤다.

가나를 차에 태우고 내 아파트로 돌아와 거기서부터 비디오대여점까지 가는 길을 함께 걸어보기로 했다.

"어젯밤을 떠올려 봐. 몇 시쯤 가게를 나왔어?"

"11시쯤이었나. 일 끝나고 30분 정도 이야기를 했으니까."

"무슨 이야기를?"

"뭐라니? 다른 사람과 교대해줄 수 있느냐, 그런 이야기지."

가로수에서 매미가 울고 있다. 땅속에서 막 기어 나왔는지 아직 얼 빠진 것 같은 소리다.

허옇게 된 아스팔트 도로를 가끔 차가 지나간다. 우리는 나란히 인 도를 걷는다. 길에 떨어진 그림자는 내 것밖에 없다.

"그리고 슈퍼마켓에 들렀지?"

"응. 어제는 에이 짱에게 그렇게 이야기했지만 사실은 고기랑 채소 를 잔뜩 샀어. 틀림없이 두 봉지나 됐는데 어디에 떨어뜨렸는지 모르 겠어."

가나는 먼저 일어나 옆길로 들어갔다. 슈퍼마켓에서 내 아파트로 오는 지름길인데 인도도 없는 좁은 길이다. 한쪽은 잡목림이고 밤이 되면 인적도 드물고 어둡다.

"여기로 다니지 말라고 늘 이야기했잖아."

"하지만 빨리 에이 짱을 보고 싶었다고."

나는 길옆에서 희미한 혈흔과 브레이크 자국을 발견했다.

"혹시 차에 치인 게 아닐까?"

"그런 느낌이 들어. 그러면 내 사체는 어디로 간 거지? 쇼핑봉투 도, 휴대전화도."

"집에 두고 왔다는 건?"

"거짓말이야. 그냥 죽은 것 같기는 한데 유령이라는 걸 들켜서 에이 짱에게 쫓겨나면 슬프잖아. 그래서 거짓말을 했어."

나는 가나의 집 열쇠를 가지고 있다. 가나의 아파트로 갔다. 아파트 주차장에는 낯익은 자전거가 세워져 있다. 학교에 뒀다는 말도 거짓말이었나 보다.

집주인이 옆에 있는데 여벌 열쇠를 사용하려니 기분이 이상했다. 실내는 열기를 가득 품고 있었다.

"커튼도 치지 않고 창가에서 팬티나 말리고."

"어쩔 수 없잖아. 에이 짱이 오리라고는 생각지도 못했으니까."

"그게 아니라 방범상 좋지 않다고."

영혼이 돼버린 가나에게 이제 와서 방범 운운하며 잔소리를 하는 것도 우스운 일이다. 한바탕 찾아봤지만 휴대전화는 어디에도 없었다. 가나의 부탁으로 시모조의 문학사 노트를 들고 방에서 나온다.

비디오대여점의 점장은 20대 중반쯤의 가벼워 보이는 남자였다. 가나가 어젯밤 돌아오지 않았다고 하자 놀라는 기색이다.

"가나 짱은 11시쯤 가게를 나갔어요. 그런데 당신은?"

"가나의 애인입니다."

자랑스럽게 이야기했지만 "아아, 당신이야?" 하고 점장이 비웃는 것처럼 말했기 때문에 기분이 나빠졌다.

"자기 아파트에 갔다거나 친구 집에 간 건 아닐까?"

웃기지 마, 가나는 영혼이 돼 내 옆에 있다고. 그렇게 말하고 싶은 것을 간신히 참았다. 가나는 어쩐지 불편한 기색이다.

가나의 재촉을 받아 나는 시모조에게 전화했다. 슈퍼마켓 앞에서 기다리고 있으려니까 시모조가 자전거를 타고 왔다.

"조금 전 가나의 방에 가서 가져왔어."

"가나는?"

"그게, 없어. 어젯밤에도 우리 집에 오기로 해놓고 안 왔어. 자고 있을 거라 생각했는데 이상하네."

"어디 간 건가?"

나는 혈흔이 남아 있는 곳으로 시모조를 안내했다.

"어떻게 생각해?"

"경찰에 신고하는 게 낫지 않겠어?"

역시 그런가. 가나도 고개를 끄덕이고 있다. 나는 110번에 전화했다. 어디 놀러 가거나 자발적인 가출이라 생각했는지 처음에는 그리 진지하게 상대해주지 않았다. 나는 끈기 있게 길에 사고 흔적이 남아 있다는 것을 설명했다. 경찰관이 와서 도로의 폭을 조사하고 브레이크 흔적을 사진으로 찍고 남은 혈흔을 채취했다.

나와 시모조는 경찰서에 가서 참고인 조사를 받았다. 가나도 따라왔다. 나는 시모조에게 했던 것과 같은 설명을 경찰에게 했다. 피해망상일지도 모르겠지만 아무래도 의심을 받고 있는 것 같아 좋은 기분은 아니었다.

한밤중이 돼서야 가나와 나는 아파트로 돌아왔다. 가나는 기분이 좋지 않았다.

"전부터 생각한 건데, 에이 짱은 말이야, 나와 점장 사이를 오해하고 있는 것 같아."

"아닌데."

나는 배가 고파 쓰러질 것만 같았다. 아침부터 먹은 게 아무것도 없다. 어젯밤에 만들어두었던 볶음밥을 전자레인지로 데운다.

"아니야. 오해하고 있다니까. 조금 전에도 점장 앞에서 태도가 안 좋았고. 이젠 그만 좀 했으면 해. 어쨌든 고용주니까."

너는 이미 죽었으니까 고용주의 마음을 상하게 해도 상관없잖아, 라고 이야기하고 싶었지만 꾹 참았다. 왜 그렇게까지 점장의 태도에 신경 쓰는지 마음에 걸린다. 나는 데운 볶음밥을 낮은 테이블로 가져와 스푼을 들었다.

"가나도 먹을래?"

"일부러 그러는 거지!"

가나는 분통을 터뜨리며 침대에서 뛰거나 쿠션을 발로 차거나 쌓아놓은 책들을 무너뜨리려고 했다. 하지만 물건을 만지지는 못하는 것 같았다. 물리적인 피해가 없어서 하고 싶은 대로 그냥 놔두었는데 볶음밥을 다 먹을 때까지도 난리를 피우고 있었기 때문에 점점 우울해졌다.

"적당히 좀 해!"

나는 소리를 질렀다.

"그럼 왜 그 남자가 나를 보고 실실 쪼개면서 '아아, 당신이야?'라
는 식으로 말하는 거냐고?"

"몰라. 에이 짱이 자기 멋대로 그렇게 생각하는 거잖아. 점장은 그
냥 웃은 거고."

"나를 그 남자에게 어떤 식으로 이야기했는데?"

"별로, 그냥 평범하게."

"평범? 어떤 식으로?"

"아! 진짜!"

가나는 머리카락을 마구 헝클었다. 영혼이 돼도 자기 몸에는 손을
댈 수 있는 모양이다.

"맞아. 나는 점장에게 고백을 받았어! 하지만 딱 잘라 거절했다고.
에이 짱이 있으니까. 어젯밤에도 교대 근무에 대해 이야기하고 다음
은 점장의 하소연을 들은 게 다라고!"

나는 죽은 연인을 상대로 불평을 쏟아내고 있었다. 가나는 죽어버
렸는데 나는 가나를 의심하고 있고 가나의 말을 믿어야 할지 말아야
할지도 판단하지 못하고 있다. 너무 허무하고 바보 같은 일이다.

"에이 짱은 너무 냉정해."

가나는 울음을 터뜨렸다. 눈물은 뺨을 타고 다다미에 떨어졌지만
얼룩은 남지 않았다. 떨어지자마자 녹는 눈보다 더 허무하게 사라
졌다.

"나는 죽었다고. 그러니까 걱정 좀 해주면 안 돼? 지금 내가 바람

피웠는지 그거 걱정할 때야? 앞으로 어떻게 해야 할지 몰라 엄청 불안하다고!"

가나가 지금까지와 다름없는 모습으로 내 앞에 있으니까 죽었다는 생각을 못했다. 나는 사과하고 마구 헝클어진 가나의 머리카락을 빗겨주려고 했지만 내 손가락은 아무런 영향을 미치지 못했다. 가나는 딸꾹질을 하면서 자기 손으로 머리를 매만졌다.

긴 하루였다. 내일 치를 시험 공부를 하나도 못했지만 나는 이미 피곤했다. 가나를 재촉해 침대에 들어간다. 나란히 누워 타월이불 한 장으로 둘의 배를 덮었다. 어젯밤에는 깨닫지 못했는데 타월은 가나의 몸 위에 머물지 못하고 힘없이 시트로 떨어졌다.

옆에서 잠든 가나는 차가웠다. 죽은 자의 세계에서 부는 바람은 이렇게 차갑구나, 하는 생각이 들었다. 에어컨이 필요 없을 정도다. 지금은 여름이니까 괜찮지만 겨울이 되면 어떻게 해야 하나, 걱정이 된다. 너와 자면 너무 추우니까 침대에서 나가달라고 하면 틀림없이 가나는 또 발작을 일으킬 것이다.

경찰은 뺑소니 사고로 단정 짓고 수사를 진행했다. 범인은 차로 친 가나를 차에 태워 증거 인멸을 하기 위해 어딘가로 운반해갔다는 것이다. 두 개의 쇼핑봉투, 휴대전화와 함께.

"어째 너무 잔인한 거 같아."

"병원으로 데려갔으면 좋았을 텐데."

나와 가나는 분개했다.

사고 현장 주변에는 목격자를 찾는 입간판이 설치됐다. 가나의 부모님이 와서 딸의 얼굴 사진이 담긴 전단지를 역 앞에서 돌렸다. 나도 친구로서 도왔다. 딸이 무사하기를 빌며 필사적으로 행방을 알리고 하는 가나의 부모님은 초췌하기 그지없었다. 나 역시 가나가 무사하기를 바란다. 하지만 아니다. 전단지를 돌리는 어머니 옆에 죽은 가나가 서 있다.

"엄마, 미안해", "울지 마" 같은 이야기를 하며 열심히 어머니를 위로한다. 어머니에게는 들리지 않는다. 가나의 목소리는 나한테밖에 들리지 않는다.

매미 소리가 시끄럽다.

가나는 낮이나 밤이나 나와 함께 있다. 내가 밥을 먹고 공부하고 친구와 이야기하는 것을 옆에서 지켜본다. 내 아파트에서 매일 함께 일어난다. 나는 내 부모님 이외에 처음으로 가나에게 어려서부터 영혼을 봤다는 걸 이야기했다. 가나가 살아 있다면, 가나가 죽어 영혼이 돼 나타나지 않았다면 영원히 비밀로 했을 것이다. 죽은 다음에 비로소 가나와의 거리가 좁혀진 느낌이다. 가나도 똑같이 느끼는 것 같다.

"저기 횡단보도에 다섯 살 정도로 보이는 남자아이가 서 있어."

"안 보이는데."

"그래? 남자아이도 가나를 못 보는 것 같아."

"나보다 에이 짱이 훨씬 저세상과 가깝구나."

참 어처구니없는 일이다. 나와 가나는 사후의 세계에 대해 이야기했다. 영혼이 존재한다면 저세상에서도 영혼끼리 사이가 좋기도 하고 싸우기도 할 것 같은데 아무래도 그런 것 같진 않다. 각각의 영혼은 차원이랄까 채널이 다른 장소에 존재하는지, 가나에게는 다른 영혼이 전혀 보이지 않고 다른 영혼도 가나를 볼 수 없는 것 같다.

"보이는 경치는 살아 있을 때와 다름없는데 무척 외로워."

가나는 그렇게 말하고 고개를 숙였다.

"그래도 나는 아직 괜찮아. 에이 짱이 영혼을 볼 수 있는 사람이라 다행이야."

나는 가나의 윤곽을 무너뜨리지 않도록 주의하면서 어깨를 안았다. 볼 수 없었더라면 더 좋았을 거라고 생각하면서. 영혼을 보는 능력이 없었다면 나는 가나가 어딘가에 살아 있을 거라는 희망을 품었을 것이다.

산 자와 죽은 자의 경계는 어디에 있는 걸까. 이를테면 내가 고향에 있는 부모님을 생각하는 것과 죽은 자를 생각하는 것에는 거리나 감정 면에서 어떤 차이가 있을까. 크게 다를 게 없다. 언제든 또 만날 수 있다는 보증의 유무가 산 자와 죽은 자의 차이일까. 만나지 못한 채 부모님이나 내가 갑자기 죽을 수도 있는데? 그럼 두 번 다시 만나고 싶지 않은, 헤어진 여자친구의 경우는 어떤 거지? 감정 면에서 보면 그녀가 친했던 죽은 자를 생각하는 것보다 더 멀다. 죽어서 내 옆에 있는 가나보다도 아직 틀림없이 살아 있을 그녀가 더 멀다.

나와 가나는 차를 타고 밤 드라이브를 했다. 가나가 영혼이 되기 전부터 둘만의 습관이다. 인공적으로 정비된 학원 도시를 돌며 불이 밝혀진 연구시설의 창문을 센다. 검은 산을 보기 위해 교외로 나간 적도 있다.

헤드라이트가 구불구불한 길을 비추며 자동차는 밤바람에 술렁이는 나무들 사이를 빠져나간다. 전망대에서 휴식을 취한다. 눈 아래로 마을의 불빛들이 보인다. 많은 사람들이 사는 거리. 내가 아는 친구와 선생님, 이웃 주민은 그 속에서 한 줌밖에 안 되는 존재들이다. 얼굴도 이름도 모르는, 길에서 마주쳐도 유령처럼 눈도 서로 마주치지 않고 지나치는 대부분의 사람들. 그들에게 나는 죽은 자나 마찬가지이고, 내게 그들도 마찬가지 존재다. 그런 생각을 하면서 밤거리를 내려다보고 있으면 이미 서세상에 있는 것 같은 느낌이 든다.

"춥지 않아?"

"괜찮아. 에이 짱은?"

"나도 괜찮아."

우리는 생전과 다름없는 대화를 나눈다. 이렇게 변함이 없다면 죽어도 괜찮을 것 같다는 생각이 든다. 가나의 사체는 발견되지 않았다. 병원에 실려 온 흔적도 없다. 범인은 피를 흘린 가나를 어디에 묻어버린 것일까. 가나는 죽었다. 외롭다고 말한다.

차원인지 채널인지는 모르겠지만 다른 장소에 내던져진다면 가나의 모습이 보이지 않게 된다. 그래서 나도 죽어버릴까, 하고 생각했다. 가나가 외롭지 않게.

가나가 죽고서야 가나를 꽤 좋아했다는 사실을, 애정이 점점 깊어가고 있었다는 사실을 깨닫다니 내가 너무 어리석다.

"별이 정말 예쁘다."

내 옆에서 하늘을 올려다보며 가나는 기쁜 듯 말했다.

자동차를 운전하고 아파트로 돌아와 우리는 꼭 붙어 잠이 들었다. 슬슬 가나의 차가운 감촉이 느껴지는 계절이 됐다.

여름방학이 끝났는데도 가나는 민소매 원피스 차림이다.

가나를 걱정하는 친구들 앞에서 적당한 걱정과 불안과 슬픔을 표현하는 게 어렵다. 뭐라고 하든 가나는 항상 옆에 있기 때문에 가나와 이야기할 때 성량에도 주의를 기울여야 한다.

그런 탓에 대학에서 가능한 한 혼자 행동하게 됐다. 빈 시간이 생겨도 다른 사람들과 이야기를 나누지 않았다. 나의 변화를 친구들은 모두 애인이 행방불명된 데 따른 우울증 때문인 것으로 생각했다. 시모조는 "마음은 알겠지만 너무 틀어박혀 있지 마. 가나는 분명히 건강한 모습으로 돌아올 거야"라고 위로했다.

가나는 화를 냈다.

"시모조 쟤, 에이 짱한테 마음 있는 거 아냐? 에이 짱도 그래. 뭐가 그렇게 좋아?"

"좋아하지 않았어."

"좋아했어. 좋아서 어쩔 줄 모르는 표정이란 게 뭔지 분명히 알겠더라."

가나는 방 안을 돌아다녔다. 낡은 아파트라 기둥과 천장이 삐걱삐걱 울린다.

"무엇보다 뭐가 건강한 모습으로 돌아온다는 거야? 그런 생각은 하지도 않으면서."

안 그래도 시모조의 말은 그냥 하는 말로 들렸다. 가나를 아는 사람들 누구나, 아마 가나의 부모님조차 가나는 죽었다고 마음속으로 포기하고 있는지도 모른다. 경찰은 드디어 병원 탐문 수사를 끝내고 수상한 차량을 추적하는 데 수사력을 모으고 있다고 한다.

가나의 기분 전환을 위해 슈퍼마켓에 가서 쇼핑이나 하자고 제안했다. 자신이 치인 장소에 다다라도 가나는 태연했다.

"범인의 얼굴이나 어떤 차였는지 전혀 기억이 안 나?"

"전혀 안 나. 아마 뒤에서 치었나 봐."

완전히 남 이야기하듯 한다. 범인에게 귀신이 돼 나타나면 조금은 원수를 갚을 수 있을 텐데 그럴 마음조차 없어 보인다.

자신의 사인에도 둔감한 가나의 낯빛이 변한 것은 비디오대여점의 점장을 슈퍼마켓에서 봤을 때였다. 점장은 가나 또래의 여자와 즐겁게 쇼핑을 하고 있었다. 점장이 들고 있는 바구니에는 무와 생리용품 등이 들어 있었다.

"그렇게 매달려놓고 저게 뭐야?"

가나는 화를 내며 점장과 여자에게 주먹을 날렸다. 아무런 영향을 주지 못하고 끝났지만.

"내가 행방불명된 지 두 달도 안 지났는데."

"신경 쓰지 마."

"그래도 조금 우쭐했던 게 바보 같네. 그거 보라고, 하고 생각하고 있지?"

"그럴 리 없잖아."

조금 우쭐했다는 말이 걸리기는 했지만 강하게 부정하고 말았다.

슈퍼마켓에서 돌아오는 내내 가나는 말이 없었다. 나는 쇼핑봉투를 들고 잠자코 가나와 걸었다.

현관문을 지나자마자 가나는 뮬과 원피스를 벗고 나체가 됐다. 나는 가나의 옷을 벗길 수 없지만 가나는 사기 옷을 벗을 수 있다.

"에이 짱도 벗어."

"장본 것들을 냉장고에 넣어야 해."

"나중에 해도 되잖아."

가나가 나를 만져도 서늘하기만 하지 단추 하나 풀 수 없다. 수없이 시도해봤기 때문에 너무나 잘 알고 있다. 나는 얌전히 알몸이 돼 가나와 함께 침대에 앉았다.

가나는 내 어깨부터 시작해 가슴, 배꼽, 페니스를 차례대로 만졌다. 소름이 돋는다. 기분이 좋아서가 아니라 차가워서였다. 나는 내 손으로 페니스를 문질러 간신히 발기를 시켰다. 가나가 유령이 된 이후 나의 발기 능력은 약해진 느낌이다. 늘 가나가 옆에 있어서 방귀도 함부로 못 뀌고 다른 여자와 사귈 수도 없으니까 모든 게 조금씩 쌓여가는 기분이다. 정신적으로 피곤했을지도 모르고 가나의 영혼에 생명력을 빼앗기고 있을지도 모른다.

가나는 나를 똑바로 눕히고 내 페니스를 자신의 몸 안으로 넣었다. 너무 차가워 작아지려는 것을 기력으로 버틴다.

"어때?"

차갑고 부드러운 젤리에 페니스를 넣고 있는 것 같은 감촉밖에 없다. 눈에 보이는 광경은 아주 야하지만 한기가 심해졌다. 가나의 움직임에 맞춰 허리를 상하로 움직였지만 역시 소용없다.

"미안."

"아니야. 어쩔 수 없잖아."

가나는 내 위에서 내려왔다. 줄어든 내 페니스는 건조하다. 그것을 보고 가나는 소리 없이 운다. 내 배에 눈물이 떨어졌는데 온기도 감촉도 없다.

"이대로 가면 에이 짱과도 못 사귀겠어."

"왜?"

"유령이니까 섹스가 안 되잖아."

"아직 내가 익숙하지 않아서그래."

나는 앞으로 좀 더 노력하겠다고 약속했다.

"게다가 섹스하지 않아도 사랑할 수 있어."

가나는 고개를 흔들었다. 나를 믿을 수 없는 모양이다. 그러다가 내가 자신을 싫어하게 될까 봐, 비디오대여점의 점장처럼 다른 여자를 좋아하게 될까 봐 걱정하고 있다.

가나가 살아 있다면 그런 일이 있을 수도 있다. 평범하게 헤어지고 각자 다른 사람을 사귈지도 모른다. 하지만 유령이 돼 자기 옆에 있어주는 여자를 매정하게 찰 수 있을까. 현실적인 문제로 가나가 방에 있는 한 다른 여자와 연애를 한다는 것은 나로서는 무리다. 가나의 질이 조금 차다는 이유로 발기가 안 되는 나다. 가나의 영혼이 보는 앞에서 다른 여자와 당당하게 섹스할 수 있는 뻔뻔함이 내게는 없다.

죽어서도 서로를 믿지 못한다는 것은 불편하고 허무한 일이다. 마음을 꺼내 보여줄 수 있다면 좋겠는데. 내내 함께 있을 거라고 가나를 안심시킬 수 있다면 좋겠는데.

나는 추위를 참은 채 가나를 안고 많은 말과 몸짓으로 가나를 달랜다. 그러다가 잠이 들어버렸다.

가나가 밤길을 걷고 있다.

헤드라이트의 하얀 불빛의 둥근 원 속에 짙은 파란색 원피스를 입은 가나의 뒷모습이 보인다. 쇼핑봉투를 양손에 든 채 가벼운 발걸음이다. 가끔 하늘을 보며 별을 향해 콧노래를 부르고 있는 것처럼 보인다.

나는 살구색 자동차를 타고 가나의 뒤로 조용히 다가간다. 헤드라이트는 이미 대낮처럼 주위를 비추고 있는데 가나는 나를 알아차리지 못한다. 차체에 묵직한 충격. 보닛에 올라왔다가 튕겨져 포물선을 그리며 지면에 떨어지는 가나의 몸.

나는 차에서 내려 가나를 안아 뒷좌석에 눕힌다. 한쪽만 벗겨진 뮬도, 흩어진 채소와 고기도, 굴러간 휴대전화도 모두 회수해 차에 싣는다. 쇼핑봉투의 내용물에는 청소용 롤러가 있다. 그것으로 지면 위에 널린 깜빡이와 도료 파편까지 꼼꼼하게 제거한다.

가나를 태운 자동차는 구불구불한 언덕길을 오른다. 전망대가 있는 산이다. 적당한 장소에 차를 세우고 가나를 업고 캄캄한 경사면에 내린다. 축축한 흙냄새가 난다. 어디에 묻으면 좋을지 생각한다.

등 뒤의 가나는 차갑고 부드럽다.

가위에 눌려 눈을 떴다. 한밤중을 지나고 있다. 어쩐지 목덜미가 서늘하다 했더니 가나가 양손을 두르고 올라타 나를 들여다보고 있다. 가나의 눈은 맑고 반짝반짝 빛나고 있다.

"안 되네."

가나가 속삭였다.

"에이 짱을 죽일 수도 없나 봐."

살아 있는 몸을 가지고 있어도 너는 나를 죽이지 못해. 아무리 괴롭고 외로워도 누군가를 죽이지 못해. 그런 일은 할 수가 없어. 나는 그런 너를 좋아해.

내가 팔을 뻗자 가나는 목덜미에서 손을 떼고 침대 위에서 내게 몸을 붙였다. 확실히 감촉도 체온도 없는 것은 쓸쓸했지만 이것이 가나의 새로운 감촉이고 체온이라고 생각하면 약간의 추위는 참을 수 있다.

나는 가나를 안고 어두운 천장을 올려다본다.

"가나를 친 사람이 나일지도 모르겠어."

"왜?"

"아주 리얼한 꿈을 꿨거든."

"꿈이란 게 보통 이상하게 리얼하잖아."

가나의 목소리는 아주 부드럽다.

"왜 에이 짱이 나를 쳐야 하는데?"

"몰라. 가나에게서 도망치고 싶었는지도 모르지."

유령이니까. 가나가 있는 한 나는 이제 누구와도 사랑도 섹스도 할 수 없고 차가운 유령을 상대로 살아야만 하니까. 그것도 살아 있는 것이라 할 수 있을까.

가나가 죽어 유령이 돼 나타났을 때 이미 나도 죽은 것인지도 모른다.

"하지만 에이 짱은 나를 치지 않았어."

가나는 왠지 미안한 듯 말했다. 나는 더욱 강하게 가나를 안는다. 가나의 윤곽이 무너진다. 다시 팔을 풀자 아무 일 없었던 것처럼 다시 윤곽이 살아난다. 쌓인 눈에 팔을 쑤셔 넣은 것 같은 열감과 비슷한 차가운 저림과 압박감을 피부로 느낀다.

"이제 자자."

저세상과 이 세상의 경계에서 우리는 같은 꿈을 꾼다.

10월 중순에 산에서 가나의 사체가 발견됐다. 버섯을 캐러 갔던 주
부들이 백골이 돼 땅 밖으로 나와 있던 가나의 왼쪽 손을 본 것이다.

신원 확인 결과 가나인 것으로 판명돼 나는 경찰서로 불려갔다.
새삼 이런저런 질문과 함께 불평 같은 말을 잔뜩 듣고는 한 시간 만
에 내 아파트로 돌아왔다. 가나는 내 옆에서 내내 형사에게 싫은 소
리를 하거나 혀를 쏙 내밀었다.

가나의 부모님은 학원 도시까지 가나의 사체를 인수하러 오셨다.
나는 결국 발견된 가나의 모습을 보지 못했다. 나와 행동을 함께하
고 있던 가나도 부모님이 비탄에 잠겨 사체와 대면하는 것을 모른
척했다.

문상과 고별식 일정이 누군가의 전화로 전해지자 드디어 나와 가
나는 정말 죽었구나, 하고 실감했다.

"내일은 문상을 받고 모레가 고별식이래. 가나의 집 근처에 있는
장례식장에서 열린다는데 어떻게 할래?"

"독경 소리를 들으면 성불해서 사라지지 않을까?"

"그럴까? 가나, 불교 신자가 아니잖아."

"응. 아무것도 믿지 않아."

"그럼 괜찮지 않을까? 죽은 지 49일이 훨씬 지났는데도 사라지지

않았으니까."

나는 단벌인 검은색 정장을 입고 염주와 조의금을 주머니에 넣었다. 가나는 민소매 원피스 차림에 뮬을 신고 가는 수밖에 없다.

문상에 참석하기 위해 자동차를 타고 가나의 집이 있는 요코하마로 출발했다. 바로 얼마 전까지 오후 3시라면 햇살 때문에 모든 게 하얗게 보였는데 지금은 석양빛과 비슷하다. 겨울이 온다. 가나와 자려면 월동 대책을 평소보다 더 철저하게 세워둬야만 한다.

가나는 단단하게 안전벨트를 매고 조수석에 앉아 있다. 영혼이라도 사고를 당하면 어떻게 될지 모르기 때문에 내가 매라고 했다. 벨트는 가나의 몸을 통과해 시트 등받이에 붙어 있는 형태가 되고 말았지만.

가나의 말수가 적어졌다. 자신의 장례식에 가는데 밝을 수야 없을 것이다. 나도 억지로 말을 걸지 않고 운전에 전념했다.

고속도로의 요금소를 통과해 본선과 합류하자 액셀을 밟았다. 그러자 가나의 모습이 갈기갈기 찢어지는 것처럼 조수석에서 사라졌다. 바람에 날리는 꽃잎처럼.

나는 깜짝 놀랐다. 하지만 위험한 곳에서 급브레이크를 밟는 것만은 겨우 면했다. 유턴할 수도 없다. 마침 긴급전화 표시가 붙어 있는 갓길이 있어서 그곳에 차를 세우고 서둘러 합류 지점 쪽으로 달렸다.

"가나! 가나!"

차들이 옆을 휙휙 스쳐간다. 배기가스와 소음이 맹렬한 기세로 온몸의 구멍으로 들어오는 것 같다. 방음벽에 기대 드문드문 심어진 나무는 모두 재를 뒤집어쓴 것처럼 허옇다.

앞쪽에서 가나가 달려왔다. 필사적으로 자동차를 쫓고 있는 것 같다. 나는 가나가 이 세상에서 사라지지 않았다는 사실에 심히 안도했다.

"가나!"

"에이 짱!"

우리는 고속도로 구석에서 서로를 꼭 껴안았다. 물론 나는 힘을 주지 않도록 주의했다.

"어떻게 된 거야? 갑자기 없어져서 놀랐잖아."

"두고 가버렸다고 생각했어."

가나가 훌쩍거린다.

"원인은 모르겠지만 속도가 나자 형태가 유지되지 않았어."

우리는 걸어서 차로 돌아와 다시 요코하마를 향해 차를 출발시켰다. 조심조심 속도를 올린다. 속도계가 시속 83킬로미터를 넘겼을 때 또다시 가나가 날아갔다.

차를 갓길에 세우고 가나를 맞으러 간다.

"80킬로미터 이상은 속도를 내지 않는 게 좋겠어."

"미안해. 고속도로를 타는 의미가 없잖아."

가장 왼쪽 차선에서 천천히 운전하기로 한다.

"왜 83킬로미터를 넘으면 사라질까?"

"그냥 짐작인데 시속 83킬로미터로 달리던 차가 나를 친 것 같아.

마지막 순간에 경험한 이상의 속도가 되면 왠지 몸이 흩어지는 것 같았어. 차에서 떨어져 나온 후에는 곧 원래대로 몸이 돌아와."

"너를 친 놈은 좁은 도로에서 그런 무지막지한 속도를 냈단 말이야?"

범인은 잡히지 않았다. 단서가 될 만한 게 너무 적어서 그렇다고 대학에서 만난 시모조가 이야기하던 게 떠올랐다. 내가 꿈속에서 본 것처럼 범인은 청소용 롤러로 증거들을 인멸했을지도 모른다.

속도를 낼 수 없어서 장례식장까지는 꽤나 시간이 걸렸다. 접수대에서 이름을 적고 조의금을 건넨다. 동아리 회원을 몇 명 봤다. 내 곁으로 오려고 하지 않는다. 뭐라고 말을 걸어야 할지 모르겠는 모양이다.

제단에는 멋진 관이 놓여 있었지만 얼굴 부분의 작은 창문은 굳게 닫혀 있었다. 안에는 가나의 뼈가 있다. 백골이 된 사체라도 다시 한 번 화장시키는 모양이다.

스님의 독경 소리가 계속된다. 가나의 어머니는 넋을 놓고 한곳만을 보고 있다. 가나의 아버지는 여름에 만났을 때보다 훨씬 야위어 있다. 가나는 부모님 앞에서 무릎을 꿇고 두 사람의 손을 살짝 잡았다.

각오를 하고 왔음에도 꽃으로 둘러싸인, 미소 짓는 영정을 보자마자 목구멍에서 오열이 터졌다. 가나는 죽었다. 죽어버렸다.

"가나."

조그맣게 부르자 가나는 부모님 곁에서 내 옆으로 급히 왔다.

"나도 함께 가고 싶어."

"나는 여기에 있어. 에이 짱, 계속 함께 있을 거야."

계속이 언제까지인데? 내가 죽을 때까지? 죽어서 나도 영혼이 되면 너와 만날 수 있는 거야? 너는 거리에 있는 다른 영혼들은 보지 못하잖아.

산 자와 죽은 자의 차이는 죽고 죽일 수 있느냐에 달린 건지도 모르겠다. 죽이는 것도 죽임을 당하는 것도 불가능한 게 죽은 자다.

앞으로 남은 모든 시간을 나이도 먹지 않고 민소매 원피스 차림으로 머리에서 달콤한 냄새를 풍기며 나밖에 볼 수 없는 가나와 지내야 하다니, 언젠가 견딜 수 없어질까 봐 두렵다. 이것은 살아 있는 것이긴 하지만 가나와 억지로 동반자살을 하는 것이나 마찬가지다. 머리가 이상해질 것만 같다.

아니, 나는 이미 이상한 건지도 모른다. 왜 내게만 가나가 보일까. 부모조차 듣지 못하는 가나의 목소리가 왜 내게만 들릴까.

"에이 짱, 돌아가자. 내일 또 강의도 있고. 빨리 우리 아파트로 돌아가자."

자동차는 시속 80킬로미터로 고속도로를 달린다.

하늘에는 별이 빛나고 있다. 어두운 아스팔트에 뿌려진 도료의 파편처럼. 전파를 수신해 파랗게 빛난다. 땅속 깊이 묻힌 가나의 휴대전화처럼.

"엄마와 아빠는 틀림없이 내 아파트를 정리할 거야. 내일이 되면

뼈도 태울 거고. 정말 다 사라지네."

120킬로미터 정도의 속도를 내면 어떻게 될까, 하고 생각했다. 가나는 갈기갈기 찢어져 날아간다. 그대로 내가 데리러 가지 않으면 학원 도시까지 뮬을 신고 걸어오는 수밖에 없다. 날아간 채 원래 형태로 돌아오지 못할지도 모른다.

액셀을 힘껏 밟고 싶다. 차를 그대로 벽에 들이받아도 상관없다. 가나를 뿌리치고 도망치고 싶다. 쫓아오지 못할 정도로 멀리, 멀리.

하지만 실행에는 옮기지 않는다.

가나에게 남은 '좋아한다'라는 감정은 언제 옅어질까. 그 마음이 사라졌을 때 가나도 이 세상에서 완전히 사라질까. 그날이 빨리 오기를 바라기도 하고 내 심장박동이 멈출 때까지 계속되기를 바라기도 하면서 별들이 가득한 하늘 아래를 달린다.

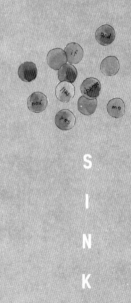

S

I

N

K

잊어버렸다. 거의 대부분을. 하지만 가끔 눈앞을 스치는 뭔가가 걸린다. 촌스러운 고글을 쓰고 쇳조각을 용접하고 있을 때 이리저리 튀는 불꽃과 이중으로 겹쳐 언제 봤는지, 정말 본 건지 알 수 없는 정경이 떠오른다.

작은 기포가 솟아오른다. 하얗게 빛나는 그것들은 눈 같기도 하고 별 같기도 하다. 주위는 어둡고 얼어붙은 것처럼 조용하다. 무수히 많은 작은 기포만이 잔잔하게 빛나며 하늘을 향해 수없이 많은 선을 그린다. 손을 뻗어도 잡을 수 없다. 기포는 한없이 부서지며, 아무 일 없었다는 듯 흔들리며, 또 새로운 선을 만들며 위쪽으로 향한다.

아니, 어쩌면 내 몸이 떨어지거나 혹은 잠기고 있는 게 아닐까.

눈을 한 번 깜빡이면 사라져버릴 찰나의 정경. 눈앞에는 고온에

녹아가는 금속이 있을 뿐이다.

쇠가 타는 냄새가 난다. 피안화彼岸花를 닮은 궤적으로 불꽃이
튄다.

차가운 손이 발목을 잡는 것 같은 느낌에 눈을 뜬다. 늘 그렇다.
침대에서 몸을 일으켜 타월이불을 젖히고 발목을 확인한다. 이상은
없다. 손자국 형태의 멍이 남아 있을 것 같은 차가운 감촉을 분명히
느꼈는데.

"어이, 괜찮아? 지금 엄청 놀라는 것 같던데."

목소리를 듣고서야 에쓰야는 방 한가운데 서 있는 유스케를 발견
했다. 불을 붙이지 않은 담배를 물고 에쓰야를 보고 있다.

"어떻게 들어왔어?"

"현관으로. 안 잠겨 있던데."

에쓰야는 침대에서 내려와 부엌에서 얼굴을 씻었다. 거친 마룻바
닥이 미지근하다. 밖에는 자동차들이 정신없이 오가고 있다. 이미 정
오가 가까운 듯 부엌의 작은 창문으로 들어오는 햇살이 강하다.

자면서 에어컨 스위치를 껐는지 실내는 무덥다. 땀으로 젖은 티셔츠
를 세탁기에 던져 넣고 에쓰야는 침대 옆으로 돌아왔다. 유스케는 아
직도 그 자리에 서서 담배를 피우고 있다. 커튼과 창문을 연다. 바람
이 살살 불어와 하얀 담배 연기를 천천히 방 안쪽으로 밀어 넣는다.

"완성했어?"

유스케의 물음에 "아래에 있어" 하고 에쓰야가 대답했다.

종이 상자에서 세탁해놓은 티셔츠와 속옷을 꺼내고 바닥에 떨어져 있는 청바지를 주워 목욕탕으로 향한다. 옷장 같은 걸 사야 하나, 하고 늘 생각하지만 실행에 옮기지는 않는다. 에쓰야의 방에 가구라고는 침대밖에 없다. 이마저 유스케가 물려준 것으로 스프링이 엉망이다. 식사는 바닥에 앉아 적당히 하기 때문에 의자나 테이블은 없다. 전화기도 바닥에 그대로 놓았다. TV도 없다. 공간을 나누던 벽을 허물고 부엌까지 하나로 연결한 일곱 평 반 정도의 공간은 물건이 없는 덕분에 실제 면적보다 훨씬 넓어 보인다.

샤워를 하고 옷을 입고 욕실을 나오자 유스케는 드디어 담배를 다 피우고 창밖을 바라보고 있다. 부엌 싱크대에 떨어진 꽁초는 물기를 빨아들여 갈색으로 부풀어 있다.

유스케는 돌아보고, 타월로 거칠게 머리를 닦는 에쓰야를 향해 살짝 웃었다.

"너도 적당히 좀 해라. 저 침대 새로 사라니까."

"그럴 생각이야. 다음에 이사할 때."

"거짓말. 어디로 가는데? 언제?"

"시게모리초. 아마 이번 여름 중에."

"왜 또 그런 벽지로 가려는 거냐?"

"도쿄에 살 이유도 별로 없고."

타월도 세탁기에 던져 넣은 후 에쓰야는 더 이상 질문을 받지 않겠다는 의사표시로 등을 돌렸다.

"완성품이나 확인해."

합판을 붙인 싸구려 현관문을 열고 어두컴컴한 계단을 내려간다. 현재 에쓰야가 생활하고 있는 자택 겸 작업장은 지은 지 50년 이상 지난 2층짜리 건물이다. 운하에 가까운 입지에 작은 가옥과 공장이 밀집해 있다. 조금 소음이 들려도 이 마을 주민들은 아무도 불평하지 않는다. 강 너머에는 고층 맨션이 차례로 지어져 운하를 안개가 뒤덮는 아침이면 상상 속의 고대왕국이 신기루가 돼 출현한 것처럼 보인다.

에쓰야는 건물의 1층 일부를 차고와 작업장으로 사용하고 있다. 이전에는 금형 공장이 있었다고 한다. 창문은 없고 바닥은 콘크리트다.

도로와 접한 셔터를 올리고, 에쓰야는 먼저 중고 트럭을 밖으로 내놓고 주차했다. 경트럭이 있으면 공간을 차지해 작업할 수 없다. 그렇다고 기동력이 없으면 납품할 때 곤란하다. 이사하기로 결정한 이유 중 하나는 작업장이 비좁기 때문이다.

유스케는 작업장 한쪽 구석에 쭈그리고 앉아 에쓰야가 오늘 아침에 겨우 완성한 철제 대문을 꼼꼼하게 살피고 있다. 풀과 꽃들이 유려하게 조각돼 있고 자세히 보면 두 마리의 작은 새도 놀고 있다.

경트럭에서 내린 에쓰야도 흩어진 쇳조각들을 발로 치우면서 유스케 옆에 섰다.

"어때?"

"좋아."

유스케는 주머니에서 꺼낸 자로 사이즈를 확인하고 만족스러운 듯 고개를 끄덕였다.

기성품은 싫다는 의뢰인에게서 대문이나 외등, 창문 장식을 만들어달라는 요청이 많다. 철을 자르거나 구부리거나 두드려 어떤 형태로든 만들어내는 것이 에쓰야의 일이다. 어릴 때부터 친구인 유스케가 건축사무소를 운영하고 있는 덕분에 그에게 하청받은 금속조형물을 만들며 그럭저럭 먹고살고 있다.

"문패도 만들었어."

얇은 직사각형의 철제 플레이트에도 대문과 같은 풀과 꽃 문양이 새겨져 있다. 의뢰인의 이름은 두드림 공법을 사용해 장식 문자로 드러나게 했다.

에쓰야가 작업대를 가리키자 슬쩍 본 유스케가 유쾌하게 어깨를 흔들며 웃었다.

"늘 궁금한데 도대체 어떤 얼굴로 이런 섬세한 것을 만들까?"

"이런 얼굴이지."

에쓰야는 목장갑을 끼고 대문과 문패를 포장재로 싼다. 유스케는 또 담배를 피우면서 그저 작업하는 모습을 바라보고 있을 뿐이다.

짐칸엔 상품을, 조수석엔 유스케를 태우고 에쓰야는 경트럭을 출발시킨다. 큰 강을 건너 도쿄를 횡단하는 형태로 서쪽을 향해 달린다.

일요일이라 그런지 도심부의 정체는 거의 없다. 라디오에서는 클래식이 흘러나오고 있는데 음악과 인연이 없는 에쓰야는 누구의 무슨 곡인지 알 도리가 없다. 다른 채널로 돌리려고 손잡이에 손을 댔다가 그만둔다. 유스케는 눈을 감고 음악에 몰입한 것 같았다. 에어컨이 너무 센 것 같아서 에쓰야는 라디오 채널 대신 에어컨 설정 온도를 조금 올렸다.

바깥의 소음을 차단하고 잠들어버린 게 아닐까, 싶을 정도로 안은 조용하다. 녹음이 우거진 도심부를 벗어나 오우메 가도로 들어간다. 길 양쪽에는 라면집과 디스카운트 숍이 즐비하다. 유스케가 언제부턴가 눈을 뜨고 있다.

"다음 신호에서 좌회전."

"아."

"이사는 그렇다 치고 다시로 씨는 어떻게 할 건데?"

"어떻게, 라니. 특별히 사귄 것도 아닌데."

"그래?"

"응."

다시로 에미와는 가구 전시회와 미술관에 몇 번 같이 간 게 전부다. 돌아오는 길에 함께 저녁을 먹었다. 그것뿐이다. 그것을 사귀었다고 할 수는 없는 노릇이다.

"하지만 상대는 어떻게 생각할지 모르잖아. 제대로 하라고. 내 아내의 친구란 말이야."

만나보라고 하기에 마침 시간도 되고 전시회에도 관심이 있어 나갔다. 에쓰야는 다시로에게 호의를 드러내는 행동은 전혀 안 할 생각이다. 특별한 호의가 없으니까 당연한 일이다. 다시로도 에쓰야에게 호의를 드러내지 않았다. 혹시 눈과 손끝으로 이야기하고 있을지도 모르겠으나 그런 섬세한 신호까지 알아차릴 수 있을까.

알 게 뭐야. 에쓰야는 될 대로 되라는 심정이었다.

"네가 멋대로 그 여자를 붙여준 거잖아."

"널 생각해서 만나게 해준 거지."

유스케는 생각에 잠긴 듯 팔짱을 꼈다.

"너 말이야, 괜찮은 거냐? 그쪽 방면으로는 비밀주의라고 생각했는데 아무래도 그렇지 않은 것 같아."

에쓰야는 입을 다물었다. 유스케의 조심스러운, 그러나 뭔가를 알아내려는 듯한 시선을 왼쪽 뺨에서 느꼈다.

"역시 그, 그게 원인인가?"

그게 뭔데? 그렇게 되물으면 유스케는 뭐라고 대답할 작정일까. 대답할 용기는 있을까. 이제까지 20년 이상 애매한 태도로 핵심 부분은 건드리지 않고 "그런데 나는 널 친구로서 늘 걱정하고 있다고"처럼 에둘러 표현하는 것으로 만족하고 있다. 친절한 친구로.

"지금은 일에 집중하고 싶을 뿐이야."

에쓰야의 말에 유스케는 조금 안심한 것처럼, 아니면 낙담한 것처럼 보였다.

아사가야 주택가 안의 작은 단독주택 외관은 거의 완성됐다. 의뢰
인 일가가 완성을 앞둔 자신의 집을 보러 왔다. 인테리어나 외장공사
업체는 오늘 쉬는 날이다. 건축가인 유스케가 현관문을 열고 실내 상
황을 일가에게 보여주고 있었다.

30대 후반일까, 의뢰인 부부의 표정은 환했다. 아직 어린 아들 둘
은 신고 온 구두를 슬리퍼로 갈아 신고 신 나서 집 안을 뛰어다니고
있다. 아이들의 환호성과 어른들의 웃음소리가 더러워지는 것을 막으
려고 붙여놓은 시트에 반사돼 울린다.

에쓰야는 그들과 동행하지 않고 경트럭의 짐칸에서 대문과 문패,
공구를 내렸다. 이미 설치된 문기둥에 포장재를 벗긴 대문을 끼워 넣
고 개폐가 잘되는지 확인한다. 중후한 느낌이면서도 지나치게 화려하
지 않은 철문이 하얀 외벽과 잘 어울린다.

이제 문 옆의 벽에 문패를 나사로 고정하면 된다. 실내 탐험에 질
렸는지 아이들이 밖으로 나왔다. 나란히 옷을 갖춰 입은 두 아이는
에쓰야가 만든 대문을 신기하게 만져본다.

"새가 있어!"

형이 말했다.

"어떤 새지?"

에쓰야는 곁눈질로 형제를 봤다. 둘이 이쪽을 올려다보고 있었기

때문에 자신에게 한 질문이라는 걸 알았다.

"새가 좋아?"

"응. 많이 알아요. 비둘기, 참새, 까마귀, 박새, 십자매, 또 물총새!"

구김살이 없다. 낯도 가리지 않고 처음 만난 에쓰야에게 친근감과 신뢰감을 온몸으로 드러내고 있다. 동생은 형 뒤에 반쯤 숨어 부끄러운 듯 에쓰야를 올려다보고 있다. 형 옆에 있으면 무슨 일이든 괜찮다고 생각하는 듯하다. 형도 그 모습을 자랑스러워하며 안심하라는 듯 가끔 동생을 돌아본다.

"이 새는 도감에 실려 있지 않아."

"왜?"

"내 머릿속에 있는 새니까."

"흠."

문패를 다 단 후 에쓰야는 형제에게 몸을 돌렸다.

"몇 살이야?"

"다섯 살."

형의 대답에 이어 "세 살"이라고 동생이 말했다. 손가락을 세 개 세우는 게 어려운 듯 동생의 손은 곧 펴져버린다. "세 살은 이거지" 하며 형이 동생의 엄지와 새끼손가락을 구부리려고 하자 동생은 싫은 듯 몸을 비튼다.

에쓰야에게도 동생이 있었다. 아주 오래전에 밤바다에 빠져 죽었다.

집도 가족도 없는 자신이 다른 사람의 집과 가족을 위한 물건을 만든다. 어쩐지 이상하다는 생각이 든다.

일을 끝내고 유스케를 맨션까지 데려다주었다.

"일요일에 집 보러 다니는 거, 솔직히 안 했으면 좋겠어."

유스케는 계속 투덜댔다.

"우리 집사람도 요즘에는 바빠져서 부부가 얼굴을 맞댈 수 있는 시간이 주말밖에 없는데."

자랑인지, 관계가 잘 안 풀린다는 이야기인지 둘 중 하나일 것이다. 심술궂은 마음으로 에쓰야는 생각했다.

"시계모리초에서 부동산중개업소를 돌아다닐 때 나도 데려가."

"왜?"

"나도 고향에 한 번 가봐야지. 오봉에 가자고 아내를 조르고 있는데 아내는 싫은가 봐."

"오봉에는 안 가. 길이 막히니까."

"상관없어. 친척과 만나는 것도 귀찮고. 일단 '1년에 한 번은 돌아왔다'면 돼."

울적하다. 유일하다고 해도 좋을 친구에게 느끼는 서운한 감정을 에쓰야는 오늘도 조용히 삼킨다.

히다카 에쓰야는 동반자살을 시도한 일가 중 유일한 생존자다.

에쓰야가 자란 시계모리초에서는 모르는 사람이 없을 만큼 충격적인 사건이었다. 하지만 에쓰야 본인은 잘 기억하지 못한다. 어떻게 자신만 살아남았는지, 왜 부모님은 자식들과 함께 죽는 것을 선택했는지, 동반자살에 이르기 전까지 가족이 어떻게 살았는지.

하지만 오랜 세월이 흐르면서 많은 것을 알게 됐다. 당시의 신문 기사를 조사하거나 소문을 들었다. 그래서 어디까지가 실제로 경험한 것인지, 주워들은 지식으로부터 날조된 기억인지, 단순한 상상인지 마구 뒤섞여 에쓰야 본인도 제대로 판단할 수 없다.

편안한 생활은 아니었던 것 같다. 부모님은 항상 싸웠다. 돈이 없었기 때문이다.

세 평짜리 방이 하나 있는 아파트에서, 다섯 살인 에쓰야는 두 살 아래인 동생과 가능한 한 얌전하게 그림책을 읽고 있었다. 도움을 요청하는 소리를 들으면 곧바로 달려오는 히어로물이었다. 그의 얼굴은 달콤한 빵으로 만들어져 있어 슬퍼서 우는 아이에게 아낌없이 내준다.

에쓰야의 아버지는 일본요리점에서 요리사 수업을 받고 있었던 것 같다. 그곳에서 홀 서빙을 하던 엄마와 만나 부부의 연을 맺은 두 사람은 조그만 음식점을 열었다. 그다지 장사가 잘되지 않았던 모양이다. 그러면 포기하면 될 것을 그러지도 못한 것을 보면 두 사람은 앞날을 설계할 생각이 없었는지도 모른다. 에쓰야가 철이 들 무렵에는 이미 부모님은 돈을 구하느라 정신이 없었고 격렬하게 서로를 원망했지만 이상하게도 동생이 생겼다.

아버지는 집에서는 요리를 하지 않았고 어머니도 가게에 나가 있어서 집은 늘 비어 있었다. 가게에 손님이 한 사람도 없는 밤에는 어색한 분위기의 부모님과 함께 신선도가 떨어진 회를 카운터에서 먹었다. 저녁부터 손님이 든 날은 시판 중인 도시락을 사왔다. 걸어서 5분 거리인 아파트로 돌아와 동생과 함께 식어빠진 닭튀김 도시락과 크로켓 도시락을 먹었다. 특별히 불만스럽지는 않았다. 다른 것을 생각해본 적이 없었으니까.

가족이 외식을 한 것은 딱 한 번이다. 낡은 하얀색 세단을 타고 부모님과 동생과 함께 드라이브를 했다. 마을을 빠져나와 해안도로를 한참 달렸다. 장을 보기 위해 구입한 차여서 차 안에서는 생선 비린내가 코를 찔렀지만 그런 게 느껴지지 않을 만큼 즐거웠다. 동생도 잔뜩 흥분해서 웃었다. 그날 아버지의 운전은 조심스러웠고 어머니도 우리에게 이유 없는 핀잔을 주지 않았다.

해변 마을에서 넷이 차에서 내렸다. 뒤로 푸른 산이 바싹 다가앉은 마을이었다. 튜브 모양의 불가사의한 문양이 계속되는 나무가 경사면의 밭에 쭉 심어져 있었다. "차나무야"라고 아버지가 알려주었다.

한 단층집에 아버지가 들어갔다. 동생을 안은 어머니의 손에 이끌려 에쓰야도 뒤를 따랐다.

집 안은 어두컴컴하고 마른 풀 냄새 같은 게 났다. 그것이 그 집에 사는 까다로워 보이는 노인의 체취인지, 금색으로 듬직하게 빛을 내는 불단의 향내인지 에쓰야는 알 수 없었다. 다만 무서웠다. 웃음기 한 번 없이 잠자코 앉아 있는 노인도, 열린 문 너머로 깊이를 알 수 없는 어둠을 담고 있는 불단도.

부모님은 노인을 향해 아주 오랫동안 뭔가를 이야기했다. 아버지
는 때론 목소리를 높였고 때론 눈물 섞인 목소리로 호소하기도 했
다. 간청하는 것 같기도 하고 협박하는 것 같기도 했다. 에쓰야는 방
에 있는 것이 지루해져 동생과 함께 마당에서 놀았다. 하얀 선이 그
려지는 작은 돌을 발견하고 차가 다니는 작은 길 위에 그림을 그렸
다. 까마귀와 참새와 비둘기 그림이었다. 새는 에쓰야에게 아파트 창
으로 볼 수 있는 가장 가까운 생물이었다. 에쓰야는 그림을 잘 그리
는 편이었기 때문에 동생은 아스팔트에 출현한 커다란 새를 보고 좋
아했다.

가로등이 켜지는 시간이 되자 드디어 부모님이 노인의 집을 나왔
다. 달려가려다 에쓰야는 주저했다. 표정이 너무 안 좋은 데다 힘없
이 마당의 자갈을 밟는 두 사람의 모습이 그림자 그 자체인 것 같았
기 때문이다.

에쓰야와 동생을 보자 아버지가 웬일로 환한 웃음을 지었다.

"자, 돌아갈까? 가다가 밥이나 먹자."

"그래."

어머니는 명랑하게 맞장구를 쳤다.

"너희들도 배고프지?"

마을을 나와 해안도로를 조금 달리니 패밀리레스토랑이 나왔다.
"여기로 할까?" 하고 아버지가 말했다. 레스토랑에 들어가는 것은 처
음이라 에쓰야는 긴장했다. 가게 안에는 부모와 함께 온 가족과 젊

은 남녀가 즐겁게 식사를 하고 있었다.

전망이 좋은 구석자리로 안내됐다. 하지만 이미 해가 진 바다는 캄캄해 커다란 창문 밖에 펼쳐진 것은 검은 공간뿐이었다. 유리에 얼굴을 갖다 대자 하얀 파도 거품과 점멸하는 작고 붉은빛이 간신히 보였다. 어떤 빛일까, 하고 에쓰야는 생각한다. "자, 뭐로 할까?" 아버지는 메뉴판을 보면서 별로 관심이 없는 듯 말했다.

에쓰야와 부모님은 햄버거 세트, 동생은 어린이 런치 메뉴를 먹었다. 어린이 런치 메뉴에는 작은 깃발과 집에 가져가도 되는 장난감 자동차가 따라 나왔다. 저게 더 좋았겠다고 에쓰야는 생각했지만 입 밖으로 꺼내지는 않았다. 부모님의 기분이 마침 좋은데 엉망으로 만들고 싶지 않았기 때문이다.

햄버거는 맛있었다. 네 명은 다시 차에 탔다. 조금 전까지와는 달리 부모님은 침묵을 시켰다. 5분쯤 지났을 때 동생은 장난감 자동차를 손에 쥔 채 어머니 품에서 잠들었다. 어머니와 나란히 뒷좌석에 앉은 에쓰야도 점점 졸렸다. 해안을 따라 완만한 커브를 그리며 차가 나아간다.

갑자기 속도가 붙어 에쓰야는 눈을 떴다. 뭔가에 부딪치는 무거운 충격에 좌석에서 굴러 떨어졌다. 정신을 차렸을 때는 차 안이 캄캄했다. 동생이 울며 몸부림을 쳤다. 에쓰야는 몸을 일으켰다. 무릎까지 물이 찼다.

"엄마, 물이."

에쓰야가 말했다. 아버지가 짐승처럼 울부짖었고 어머니가 고성을 질렀다. 동생은 어머니에게 꼭 매달려 있었다. 에쓰야는 조금씩 다가가다 어머니에게 밀려 넘어졌다. 어머니는 그 기세 그대로 창문 유리를 주먹으로 두드렸다. 돌 같은 것을 쥐고 있는 것 같았다. 물은 이제 허리까지 차올랐다. 동생은 어머니에게 붙어 떨어지지 않는다. 숨쉬기가 힘들다.

에쓰야는 어머니에게 매달렸다. 에쓰야를 뿌리치고 어머니는 또 창문 유리를 두드린다. 미친 기계처럼 한마디만을 계속 되풀이하는데 음정도 억양도 이상해 뭐라고 하는지 모르겠다. 어머니가 이상했다. 도움을 요청하려고 운전석을 보는데 아버지는 뒤도 돌아보지 않고 가만히 앉아 있다. 너무 무서워 소심해진 에쓰야는 울고 싶었다. 눈물도 목소리도 나오지 않았다. 히, 히, 자신의 목구멍이 가늘게 울리는 게 들렸다.

몇 번째인가 어머니가 주먹을 휘두름과 동시에 창문에서 바닷물이 쏟아져 들어왔다. 쏟아지는 물의 기세에 몸이 이리저리 휘둘려 위도 아래도 분간할 수 없어진 에쓰야는 몸부림을 쳤다.

살려줘, 누구든 우리를 좀 살려주세요. 하지만 아무도 오지 않았다. 몸부림을 치는 에쓰야의 발목을 차가운 손이 잡는다. 필사적으로 뿌리치고 팔을 휘두른다. 마지막 숨이 입에서 나왔다. 어두운 물에 하얗게 솟는 기포가 아름답다고 생각했다. 그대로 에쓰야의 의식도 멀어졌다.

정신을 차렸을 때는 병원 침대에 누워 있었다. 부모님과 동생은 차와 함께 9월의 바다에 가라앉았다고 했다. 에쓰야는 친할아버지와 함께 마른 풀 냄새가 나는 단층집에 살았다.

이웃의 어른들은 모두 다정했고 초등학교에 올라가자 친구들도 생겼다. 집이 가까웠던 요시다 유스케와는 특히 사이가 좋았다. 고등학교 때까지 계속 함께 학교를 다녔는데 유스케는 운동도 공부도 잘해 늘 아이들의 중심에 있었다. 에쓰야는 말수가 많은 편이 아니었고 공부도 운동도 거기서 거기, 잘하는 것은 미술밖에 없었기 때문에 유스케가 없으면 애들 사이에 끼지 못했다.

에쓰야 앞에서 유스케가 과거 일을 말한 적은 없었다. 하지만 "에쓰야는 불쌍하잖아", "저 녀석, 어딘가 어두워"라고 애들이 수군거리면 "에쓰야에게는 사정이 좀 있어"라고 뒤에서 타일렀다.

"너는 고등학교 친구라 잘 모르겠지만 저 녀석 집에는 할아버지뿐이야. 부모님이 동반자살을 했다고."

동정을 가장했지만 어딘지 모르게 의기양양한 얼굴로 이야기하곤 했다. 유스케가 동급생들의 호기심을 만족시키는 정보를 제공한다는 것을 에쓰야는 잘 알고 있었다.

열 받게 하는 새끼. 하지만 뭐라고 하지 않았다. 어릴 때부터 친구였기 때문에 관계가 틀어지는 건 싫었다. 유스케가 상냥하고 배려가 많은 것도 사실이었다. 자신이 어두운 게 단순히 성격 때문인지, 유스케의 말처럼 '사정' 때문인지 스스로도 판단할 수 없었기에 항의할 생각도 못했다.

할아버지는 에쓰야가 고등학교에 올라간 봄에 세상을 떠났다. 병원에서 사경을 헤매던 할아버지는 딱 한 번 "내가 밉냐?"라고 물었다. "아니요"라고 대답했다. 실컷 제 마음대로 살고 도쿄로 가서 소식을 끊어버린 아들이 갑자기 나타나 돈을 달라고 하면 거절하는 게 당연하다. 할아버지는 결코 부유하지 않았다. 그런데도 세상의 눈과 양심 때문에 에쓰야를 키워주었다. 감사하는 마음은 있어도 미워하는 마음은 없었다.

다만 '만약'과 '왜'가 몸에서 넘쳐나 생각이 정리되지 않을 뿐이다.

만약 그날, 할아버지에게 조금이라도 돈을 받을 수 있었더라면 부모님은 죽음을 선택 안 하지 않았을까. 왜 나만 살아남았을까. 가족이 다 죽기로 결정했다면 적당히 하지 말고 제대로 죽여줬으면 얼마나 좋았을까. 제멋내로이고 잔혹한 인간. 그런 부모 밑에서 태어난 게 자신이라고 생각하니 온몸의 피부가 갈기갈기 찢어지는 것 같았다.

겨우 참을 수 있었던 것은 차 안에서 울던 동생 때문이다. 동생은 죽고 싶지 않았을 것이다. 하지만 어린 그는 부모님과 함께 바다에 가라앉았고 자신은 떠올랐다. 아마도 자신을 막으려고 하는, 어머니의 손을 뿌리치고.

동생도 부모님도 그때는 머릿속에 없었다. 살고 싶었다. 그것뿐이었다. 오로지 해면을 향한 집착과 집념의 덩어리. 제멋대로이고 잔혹한 인간은 바로 나다. 더러운 의지로 살아남았으니 죽을 때까지 살 수밖에 없다.

할아버지의 집을 팔고 보험금도 들어오는 바람에 에쓰야는 미대에 진학할 수 있었다. 도쿄에서 혼자 살아도 외롭다는 생각은 들지 않았다. 이제까지 외롭지 않은 적이 없었다. 모르는 사람들만 있는 곳에서 사는 게 누구와 있든 외로움을 느끼는 자신을 직시하지 않고 지낼 수 있어서 훨씬 편했다.

유스케도 도쿄의 대학에 진학해 근처에 방을 빌렸다. "네가 걱정돼서"라고 유스케는 농담처럼 말했다. 하지만 분명 그것은 농담이 아닐 것이다. 유스케 본인은 깨닫지 못하고 있을지 모르겠지만 에쓰야를 위해 에쓰야를 외롭게 하지 않기 위해 근처 아파트를 구한 게 틀림없다. 친구라고 생각하는 유스케. 거기서 기쁨을 느끼는 유스케. 너무 고마워 구역질이 나올 것 같았다. 유스케의 끈끈한 성격은 무겁고 온몸에 착 감기는 것 같아 기분이 나빴다.

유스케는 에쓰야를 미팅이나 내밀한 파티에 자주 데려갔다. 누가 너 좀 보고 싶다고 해서. 그런 식으로 귀엣말을 하며 실제로 소개해주기도 했다. 처음에는 에쓰야도 괜찮은 애라고 생각하며 순순히 사귀기도 했다. 어떤 여자나 귀여웠고 성격도 좋았다. 유스케가 미리 귀띔을 했는지 에쓰야의 과거를 알고 가능한 한 거기에 대해서는 언급하지 않으려고 애쓰는 애도 있었다.

하지만 아무래도 잘 안 됐다. 즐겁게 떠들어도, 온기를 느껴도 결국에는 모든 게 어떻게 되든 상관없었다. 입을 다문 에쓰야를 보고 여자도 어색하게 입을 다물어버렸다. 마지막에는 늘 "나는 에쓰야와 어울리지 않아", "에쓰야와 행복해질 자신이 없어"라는 말을 들었다. 에쓰야는 자신과 어울리기를, 행복해지기를 바란 적이 없다. 자신은 상대에게 기대하는 게 하나도 없었다는 사실을, 똑같은 일을 몇 번 반복하며 깨달았다. 아무런 기대가 없는 인간이 상대방의 기대에 부응할 리 없었다.

그 후 여자와 사귀는 일은 때려치웠다. 귀찮고 성가셨기 때문이다. 사랑을 하는 척, 상대를 소중하게 여기는 척하는 게. 사랑을 하고 상대를 소중하게 여기는 데 어떤 의미가 있는지 알 수 없었다. 결혼을 하고 아이를 낳고, 그래서? 밤바다에 함께 가라앉을까.

혼자로 충분하다. 혼자가 좋다. 사랑을 부정하는 것도, 폭력을 휘두르는 버릇이 있는 것도 아니다. 성실히 대학을 다녀 좋아하는 금속공예를 열심히 하고, 누군가에게 상처 줄 만한 말은 최대한 피하고, 전철에서 노인이 서 있으면 자리를 양보한다.

누구에게도 폐를 끼치지 않는다. 다만 특정한 누군가에게 연심을 품을 필요성을 느끼지 못하고, 만에 하나 아이가 생기거나 하면 곤란하니까 섹스는 피하는 것뿐이다. 채식주의자라 고기는 먹지 않는다거나, 간을 혹사시키기 싫어 술을 안 먹는다거나 하는 것과 같다. 유스케는 걱정하는 얼굴로 "요즘 어때?", "좋아하는 타입을 말해 봐"라며 참견했지만 그냥 놔뒀으면 좋겠다.

단단한 쇳조각을 절단하거나 용접하는 일은 몰두할 수 있는 작업이었다. 에쓰야는 의자와 오브제도 만들었지만 가장 좋아하는 일은 대문 주변을 꾸미는 것이다. 집에 돌아와 제일 먼저 보게 되는 것. 그 집에 어떤 사람이 살고 있는지 단적으로 상징하는 것.

금속조형물을 만드는 일이라면 혼자 묵묵히 작업할 수 있다. 말을 하지 않고도 살 수 있다. 대학을 졸업하면 이걸로 먹고살자. 그렇게 결정하는 데 망설임은 없었다.

촌스러운 고글을 쓰고 쇳조각을 용접한다. 이리저리 튀는 불꽃과 이중으로 겹쳐 하얀 빛을 뿜는 기포가 가끔 눈앞에 나타난다. 언제 본 풍경일까. 뇌가 만들어낸 가짜 기억일까. 모르겠다. 깊이 더 깊이 가라앉는다. 어쩌면 떠오르고 있는 것일지도 모른다. 눈이 내리는 하늘을 올려다볼 때와 마찬가지로 지면의 감촉이 사라지고 마음과 몸이 둥실 떠오른다.

순간의 환각이다. 철이 녹는 냄새로 충만한 작업장에 빨갛고 날카로운 불꽃이 튄다.

자신도 고향에 돌아가겠다고 해놓고 유스케는 에쓰야에게 문과 외등, 창문 장식을 계속 의뢰했다. 덕분에 에쓰야는 작업에 쫓겨 부동산중개업소를 돌아다닐 타이밍을 좀처럼 잡지 못했다.

또 유스케의 나쁜 버릇이 나왔다. 에쓰야는 부아가 났다. 유스케는 에쓰야가 이사 가는 게 싫은 것이다. 가능한 한 자신의 옆에 잡아두고 싶은 것이다.

우정이라는 타산. 애정이라는 비뚤어진 욕망. 상처도 그늘도 없는 유스케에게 상처와 그늘이 될 만한 게 있다면 '상처도 그늘도 없다'라는 점 하나다. 유스케의 입장에서는 에쓰야는 상처와 그늘이 많은 존재로, 그런 에쓰야를 자기 옆에 두고 걱정하고 돌보는 것이 마음 편할 것이다. 상처와 그늘을 가진 너의 고통을 내가 안다고. 왜냐하면 나도 비슷한 부분이 있으니까. 그러니까 열심히 살자. 열심히 빛을 향해 나아가자. 내가 도울게.

값싼 동정이다. 에쓰야는 유스케의 자기만족과 자존심, 우월감을 만들어주기 위한 장치일 뿐이다. 그러나 에쓰야도 유스케의 기만을 일깨우려 하지 않았다. 잠자코 장치 역할을 수행했다. 아니, 오히려 솔선해서 행동했다. 일의 대부분은 유스케를 통해 들어왔기 때문이다. 유스케가 찾아내는 상처와 그늘을 대가로 에쓰야는 다른 사람들과 교류하지 않고 혼자만의 세계에 빠져 있을 수 있었다.

에쓰야를 바쁘게 만드는 것에서 더 나아가 유스케는 공을 들여 다시로 에미를 들이밀었다.

"유스케 씨에게 에쓰야 씨가 고향으로 돌아갈지도 모른다는 이야기를 들었어요."

어느 날 밤, 다시로가 전화를 걸어 말했다.

"한 번 만나뵙고 싶어요. 시간이 괜찮으실 때."

고향. 자신의 고향이 시계모리초일까. 마음에 와 닿지 않는다. 그럼 가족이 함께 살던 좁은 집, 지금은 어디였는지도 모르는 낡은 아파트가 고향일까. 그것도 아닌 것 같다.

거절할 이유를 찾는 것도 내키지 않아 제작 중인 대문이 완성될 때까지의 날을 헤아렸다.

"바쁜 일이 어느 정도 끝나면 그때는 괜찮습니다."

수화기를 내려놓고 멈췄던 저녁 준비를 재개한다. 근처 슈퍼마켓에서 산 반찬과 전자레인지로 데운 밥을 비빈다. 자기 전에 일을 더 해야만 한다.

시계모리초를 떠나고 10년이 지났지만 풍경에는 전혀 변화가 없었다. 해안도로도, 햇살이 비추는 바다도, 차밭이 펼쳐진 산기슭도. 변한 것이 있다면 에쓰야 할아버지의 집이 없어지고 차밭의 일부가 됐다는 것과 가족이 마지막으로 식사를 했던 패밀리레스토랑이 빈 점포가 됐다는 것 정도다. 간판도 그대로이고 창문은 바닷바람과 먼지로 흐리다.

가게 옆을 지나 에쓰야는 역 앞의 부동산중개업소에 경트럭을 세웠다. 짧은 상점가는 한산해 대부분의 가게 셔터가 내려져 있었다.

에쓰야의 얼굴을 몇 초간 쳐다본 후 부동산중개업소 아주머니는 "어머, 저기" 하고 말을 걸었다.

"오랜만이네. 잘 지냈어? 도쿄는 어때?"

선풍기를 에쓰야 쪽으로 돌리고 아주머니는 안쪽 냉장고에서 보리차를 꺼냈다.

"유스케 군도 같이 왔어?"

"아니, 혼자입니다."

"불황인데 바쁜가 보네. 너희들은 꽤 잘되고 있나 봐. 유스케 군 어머니가 늘 이야기해. 자랑이야, 자랑."

쟁반에 받친 유리컵을 그대로 놓는다. 에쓰야는 가볍게 고개를 숙이고 차가운 보리차를 한 모금 마셨다.

"조만간 이쪽으로 이사 오려고 생각 중입니다. 조금 소음이 나도 괜찮고 작업장으로 사용할 수 있는 창고가 붙어 있는 물건, 없을까요? 작업장은 아무리 작아도 열 평은 돼야 하는데요."

"없는 건 아닌데."

아주머니는 놀란 듯 고개를 저었다.

"그런데 너, 유스케 군과의 일은? 도쿄에 있는 게 편리하지 않아?"

"지금은 인터넷이 있으니까 어디에 살든 주문받을 수 있어요. 납품은 배송을 해도 되고 제가 직접 차로 실어다줘도 되고요."

"그래? 그러면 이쪽이 좋겠네. 느긋하게 지낼 수 있고 물맛도 좋고."

아주머니는 서류 선반에서 파일을 꺼내 물건 정보를 보여주었다. 조건이 맞는 집이 둘 있어서 보고 싶다고 했다.

"차로 왔으면 혼자 보고 와도 되는데. 나는 여기를 지켜야 하거든. 우리 아저씨, 허리가 아파서 병원에 갔어."

아주머니는 에쓰야에게 열쇠를 넘기고 현지까지의 지도를 복사해주었다.

두 집을 돌아본 에쓰야는 해변 고지대에 있는 집이 마음에 들었다. 농가로 지어진 집인데 별채에 커다란 차고가 있었다. 낡았지만 손질을 잘해서 썼는지 가옥의 상태는 좋았다.

부동산중개업소로 돌아와 열쇠를 돌려주며 임대계약서를 썼다. 서류에 필요사항을 기록하는 에쓰야에게 아주머니는 조심스럽게 말했다.

"오봉은 지났지만 성묘는 했어?"

"아니요."

"가끔은 할아버님께 분향을 하지?"

"네."

사실은 부모님과 동생에게도, 라고 아주머니는 말하고 싶었을 것이다.

이사를 하면 매일 바다를 보며 살게 된다.

저녁노을이 붉게 물든 바다를 보며 도쿄로 돌아왔다. 가족이 죽은 바다를 보며.

타박상 흔적을 일부러 강하게 눌러 고통의 근원을 굳이 확인하려는 것이다. 경트럭을 몰면서 에쓰야는 생각했다. 수없이 누를 수밖에 없었다. 잊으려고 해도 밤이 되면 꿈을 통해 에쓰야를 찾아온다. 차가운 손의 감촉이 지금도 에쓰야의 발목을 잡고 놓아주지 않는다.

어차피 도망칠 수 없다면 포기하고 끌려 들어가면 된다.

시게모리초에서 돌아오고 이틀 후에 유스케가 찾아왔다. 에쓰야는 이사 준비와 대문 납품기일이 다가와 있었기 때문에 철야를 하고 정오가 되기 전에 겨우 침대에 들어갔던 참이었다.

"어이."

"왜? 문이라면 아래에 있으니까 가져가. 미안하지만 지금 나는 도저히 운전 못 해."

"그게 아니라."

유스케는 커튼을 열고 눈이 부셔 몸을 웅크린 에쓰야에게서 이불을 걷어냈다.

"너, 이사갈 곳을 정했다며? 왜 혼자 돌아가려는 거야?"

"상관없잖아."

"일은 어떻게 할 거야? 너 혼자 맘대로 결정할 일이 아니지."

"어니에 있든 지금처럼 하면 돼."

졸리기도 해서 에쓰야는 점점 날카로워졌다.

"너야말로 왜 다시로 씨에게 쓸데없는 소리를 한 거야?"

"쓸데없다니. 말하는 게 너한테 좋을 것 같아서……."

나를 위해? 에쓰야는 웃었다. 네 규범에 맞춰 여자를 얻고 결혼에 골인해 가족을 만드는 게, 나를 위해?

에쓰야는 침대에서 일어나 담뱃갑을 뒤지는 유스케를 올려다봤다.

"저기, 유스케. 그렇게 나하고 떨어지는 게 싫어? 잡아두고 싶어? 그렇지. 너는 내가 불쌍해 보여야 기분이 좋아지니까."

"그런 식으로 생각한 적 없어."

유스케는 경직된 얼굴로 낮게 말했다.

"그래? 나는 네가 나를 좋아하는 줄 알았지. 불쌍하게 여기다가 어느 순간 날 좋아하게 된 거라 착각했지. 그래서 내가 어떤 여자를 안는지 계속 신경 쓰기에 점점 기분이 나빠 견딜 수 없어."

유스케는 창백해졌다. 화 때문인지 속내를 들켰기 때문인지 둘 중 하나일 것이다. 에쓰야는 잔인한 마음이 들어 냉정하게 유스케의 표정을 관찰했다. 이걸로 드디어 우울함에서 해방됐다고 생각하니 후련했다. 좀 더 시간을 들여 쏟아 붓고 싶은 마음도 있었다.

"분명히 이야기할까? 나는 네가 싫어. 여기 올 때마다 내가 이 침대를 사용하는지 확인하는 것 같은데 미안하지만 아직 사용할 수 있어서 쓰는 것뿐이야. 네가 기대하는 것 같은 의미는 전혀 없어."

담뱃갑을 우그러뜨린 유스케의 손이 덜덜 떨린다. 눈가가 붉어진다.

"하고 싶은 말을 다 하니 만족스럽니?"

"응, 그러네. 네가 나를 동정하고 얻는 것과 마찬가지로."

유스케는 크게 한숨을 쉬고 오른쪽으로 돌아 조용히 방을 나갔다.

에쓰야는 침대에 앉은 채 고개를 숙였다. 엉망진창이다. 어째서 말을 중단하지 못했을까. 아마도 유스케의 진실을 이야기한 것이겠지만 그것이 100퍼센트 진실일 리도 없다. 일가가 동반자살을 할 때까지의 에쓰아의 기억이 잘 만들어진 이야기이듯 어디까지가 진실이고 어디까지가 상상과 해석이 들어간 것인지 알 수 없다. 도대체 누가 그것을 알 수 있을까. 본인조차 판별할 수 없는데.

새디스틱한 쾌감에 저항하지 못하고 유스케의 마음을 다치게 했다. 한없이 과거에 사로잡혀 겁을 먹고 다른 사람의 낯빛을 살피고 있는 겁쟁이인 자신을 다 알고 있다는 사실이 너무 싫었기 때문에.

비참했다.

우에노 미술관에서 로코코 시대의 가구전이 열렸다. 사람들 머리 너머로 고양이 다리를 한 천의자와 장식이 많은 샹들리에를 봤다. 몸집이 작은 다시로에게는 전시물이 보이기나 할까. 에쓰야가 그런 걱정을 할 정도로 인산인해였다.

산책이나 하자 싶어 미술관을 나와 야나카까지 걸은 다음 카페에 들어가 쉬기로 했다. 다시로는 검은색 양산을 접고 이마의 땀을 깨끗한 손수건으로 닦았다.

"역시 일요일은 붐비네요."

"그러네요."

"일, 바쁘세요?"

"아니요. 일단락됐습니다."

베이지색 앞치마를 두른 젊은 여성 점원이 아이스커피를 두 잔 가져왔다. 테이블을 채운 침묵을 대신하기 위해 둘 다 얼른 커피 잔을 들었다. 청량한 소리를 내며 검은 액체에 뜬 얼음이 딸랑거린다.

"짐작하셨으리라 생각하는데 저는 에쓰야 씨를 좋아해요."

잔을 테이블에 내려놓고 다시로는 담담하게 말했다.

"죄송하지만 나는……."

"대답하실 필요는 없어요. 이미 알고 있으니까."

다시로는 미소를 지으며 에쓰야의 말을 가로막았다.

"사실은 말할까 말까 망설였어요. 하지만 유스케 씨에게 곧 이사하신다는 소리를 듣고는 전하고 싶은 말은 해야겠다는 생각을 했어요."

"언제요?"

"네?"

"유스케가 연락한 게?"

"어제, 전화하셨어요."

아니, 그렇게 당하고도 남의 일에 참견하다니, 속도 없는 자식. 에쓰야는 두 손 두 발을 다 들고 말았다. 유스케를 비난하고 뒷맛이 좋지 않았는데 그것을 씻어낸 것처럼 인심도 했다. 아직 완전히 버려진 건 아닐지도 모른다. 그렇게 생각하자 기쁨에서 오는 열감이 가슴 언저리를 따뜻하게 한다. 웃기는 놈이다.

"괜찮다면 알려주세요."

다시로는 에쓰야의 눈을 똑바로 보면서 말했다.

"저라서 안 되는 건가요?"

"그렇지 않습니다."

에쓰야는 어떻게 설명해야 할지 몰라서 당황하다가 결국 솔직하게 고백하기로 했다. 거짓말을 할 만한 기력도 없었고 들으면 틀림없이 다시로도 무서워서 두 번 다시 자신에게 다가오지 않을 것이다.

"유스케가 말했나요? 제가 일가 동반자살 사건 때 유일하게 살아남은 사람이라고."

"죄송해요."

"그럴 필요 없습니다. 사실이고 유스케는 옛날부터 제 과거를 귀띔하는 걸 좋아했어요."

"유스케 씨는 에쓰야 씨를 걱정하세요."

다시로의 말을 에쓰야는 웃어 넘겼다.

"저는 현재 아무와도 사귀지 않으려고 하고 있습니다. 시도해보고 싶은 일이 많아서 시간적으로나 정신적으로나 여유가 없어요. 그것도 이유 중 하나입니다만, 도무지 연애할 마음이 생기지 않는 것도 사실입니다."

"에쓰야 씨가 경험하셨던 일과 관계가 있나요?"

"아마도."

차가운 손이 에쓰야의 발목을 잡고 있다.

"아버지가 운전하는 차와 함께 우리는 바다에 가라앉았습니다. 바닷물이 차 안으로 들어와 저는 필사적으로 몸부림을 쳤어요. 저를 붙잡는 어머니의 팔을 뿌리치고."

담담하게 말할 생각이었는데 다시로는 에쓰야에게서 눈길을 피하고 괴로운 듯 고개를 숙였다.

"어머니는 저와 함께 살고 싶었을지도 모르겠어요. 저만 살아남는 것은 불쌍하다고 생각해서 말리려고 했는지도 모르고요. 진실이 무엇이었는지 확인할 방법은 없어요. 하지만 어머니를 발로 차고 살아남았다는 사실은 도무지 제 기억에서 사라지지 않네요."

중년 여성 그룹이 시끌벅적 떠들면서 가게로 들어왔다. '야나카 추모공원 지도'를 들고 있다.

다시로가 고개를 들고 작은 목소리로 말했다.

"어쩌면 에쓰야 씨의 어머니는 에쓰야 씨를 차 밖으로 밀어내려고 했던 건지도 몰라요. 붙잡은 게 아니라. 그럴 가능성도 있지 않나요?"

"그런 생각은 해본 적이 없네요."

정말 그랬다면 얼마나 좋을까. 한 번 만들어진 기억을 다시 바꿀 수 있다면.

"질문 하나 해도 될까요?"

그렇게 선언하고 다시로는 얼음이 녹은 아이스커피로 목을 적셨다.

"만약 그 경험을 안 했다면 에쓰야 씨는 연애를 하셨을까요?"

"그런 가정은 별로 의미가 없어요."

그 일은 이미 일어난 일이니까. 연애 회로가 끊겨버린 원인이 경험에 있는 건지, 성격에 있는 건지 에쓰야로서는 헤아릴 수 없었다.

하지만 다시로의 말처럼 새로운 이야기를 엮어보는 것도 좋을 수 있겠다. 앞으로 계속 살아가기 위해. 기억을 지울 수 없다면 적어도 자신한테 유리하게 고쳐보는 것도 좋을지 모른다.

이삿짐을 거의 다 싸자 방은 더 넓게 느껴진다. 남겨진 침대가 작은 섬 같았다. 에쓰야는 거기에 누워 어머니가 자신을 도우려고 했을 가능성에 대해 생각했다.

남편이 결심을 굳힌 것을 알고 마당에 구르고 있는 가볍고 큰 돌을 몰래 줍는다. 죽는 한이 있더라도 멈춰야 한다. 길가에 쭈그려 있는 아이들이 웃으며 달려온다. 아무런 의문도 품지 않고 무심하게 올려다보는 눈. 죽게 해서는 안 된다.

하지만 마음은 흔들린다. 가족이 함께 저녁을 먹었다. 이 돈이 마지막이다. 내일부터 어떻게 살면 될까. 죽는 게 낫겠다. 아이들도 비참한 삶을 살지 않아도 된다.

차는 해안도로를 달린다. 뛰어들기에 좋은 장소를 찾아 남편은 액셀을 밟는다. 어떻게 하지. 무섭다. 하지만 가족이 함께 죽는 거라며 자신을 다독이자 조금 마음이 놓인다. 남편의 뒷머리를 칠 기회는 바로 지금이다. 그렇게 생각했지만 할 수 없었다. 무섭다. 맘대로 조종할 수 없게 된 차가 길에서 벗어나 바다로 떨어질지도 모른다. 살인자는 되고 싶지 않다. 그것은 남편의 역할이다. 남편에게 그런 책임감이 없었기 때문에 지금 이런 일을 당한 것이다. 마지막 정도는 제대로 책임을 지도록 하고 싶다. 책임지고 가족을 편안하게 죽게 해야 한다.

순간 차가 떠오른다. 울부짖는 아이를 안고 비명을 지른다. 무섭다. 살려줘. 숨이 막힌다. 누군가 어떻게 좀 해줘요. 남편도 짐승처럼 포효하고 있었지만 지금은 혼이 나간 사람처럼 조용하다. 저런 약한 마음. 도대체 얼마나 도망쳐야 속이 시원할까. 아이들을 어떻게 할 작정인가. 틀렸다. 이 선택은 틀렸다.

매달리는 첫째를 뿌리치고 가지고 있던 돌로 유리창을 두드린다. 수없이. 피부가 찢어지고 아마도 손가락뼈도 부러졌다. 그래도 괜찮다. 물이 허리까지 차오른다. 빨리, 빨리 깨져라.

"너만은. 너만은."

주문처럼 계속 중얼거린다. 아이의 목에서 히, 히 하고 공기 빠지는 소리가 난다. 괴로울 것이다. 울고 싶어도 울지 못할 정도로 겁을 먹고 있다. 불쌍도 해라. 반드시 살려줄게, 너만은.

몇 번인가 창문을 두드리자 바닷물이 쏟아져 들어왔다. 수영을 하렴. 아, 거기가 아니야. 해면을 향해 수영해라. 살기 위해.

몸부림치는 아들의 발목을 붙잡고 올바른 방향으로 이끈다. 그래 차라. 혼신의 힘을 다해. 아들의 몸을 차 밖으로 밀어낸다. 기포와 함께 부상하는 모습을 의식이 있는 동안 눈으로 좇는다. 팔에 안고 있는 둘째는 이미 숨이 멎어 있다. 꼭 껴안고 바다에 부푼 부드러운 머리카락에 코를 묻는다. 너와는 이 엄마가 끝까지 함께 간다.

에쓰야는 눈을 감고 누운 채 새로운 기억에 몸을 맡기고 있다. 살려달라고 하면 대답해줄 무언가가 있다. 신뢰와 희망이 가득한 이야기를 필사적으로 상상하려고 한다.

눈꺼풀 속에 불꽃의 잔상이 튄다. 아니, 아니다. 가느다란 기포다. 수면에서 들어오는 빛을 받아 그것들은 어둠 속에서도 반짝이고 있다.

계속 일어나는 기포를 따라 에쓰야는 깊이 더 깊이 가라앉는다. 밤의 해저에 가라앉은 하얀 세단이 보인다. 뒷좌석에서 잠을 자듯 몸을 서로 기대고 있는 부모님과 동생과 어린 자신이 창 너머로 보인다.

죽음으로 그린
삶의 찬미가

『천국여행』은 '동반자살'을 소재로 하고 있는 단편집이다. 정확하게 표현하자면 동반자살이거나 스스로 선택한 죽음이다.

가족과 직장으로부터 소외당해 자살의 숲을 찾은 중년 남성, 사랑의 완성을 위해, 남편의 바람 때문에, 아이 없이 늙어가는 쓸쓸함 때문에 자살을 시도하며 남편과 함께 죽기를 원하는 아내, 경제적 궁핍으로 동반자살을 실행에 옮기는 가족이 그들이다.

또 함께 죽고 싶어도 그러지 못하는 경우도 있다. 전사, 병사, 사고사 등 옆에 있어야 할 사람의 갑작스러운 죽음은 살아남은 사람들에게 죽음보다 짙은 절망의 그림자를 드리운다.

이 작품의 등장인물들은 때로는 죽음을 구원으로 여기기도 한다. 죽으면 지금까지 짊어지고 있던 것들을 내려놓을 수 있다. 그리고 새로운 삶을 얻고 그 삶은 절대적으로 행복할 거라는 기대를 품는 것이다.

물론 그 반대의 경우도 있다. 「나무의 바다」에 등장하는 중년 남성은 "당신이 죽으면 보험금이 들어올 텐데"라는 아내의 푸대접에 대한 복수의 표시로, 「불꽃」의 고교생은 어머니를 버린 남자에 대한 항의의 표시로 죽음을 선택한다.

사람들은 현실에서 아무것도 할 수 없을 만큼 무기력한 상태가 되면 죽음으로써 다른 사람을 벌하고 깊은 상처를 입히며 후회하게 만들 수 있다고 생각한다. 이 책에도 스스로 선택한 죽음에 포함된 다양한 측면이 그려져 있다. 그것은 복수나 항의의 형태이거나 때로는 전생에서 다음 생으로 이어지는 리셋 버튼 혹은 죽은 사람을 만날 수단이 되기도 한다.

이렇듯 이 책은 죽음의 측에 선 사람들을 그리고 있지만 사실은 죽음보다 더 강하게 삶을 이야기하고 있다. 부모님의 반대에 맞서 야반도주까지 감행하며 하나가 됐지만 남편의 바람과 아이 없는 쓸쓸한 노후에 절망한 아내는 "역시 그때 죽었어야 했어"라는 말을 입버릇처럼 늘어놓으며 죽음을 갈망하는 모습을 보인다. 그럼에도 이 부부는 긴 시간을 해로하며 삶을 구가한다.

그렇기에 이 소설 속의 죽음은 죽음 이외에 그 아무것도 아니다. 뺑소니 차에 치여 유령으로 나타난 애인은 살아생전과 다름없는 모습이다. 궁극의 사랑도, 구제도, 리셋도, 복수도, 항의도 이루어지지 않는다. 죽음은 그저 죽음일 뿐이며 따라서 죽음을 이야기하면서도 절박함보다는 느긋함에, 죽음의 검은 그림자보다는 삶이라는 가느다란 빛줄기에 더 눈길이 가게 한다.

요컨대 이 책은 그야말로 삶의 찬미가이다. 죽으면 얻을 게 하나도 없다. 지금 삶이 아무리 추하고 힘들고 무겁더라도 살아가는 것을 받아들여야만 하는 것이라고 이야기한다. 그렇다고 독자들에게 살아야만 한다고 강요하지도 않는다. 죽음을 미화하지 않듯 삶을 미화하지도 않는 것이다. 그런데도 이 책을 읽다 보면 죽음을 선택하려는 사람에게서도 희망의 요소를 찾아내는 살아 있는 우리를 발견하게 된다. 그래서 사는 게 좀 더 재미있을 것 같다는 결론을 내리게 한다.

흔히 죽은 이를 그리워하거나 추모하는 내용의 소설은 '울리는 소설'로 분류되는 경우가 많다. 하지만 미우라 시온은 소설 속에서 '죽음'을 다루는 데 있어 다른 방식을 택한다. 눈물을 짜내는 감동이 아니라 담백한 끄덕임, 피식 새어나오는 웃음, 더 나아가 지금 내 옆에 있는 사람들의 소중함을 끌어낸다. 매일 잔소리를 퍼붓는 아내나 남편에게, 껄렁한 농담을 던지는 친구에게 작은 엽서 하나 쓰고픈 마음을 선사하는 것이다.

천국여행

1판 1쇄 인쇄 2015년 5월 15일 | 1판 1쇄 발행 2015년 5월 22일

지은이 미우라 시온 | **옮긴이** 민경욱

발행인 김재호 | **출판편집인 · 출판국장** 박태서 | **출판팀장** 이기숙
편집장 박혜경 | **아트디렉터** 김영화 | **교정** 고연주
마케팅 이정훈 · 정택구 · 박수진

펴낸곳 동아일보사 | **등록** 1968.11.9(1-75) | **주소** 서울시 서대문구 충정로 29(120-715)
마케팅 02-361-1030~3 | **팩스** 02-361-1041 | **편집** 02-361-0967
홈페이지 http://books.donga.com | **인쇄** 중앙문화인쇄

ISBN 979-11-85711-57-7 03830 | **값** 12,000원

여러분을 저자로 모십니다
독자 여러분의 원고를 기다리고 있습니다.
좋은 책이 될 기획 아이디어나 원고를 메일(bookpd@donga.com)로 보내주세요.